我们的队伍
向太阳

王朝柱 著 下

作家出版社

第十九集

杨家沟街头　外　日

在深情的主题音乐中摇出：

杨家沟的父老乡亲们拥上街头，含泪看着停在大街中央的汽车和战马。

叶子龙等中央前委的工作人员和警卫有序地站在大街上，似在保卫中央领导。

毛泽东、周恩来、任弼时等相继走出大门。

杨家沟的乡亲们蜂拥而上，有的抓住毛泽东的手，有的紧紧跟着周恩来……大街很快围满了送行的乡亲。

毛泽东走到吉普车前，拱抱双手，满怀感情地向杨家沟的乡亲们道别。

毛泽东坐上吉普车，探出头来，向乡亲们不停地挥手。

周恩来走到毛泽东的吉普车前，大声地："主席！我和你坐同一辆吉普车，欢迎不欢迎啊？"

毛泽东："欢迎啊，上来吧！"

周恩来跳上吉普车，与毛泽东并排坐在后排座位上。

吉普车开动了，毛泽东、周恩来不停地向乡亲们挥手致意，大声喊道："再见了！再见了……"

警卫人员骑上战马，跟随吉普车向前跑去。

乡亲们望着远去的吉普车、战马消失在大路的尽头。

陕北高坡的大路　外　日

毛泽东的吉普车走在车队的前面，随着黄土高坡的起伏而前行。化入吉普车内：

毛泽东、周恩来并排坐在后排座位上，随意地深谈。

毛泽东感慨地："自从长征来到这陕北高原之后，屈指算来，已经整整十三个年头了！"

周恩来喟叹不已地说道："是啊！这十三年是中国天翻地覆的十三年。我们不仅取得了抗日战争的胜利，而且还粉碎了蒋介石消灭我们的美梦！主席，有多少惊心动魄的事情可以记述，又有多少经验和教训值得记取啊！"

毛泽东："这是一篇很大很大的文章，留给我们的秀才们去做吧！"

周恩来："这篇大文章，恐怕需要几代秀才来做。"

毛泽东："我是个现实主义者，你信不信？说不定还有一些秀才——甚至是和我们同甘共苦的秀才，还会改变立场骂我毛泽东，当然也少不了你周恩来。"

周恩来愤怒地："这就是背叛革命的叛徒！"

毛泽东淡然地："我劝你和我一样，一辈子人不管两辈子人的事。话又说回来，这十三年，最令我难忘的是转战陕北这一年！我和你，还有弼时，在两个窑洞里，指挥了一场全国的战争。"

周恩来："准确地说，是毛主席在世界上最小的司令部里，指挥了最大的人民解放战争。"

毛泽东："这个战争还没有结束！"

周恩来："放心，到西柏坡还可以继续指挥。不过，我相信主席的司令部，也不会比陕北的窑洞大。"

叶子龙骑着一匹战马迎面跑来。

吉普车戛然而止。

后边的车队、马队全部停下。

叶子龙大声说道："同志们！渡船很快就到，请首长们暂时休息一下。"他走到毛泽东的吉普车前，说道，"主席，周副主席，您二位就在车上休息一会儿吧。"

毛泽东："岂有此理！来到母亲河边，怎能不先拜祭我们的母亲河呢！恩来，下车，爬上堤岸去。"他说罢带头走下吉普车，在警卫员的搀扶下有些吃力地爬上黄河大堤。

接着，周恩来、任弼时、陆定一等相继爬上黄河大堤。

毛泽东俯瞰滚滚南去的黄河水，陷入了沉远的凝思。

周恩来走到毛泽东身边，问道："主席，你在想什么？"

毛泽东："我在想东征。"

周恩来一怔："什么？你在想东征……"

毛泽东："对！那时，我们刚到陕北不久，人不足八千，而且就要到了衣不遮体、食不果腹的地步，多数同志反对我提出的东征。那时，我想作为黄河的儿女，怎么也应向母亲河有个交代啊！也就是在这里，我写出了'数风流人物，还看今朝'的词句。"

周恩来："我看主席就要实现这一理想了！"

毛泽东笑着说："讲清楚，这个理想的实现，虽然有我毛泽东，还有你周恩来，但我们这些共产党人，永远不要忘了主要是靠全国的人民！"

周恩来："是的！那是主席第一次过黄河吧？"

毛泽东："对！不过，我们很快就又回来了。"

周恩来："去年的形势是那样地严峻、危险，你为什么还坚持不过黄河呢？"

毛泽东笑了："你知道吗？我这个人有时是很迷信的！中国有一句俗话，叫再一、再二，不能再三再四。我们去年如果东渡黄河，一定还要回来。那这一次呢，岂不变成再三了吗？"

任弼时："所以，无论我怎么和你吵架，你就是不过黄河，对吗？"

毛泽东坦然大笑："你们何必这样当真呢？"

陆定一："主席，你这次过黄河之后，还准备回来吗？"

毛泽东："我不希望再回来了！"

胡乔木："为什么？"

毛泽东："那就意味着我们的革命失败了！"

这时，叶子龙走到近前："主席，克农同志来电说，北平行辕主任李宗仁明天动身南下，参加副总统竞选。"

毛泽东蔑视地："有意思，我们是 3 月 21 日动身东渡黄河，继续打天下；他李宗仁明天——也就是 3 月 22 日动身南下，竞选副总统。恩来，说说看，是天意还是巧合，对此你有何评说？"

周恩来："我只能这样说，我们东渡黄河，是一定能打出一个新中国；他李宗仁南下竞选副总统，是必然会导致蒋家王朝的彻底垮台！"

毛泽东："我投恩来一票。子龙！"

叶子龙："在！"

毛泽东："杨罗、杨耿左右兵团已经部署到位了吗？"

叶子龙："已经部署到位了！"

毛泽东："很好！等南京竞选搞得轰轰烈烈的时候，让杨得志、罗瑞卿下令发动攻击。"

叶子龙："是！"

周恩来："不仅要在长城内外用枪炮给蒋介石、李宗仁竞选助威。而且还要打得坐镇北平的傅作义坐立不安！"

叶子龙："是！"他高兴地大喊，"领导同志们！我们开始登船了！"

北平 华北剿匪总司令部 内 日

郭景云等十多位高级将领正襟危坐，等待傅作义的到来。

华北剿总参谋长李世杰站在会议室的门口。

有顷，傅作义在阎又文、傅冬菊的陪同下走进会议室。

李世杰大声喊道："总司令到！"

与会的全体将领肃然起立，双目盯着傅作义。

傅作义指着靠墙的椅子说道："你们就坐在这里。"

阎又文、傅冬菊应声落座。

傅作义坐在主位上，伸出双手："都请坐！"

与会的将领整齐划一地坐下。

傅作义："我们都是绥远的儿女，又都是在枪林弹雨中练出来的弟兄们，李参谋长，今后召开所有的会议，都不准搞这一套。记住了吗？"

李世杰："记住了！"

傅作义："今天的会议，不是研究军事作战的，而是座谈北平行辕李主任南下竞选副总统的事。为此，我为你们请来了两位新闻界的人士与会，一个是我们绥远军的老新闻阎又文，另一个就是我的女儿——天津《大公报》的记者傅冬菊。下面谁先发言？"

李世杰兴奋地说："当时，总司令自张家口迁往北平就任这一职务的时候，大家都说：蒋主席很快就会四顾茅庐，请总司令登上华北党、政、军一把手。"

郭景云："对！总司令就像当年的张少帅那样，是黄河以北的皇帝。不要忘了，我们'绥远虎'三十五军，就是张少帅封给总司令的。"

傅作义严肃地："诸位，不要谈这个话题，而且时下也不能谈。记住了吗？"

"记住了！"

傅作义："诸位，北平行辕李主任南下竞选副总统，其真实的目的是什么呢？"

李世杰愕然一怔，脱口而出："那就是想当副总统呗！"

"对！对……"

郭景云："最多，他等个机会再取总统而代之。"

傅作义："他难道就没有其他想法吗？"

与会的将领面面相觑，无一为答。

傅作义："下面，请我们的老新闻阎又文谈点意见。"

阎又文起身说道："据可靠的朋友告诉我：李主任认为，一、与他当年同辈的军人冯玉祥在国外，阎锡山宣布不参加竞选，除外就没有人同他竞选副总统；二、李宗仁认为蒋介石必败，如竞选成功，遇有机会即可同毛泽东谈判，收拾残局；三、李主任判断北平一定守不住，不愿束手当俘虏，即使竞选副总统失败也好借口离开北平。"

傅作义："桂系诸位大将们有何意见？"

阎又文："对此，桂系智多星黄绍竑十分赞赏第三条，他说，借此离开北平不论回广西或到香港等着看，再作下一步打算。"

傅作义："对于竞选副总统，蒋主席就真的属意我们的李主任吗？请冬菊转述天津《大公报》同仁的意见。"

傅冬菊："据《大公报》的同仁说，蒋介石真正属意的副总统人选是太子孙科。"

李世杰听后一惊，下意识地问道："有何根据？"

傅冬菊："日前，胡适曾给李宗仁一信，表示全力支持李竞选副总统。但是，当他接到蒋介石的密旨之后，他又公然宣布：'据我看，副总统的人选以孙科为宜。'对此，李宗仁请人当面质问胡适：'先生赞成李主任竞选，不是已喧腾报章，怎么好反汗呢？'"

"是啊！这么大的一个名人怎么说话不算数呢？"

傅冬菊说道："他可不是这么认为的！对此，我的同仁搞到了一份他的讲话。"

郭景云："他是怎么说的？"

傅冬菊："这位胡适博士振振有词地说：'岂但李德邻可竞选，任何人都可以竞选呀。中国事由武人包办，东一个将军，西一个将军太不像样。这次副总统最好来个文人。'"

李世杰："对此，我们的李主任有何感想呢？"

傅冬菊："听说，李主任闻言大惊，黯然自语，'一位名学者怎么这样轻易地改变自己的立场呢？'"

与会的将领听后哗然。

傅作义严肃地："停止喧哗！"

与会的将领哑然无声。

傅作义："这就是我们面对的形势：一、李主任南下竞选副总统一定十分艰难，这和我们没有什么关系。但是，新当选的蒋总统再给我们派来一个新的行辕主任怎么办？"

与会的将领愕然。

傅作义："二、我们家乡有一句俗话，卖什么就吆喝什么。我们是扛枪杆子的，就要关注打仗的事。李参谋长，共军怎么没有动静了？要查清楚！"

李世杰："是！"

傅作义："今天晚上我还要单独为李主任送行，会议到此结束！"

中南海　李宗仁官邸客室　内　夜

李宗仁身着中式服装，似忧心忡忡地在室内缓缓踱步。

一位侍卫走进："李主任！傅总司令来访。"

李宗仁忙转过身来，看着身着戎装的傅作义走进客室，笑着说："傅司令！你一肩挑半壁河山，竟然还挤出时间来为我送行，让我真是不安啊！"

傅作义紧紧握住李宗仁的手："李主任，言重了！无论是从资历，还是到现职，我都是您的属下，预祝李主任南下竞选旗开得胜、马到成功！"

李宗仁："谢谢！"指着沙发，"坐下谈。"

李宗仁、傅作义分主宾落座。

李宗仁感慨地："宜生，说句心里说，南京那个地方，绝不是为你我准备的。"

傅作义："李主任所言极是！天子脚下官员多，随便一个摇乌纱帽翅的，就可能是皇亲国戚，到天子那儿参你一本，用我们口外的话说，死都不知道是怎么死的！"

李宗仁叹了口气："打天下的时候，有这种事吗？"

傅作义："没有！"

李宗仁："从历朝历代看，国之将亡，就会出现皇亲国戚专权，要么就产生龙子龙孙祸乱朝纲。"他叹了口气，"没想到孙先生创建的国民党，也落得这步田地了！"

傅作义："所以，我来送行的第一句话：希望李主任入主南京，当中兴大臣啊！"

李宗仁叹了口气："谈何容易！"

傅作义："今后，我傅作义进京也有李主任引路了！"

李宗仁："说不定啊，我由此而远离南京啊！"

傅作义："不会的，绝对不会的。"

李宗仁怆然地摇了摇头。

傅作义："李主任，你就要远离北平了，希望你行前多向我贡献宝贵的意见。"

李宗仁："北平有两股力量你要分外注意，一是北平的学生运动，它历来是改变政权的先导；二是华北的共军，不可以再让他们坐大。"

傅作义："谢谢！谢谢！"

察南野司作战室　内　日

耿飚驻足窗前，透过玻璃窗向外一看，远山近屋，大发感慨地说："毛主席说得真对！我们一出平绥、冀东就看见宽广的天地，眼光就扩大了。"他转过身来，看着杨得志、罗瑞卿、杨成武冲着他笑的样子，他余兴未消地大声说，"诸位领导同志，我真有那种欲穷千里目，更上一层楼的感觉！"

杨得志："我一百个相信！下面，该开会研究作战部署了，你这个参谋长，先介绍有关情况！"

耿飚笑着走到简易的作战地图前，指着作战地图说道："察南，即察哈尔省以南，我们作战的地方主要是张家口以南的怀安、阳原、蔚县、涿鹿、广灵等地；绥远东部，主要是指集宁、丰镇以东，山西天镇、阳高以北地区。在这里驻有傅作义所部的二三流部队，多为补训师，且数量不多，配置也比较分散，除了暂编第四军等部驻守张家口及附近地区，在天镇、阳高和蔚县驻有补训五、六师以外，其他地方都是一些地方保安队。"

杨得志："右翼兵团第一仗从哪儿打起呢？"

耿飚："蔚县！"

杨得志："攻城的部队还是我四纵吗？"

耿飚："是！"

罗瑞卿："要电告曾思玉和王昭，为了初战完胜，必须要深入摸清蔚县城里的情况。"

耿飚："为此，我们政治部主任潘自力同志主动地留在了四纵。"

杨成武一怔："潘主任主动留下做什么？"

耿飚莞尔一笑："请他导演一出化装戏剧。"

杨成武一怔，自语地："请他导演一出化装戏剧……"

四纵指挥部　内　夜

曾思玉、王昭坐在桌旁喝茶，潘自力在室内缓缓地踱步。

"报告！"

曾思玉："请进来！"

李正、来鹰走进作战室，一看这阵仗有些胆怯。

曾思玉："今天，请你二位来，是要交给你们一项重要的革命任务。"

来鹰抢先地说："请首长放心，保证完成任务。"

王昭："下面，由野司政治部潘主任给你二位下达任务。"

李正忙答说："是！"

潘自力："来鹰同志，听说你有一个同师的师姐住在蔚县城里，是吗？"

来鹰："是！我这位师姐在出师的第二年，她被蔚县城里的一个贩卖粮食的老板给娶走了，从此戏班里就剩下我一个人挑大梁。"

潘自力："后来，你们还有联系吗？"

来鹰："有！每次我们去蔚县演出，她就和她的先生来看戏，偶尔还请我下馆子。有时，她随先生来张家口贩卖粮食，她也会来戏班子里看我。一年多以前，自从我们撤出张家口，就再也没来往了。"

潘自力："你这个师姐夫和县里的太爷、驻军有联系吧？"

来鹰："那是自然了！在口外跑生意不和这些人打好关卡，那将是寸步难行的。"

潘自力："很好！李正同志，是北平人吧？"

李正："是！"

潘自力："你知道北平粮铺的名字吗？"

李正："知道！就在我们家住地不远的地方就有一个粮铺，专卖蔚县的小米。"

潘自力："为什么要专卖蔚县的小米呢？"

李正："这里产的小米好吃，是给皇帝进贡的，所以那些八旗子弟，以至今能吃上蔚县的小米而引为自荣。"

潘自力："很好，真是天助我也！今天，交给你们二人的任务是什么呢？通过这位卖粮老板摸清蔚县城里的火力布防，以及军队驻防的位置。"

来鹰："没问题！潘主任，其实像这样的事，我一个人就办了！"

潘自力："不行！万一你那个师姐站到国军那边去怎么办？假设你这个未见面的师姐夫，把你献给县太爷或驻军当官的又怎么办？"

来鹰嗫嚅地："我……不知道。"

潘自力："因此，你和李正同志假扮夫妻去蔚县买小米，多带一些钱，遇有不测事件，可用钱打通关节。"

李正："没问题！"

来鹰："我……有问题。"

潘自力一怔："有什么问题？"

来鹰："到晚上……"

曾思玉："不就是睡觉嘛!"

来鹰害羞地："就是这睡觉……我做不来。"

王昭："谁让你们真睡觉! 我听聂司令说,陈赓司令在从事地下工作的时候,曾和一位女同志假扮夫妻住机关,几个月下来都没事。"

曾思玉："我可听说也有弄假成真的。结果,他们就真的成了一对恩爱的夫妻了。"

潘自力："一句话,这要看革命的缘分。不过,我给你们立一个规矩: 晚上睡觉,来鹰睡炕上,李正睡地下,违犯纪律者,给予处分!"

蔚县城门 外 日

蔚县城门一边有一个持枪站岗的卫兵。

男女老少进进出出,与卫兵互不相干。

沿着大道驶来一辆阔气的马车,送来悦耳的铃声。

两个卫兵迅速地站在城门中央,举枪拦住去路。

车把式喊了一声"吁!",马车停在了城门中央。

卫兵用枪挑开车帘子,只见:

李正穿着一件黑缎子长袍,戴着一顶狐皮小帽坐在左边;来鹰穿着一件素色旗袍,围着一条白色的头巾,坐在右边。

卫兵甲："从哪儿来的?"

李正："北平!"

卫兵乙："做什么的?"

李正："北平李记粮仓的老板。"

卫兵甲："来蔚县做什么?"

李正："找蔚县刘记米店的刘老板做生意。"

卫兵乙："做生意……"

李正取出四块大洋往地上一扔,傲气地道:"倒春寒也是很冷的,二位兄弟去买瓶老白干喝吧!"

卫兵甲伸手指着城门："请进！"

车把式喊了一声"驾！"，马车响着铃声走进城门。

卫兵甲、乙拾起银元，每人拿着两块银元一碰，发出"叮"的响声。

卫兵甲："北平的老客真大方，一出手每人两块袁大头！"他和卫兵乙相对一笑，装进自己的口袋里。

刘记米店大门前　外　日

刘记米店的牌子挂在门额的上方，门口进出买米的百姓。

马车停在刘记米店的大门前，李正很有派头地走下马车，回身又双手扶下来鹰。

来鹰走进刘记米店大门，说道："请通禀一声，就说来香老板娘的妹妹来鹰到了！"

有顷，老板娘来香走进米店，一见来鹰，上来边抱住边激动地说："妹妹！是哪阵仙风把你给吹来了？"

来鹰："是咱们口外的风太厉害，一吹就把我吹到北平去了，向姐姐学，为了有饭吃，我也找了一个卖粮食的！"她转身指着李正，"这就是你的妹夫，叫李正！"

来香看了看李正的派头："我一看就知道，妹妹好眼力，是个做大买卖的主。"她转身一指，"进屋再谈！"她抓着来鹰的手向后院走去。

李正跟在后边，不失身份地走进后院。

来香家的餐厅　内　日

这是一张八仙桌，上面摆满了用当地的土特产做的菜，中间摆着一瓶老白干。

来香当仁不让地坐在首席，来鹰和李正坐在两边，唯有对着首席的一面没有人坐。

来香："来鹰妹，还有第一次相见的妹夫，这年头兵荒马乱的，没有什么好的酒肴，就凑合着吃吧！"

李正："慢！第一次前来拜访，一定要等姐夫回来，我们再开宴！"

来香："我们不等他了，开始吃吧！"

来鹰："师姐，这倒是为什么呢？"

来香长叹了一口气："师妹！妹夫！把话说开了也好。从今年开始，蔚县驻军的一个军官就变着法地想拿走我们的这家米店，没办法，我那口子就天天陪着蔚县最大的一个军官喝酒，甚至还要从窑子里花钱买窑姐陪着他睡。俺那一口子呢，搞得也几乎每天喝得烂醉如泥，回到家里往炕上一倒就人事不知了。"

这时，两个兵痞架着刘老板走进餐厅："老板娘，刘老板才喝了一瓶酒就醉成这个样子，交给你了！"

来香扶着自己的丈夫说道："看你，喝成这个样子，我的师妹和她的先生来看我了，可你……"

刘老板从口袋里掏出一个油印的小册子："你……你们……能见到……共军吗，把这本蔚县……布防图……交给他们，早一天把这些喝……人血的刮民党消灭……"他说罢就把小册子扔在了桌上。

来香扶着刘老板走出餐厅。

李正拿过这本油印的蔚县布防图看了看，随手装进上衣口袋里。

来鹰小声地问："行吗？"

李正微微地点了点头。

来香走了回来："你们看见了吧？这哪是人过的日子啊！"

李正："师姐，想开些，等天下太平了，我和姐夫联手做米的生意，很快就会赚回来的。"

来鹰端起酒杯："师姐！祝咱们姐妹俩久别重逢，祝他们兄弟俩生意兴隆，干杯！"

"干杯！"

刘老板家的客房　内　日

来香引李正、来鹰走进客房，指着火炕："这就是你们夫妻俩下榻的地方，房子开间小了点，还干净，挺暖和。"

来鹰："谢谢师姐，天不早了，等明天姐夫醒过酒来，他们兄弟俩再谈生意。"

来香："好！如果后半夜有点冷，你们夫妻俩就抱团取暖吧！"

来鹰："你也快睡觉去吧！"她就像是一个亲妹妹那样，把师姐来香推出了房间，顺手又闩上门，她转过身来，看着全神贯注看小册子的李正遂长长地叹了口气。

李正边看边问："是不是又过了一关？"

来鹰："对！你有什么不知道的，就问我。如果我也不知道，明天由我问师姐。你看这样好不好？"

李正："为什么这个油印的小册子上说：大同的婆娘，蔚县的城墙？"

来鹰："据我所知，大同出美女，所以有大同的婆娘之说；蔚县在这一带最有名的是城墙，底座全是用石头砌的，又高又宽，再加之护城河有一米多深，有好几丈宽，敌人是很难渡过来的。所以，有蔚县的城墙之说。"

李正继续边看边说："真是踏破铁鞋无觅处，得来全不费功夫。关于城墙的高度、宽度，上边都写得清清楚楚。"

来鹰："有驻防军队的数字吗？有火力布防图吗？"

李正："有！全都有。怎么样，你先睡吧，我在灯下把它全背下来。"

来鹰："把这个小册子带回去不就完成任务了吗？"

李正："不行！一切都不如记在心里保险。"

来鹰为难地："你、你……"

李正："我想好了，你把那床多余的棉被拿过来，我坐在这把太师椅上，盖上这床棉被，保证暖暖和和一觉到天亮。"

来鹰："那还是我坐在太师椅上睡吧？"

李正："不要再说了，我只求你不要告我的状就行了！"

来鹰坐在炕上，背靠着墙，双腿上面搭了一床棉被，依然两眼看着李正。

四纵指挥部　内　日

曾思玉站在作战地图前，严肃地讲道："同志们！你们知道为什么没费多大劲儿，就把蔚县外围的几个据点全部拔掉了吗？这是我们的侦察员小王同志，还有特殊的侦察员李正、来鹰同志的功劳，他们把敌人的情况摸得一清二楚。因此，你们要记住他们为革命做出的特殊贡献！"

与会的指挥员热烈鼓掌。

李正、来鹰难为情地向大家鞠躬致谢。

王昭："今天开会，为什么请他们来参加呢？接下来就要攻打蔚县城了，有什么不明白的，可会下向他们请教。"

与会的指挥员再次热烈鼓掌。

王昭："下面由曾司令员下达攻城的战斗任务！"

曾思玉："十旅旅长邱蔚同志！"

邱蔚站起："在！"

曾思玉："今天的战斗任务完成了吗？"

邱蔚："报告司令员，全部完成！另外，蔚县的东关、南关和西关也被我十旅占领。其中，保警七大旅大部被歼，残部逃回城里。"

王昭："邱蔚同志，蔚县的蔚读'雨'音，不读你的名字'蔚'音，可不要让当地的老百姓说，土八路就是没有文化。"

全体与会者笑了。

曾思玉："不管怎么说，邱蔚同志和蔚县连上了！下面，下达作战命令。邱蔚同志！"

邱蔚站起："在！"

曾思玉："由你率领十旅从蔚县西门、南门攻城，要以最快的速度突破城门，攻进城里。"

邱蔚："是！"坐下。

曾思玉："曾保堂同志！"

曾保堂站起："在！"

曾思玉："由你率领十二旅从东门攻城，并负责阻敌向北逃去！"

曾保堂："是！保证完成任务。"坐下。

曾思玉："李湘同志！"

李湘站起："在！"

曾思玉："由你率领十一旅向东北方向前进，准备在代王城一带打援！"

李湘："是！"坐下。

曾思玉："散会！"

与会的高级将领起身离去。

王昭："李正同志，来鹰同志，谢谢你们了，我和曾司令一定为你们二人请功。"

李正和来鹰连忙摆手："不！不要……"

曾思玉："要！来鹰同志，有何感想？"

来鹰："曾司令点将，可和我们演戏不一样，就说穆桂英大破天门阵吧，也没有这个阵仗。"

王昭笑着说："穆桂英点将是花架子，让老百姓高兴。曾司令点将，可是要死人的啊！"

曾思玉："不要吹了！按照我们的规矩，下午带着旅、团长进行绕城勘察，现场明确攻击、突破、协同、保障等具体问题。"

来鹰："我可以跟着你们去吗？保证不说话。"

曾思玉："当然可以！"

蔚县城外　下午

在小号加弱音器独奏的《中国人民解放军进行曲》声中，摇出如下一组镜头：

曾思玉、王昭带着三个旅长、警卫人员，还有李正、来鹰等遥望蔚县城墙，并指指画画说些什么。

曾思玉等来到距护城河不远的一个山包后边，指着护城河说些什么。

夕阳西下，照着古城、远山是那样地如情如画。

曾思玉远望城墙的垛口，发现有明有暗。他有意地问来鹰："大演员，这垛口为什么有明有暗呢？"

来鹰不好意思地："不知道。"

曾思玉："李正同志知道吗？"

李正："这明亮的垛口，说明没有遮掩物，光线就射出来了；相反，这阴暗的垛口里边，一定有遮掩物。"

曾思玉："你知道是什么遮掩物吗？"

李正："不知道。"

曾思玉冲着一个警卫战士招了招手，命令地："把枪借我用一下。"

警卫战士双手送上身背的长枪。

曾思玉接过长枪，熟练地检查一遍，端起长枪，瞄准垛口，"啪、啪、啪"三枪，随后把长枪递给警卫战士。他又伸手指着垛口："你们看，这三个阴暗的垛口都亮了吧？"

"都亮了！"

曾思玉："这说明在垛口的里边是站着的人，有的被打死了，或吓得躲开了，这三个垛口就由暗变亮了。李正同志，我说得有道理吧？"

李正："有！"

王昭："来鹰，你说呢？"

来鹰："我不同意曾司令说的有的是吓得躲开了，我认为就应该全部被曾司令打死了。"

王昭："为什么？"

来鹰："这就证明我们的曾司令是百发百中的神枪手！"

王昭："老百姓看了保证会来个满堂彩！对吗？"

来鹰："对！"

曾思玉："不对！来鹰同志，这就叫三句话不离本行。在舞台上，需要的是掌声；在战场上，我要的是保全自己，消灭敌人！"

来鹰不好意思地低下了头。

曾思玉："三位旅长，攻打蔚县古城前，都要配备特等射手，就照这样打，明天我们再到城墙上给敌人收尸体！"

"是！"

曾思玉："记住：明天拂晓四时，准时发起攻击！"

在《中国人民解放军进行曲》的军乐声中，攻城的枪炮声打响了，同时送出男声画外音，并叠印出相应的战斗画面。

男声画外音："随着曾思玉一声令下，各个方向同时向蔚县古城发起攻击，城墙被炸开了，城门被突破了，各路攻城部队杀进蔚县城里，与敌人展开巷战。至八时半，残敌被压缩在北城墙上的玉皇庙里。九时，战斗结束，全歼守敌，少将师长郭希朴等一千余人。"

女声画外音："与此同时，我右翼兵团二、三纵队挥拳向北，一路打过桑干河，破坏平绥线，攻占了广灵、阳原、化稍营等地；我左翼兵团挥拳向西，在一举攻占平绥沿线诸车站外，又克阳高、天镇等县城。至此，察绥战役第一阶段结束，共歼傅作义部补训五、六师，暂十一师、骑十一旅各一部，以及保安部队，共一万五千余人，收复察南大片土地，切断了张家口至大同的交通线……"

北平剿匪总司令部作战室　内　日

傅作义驻足作战地图下面，愤怒地看着作战地图上面标有的各种作战符号。

李世杰、郭景云等高级将领站在傅作义的两边，全都不敢用力喘气。

傅作义生气地："李参谋长！我第三十五军遭受共军重创以来，已有两个多月了吧？"

李世杰："是的！"

傅作义："你们竟然没有发现共军有如此重大的调动？"

李世杰："说老实话，我们还以为共军的主力仍待在保定以南、以北呢。因此，我们根据总司令'以主力对主力'的作战原则，也依然停在原地准备迎敌。"

傅作义："这就是我们作战的悲剧！"他拿起教鞭指着作战地图讲道，"我们绥远部队的主力摆在平保、平张一线，原孙连仲指挥的部队又被蒋主席调往冀东，策应东北国军剿共。可是你们——包括我也不曾想到共匪会跳到我们老家的后院折腾！"他猝然发现与会的高级将领全都站在他的身后，严肃地说，"都站着干什么？坐下谈嘛！"

与会的高级将领一个个落座，但都是正襟危坐，等待傅作义下达命令。

傅作义："李参谋长，你先谈谈意见吧！"

李世杰走到作战地图前，指着地图讲道："华北战场的形势是明摆着的，平、津、保一块，处于核心地位，丢不得；冀东——含承德等地一块，是蒋主席确保东北、华北两个战场的走廊；还有一块——也就是我们原绥远军的发祥地。自孙连仲始，就只管平、津、保这个核心的三角地带，那是因为总司令坐镇张垣，西北无虞。而今……"

傅作义："我主军于北平，察哈尔以西，包括我们的发祥地绥远，就成了无军可守的空白地，让共军钻了空子。对此，你们有什么想法吗？"

郭景云站起，愤慨地说："古语说得好，卧榻之侧，岂容他人鼾睡！我请求亲率第三十五军打回老家去。"

傅作义："我赞成！但不可以单飞。李参谋长，你的意见呢？"

李世杰："我同意总司令的意见！我意为第一步，针对共军主力已经转到张家口以西，应急调第三十五军、暂三军、暂四军等部，由张家口、天镇西开，摆出与共军决战的架势。"

傅作义："可以！"

李世杰："第二步，为形成'以主力对主力'的态势，把九十四军主力从冀东调往宣化、下花园等地。"

傅作义："很好！行动要保密，争取在张家口以西地区和共军决战！"

晋察冀野战军指挥部　内　日

室外下着大雨，低垂的阴云遮住了远山近舍。

杨得志站在屋门，生气地眺望这雨天。

耿飚和杨成武在室内交换了一个眼色，遂又微微地摇了摇头。

杨得志怒火满胸地走回屋内，重力拍了一下桌子，宣泄似的大声自语："咳！真窝囊，没有想到天公不作美，延误了我们进攻的时间！"

耿飚走过来，笑着说："杨司令！这都是天意嘛，又不是我们不愿打回张家口。"

杨得志："等一下，罗政委回来，一定会指着我的鼻子骂：杨得志啊杨得志，你知道我们是怎样撤出张家口的吗？大好的报仇机会就这样失掉了！"

恰在这时，罗瑞卿穿着雨衣走进指挥室，若无其事的样子说："什么大好的报仇机会就这样失掉了？"

杨成武也余怒未消地说："杨司令说，这老天爷下个不停，攻打张家口的机会失掉了！"

杨得志："再加上傅作义绝不让他的发祥地失火，遂又急调四个军，摆出'以主力对主力'的决战架势，那我们就只好宣布撤军。"

耿飚取出一份文稿："罗政委，这是我们三个人研究的下一步的行动计划，你看后如同意，就上报军区和中央军委和毛主席。"

罗瑞卿接过行动计划，笑着说："同志们，不要泄气，我这里还有一个天大的好消息。"

"什么天大的好消息？"

罗瑞卿激动地说："毛主席到了我们军区所在地阜平城南庄了！"

全体听后激动不已。

定格　叠印字幕：第十九集终

第二十集

阜平县城南庄　外　日

在《解放区的天是明朗的天》的歌声中摇出：

晋察冀军区驻地的军民一边歌唱一边扭着秧歌，欢迎中央前委的领导和随行的同志们。

毛泽东、周恩来、任弼时、陆定一等在聂荣臻、萧克等同志的陪同下又说又笑地走来，他们不停地向欢迎的群众挥手致意。

阜平城南庄　毛泽东下榻处　内　夜

毛泽东坐在桌前，凭借一点灯光在用心地披阅电报。

有顷，聂荣臻陪着周恩来、任弼时走进。

毛泽东："都坐下吧！这两天听了荣臻同志的工作汇报，对晋察冀的工作有了初步的认识。"他说罢拿起一纸电报，说道，"从杨得志、罗瑞卿等同志发来的电报可知：一、此役未能攻克张家口等城市，心里憋着一口气；二、他们似乎对配合、支援东北林彪、罗荣桓他们作战，而不能像其他的野战军那样，较为自主地消灭敌人有些情绪。"

聂荣臻笑着说："主席厉害，一开口就点破了我们军区野战军——尤其是指挥员的思想问题。"

周恩来："我看主要是你们军区领导影响了杨得志、罗瑞卿他们的情绪。根子嘛，我看还是出在没有战略全局观念，只想晋察冀能多打一些大的歼灭仗，多消灭一些敌人。"

任弼时笑着说："荣臻同志，从理论上讲，这也是一种本位主义在作怪。"

陆定一："这样一来，势必影响毛主席和党中央搬到你这一亩三分地来的目的。"

聂荣臻一怔："主席，真的有这么大的影响？"

毛泽东深沉地点了点头。严肃地说："有！从现在开始，荣臻你——还有杨得志、罗瑞卿等同志必须清楚：一年前，我和恩来他们不怕千辛万苦留在陕北，是为了以少胜多打垮蒋某人的四百万大军！"

周恩来："现在，虽然尚没有完成这一革命任务，但已经到了即将摧毁蒋家王朝的转折点！"

毛泽东："恩来讲得非常正确！党中央搬到这里来，就是要谋划这一最最重要的革命任务！"他走到作战地图前边，指着作战地图讲道，"当年，楚汉争夺天下主要是分两步走的，第一步，是韩信等在黄河以北——也就是在你们晋察冀，再加上晋冀鲁豫这一带扫清了楚国以及其他的武装力量，完成了逐鹿中原的任务。"

周恩来："也就等于刘邦占有了天然粮仓、有不尽兵源的地利条件。"

毛泽东指着作战地图继续讲道："第二步就是垓下之战，也就是楚汉争天下的最后决战。到这时，西楚霸王再有力拔山兮之力，也难以挽救他在乌江自刎的命运了！至于后来无人不知的《霸王别姬》这出戏，那则是金少山、梅兰芳他们的功劳了！"

周恩来："这就是主席一边转战陕北指挥各个战场上的战斗，一边筹谋的这一步大棋！"

聂荣臻微微地点了点头。

这时，叶子龙手持几份电报走进："主席！周副主席！南京发来密电，蒋介石搞的竞选总统真搞热闹了！"

毛泽东接过电文，笑着说："人算不如天算，看来，我们如何完成逐鹿中原、垓下决战等战事，只好等以后再说。现在呢，先轻松一下，看看当代霸王蒋某人竞选总统，究竟热闹到什么程度。"

周恩来："我赞成！不过，我要再强调一下，主席在城南庄的安全，就全都交给你聂荣臻了！"

聂荣臻："请放心！我们一定保证主席的安全。"

南京 国民政府官邸 内 日

蒋介石坐在沙发上，随意地翻着摆在茶几上的报纸。

蒋经国走进："父亲！您找我有什么事情？"

蒋介石看了看手表："何敬之从美国归来，等一下来官邸拜访我，你代表我去门口接一下。"

蒋经国："是！"转身退下。

国民政府大门外 日

蒋经国驻足大门外，望着远方驶来的轿车。

轿车戛然停在国民政府的大门外。

蒋经国急忙打开轿车的后门，伸手挡在车门的上方，客气地："何叔叔！请下车。"

何应钦故作诚惶诚恐的样子，说道："经国，我岂敢劳你的大驾出郭相迎？"

蒋经国："作为后生晚辈，这不是应该的吗？"他伸出右手指着大门，"请！"

何应钦、蒋经国相继走进国民政府大门。

国民政府官邸 内 日

蒋介石依然坐在沙发上翻阅报纸。

蒋经国引何应钦走进："父亲！何叔叔到了。"

蒋介石匆忙站起，迎上去紧紧握住何应钦的手，热情地说："敬之！匆匆一别，倏忽近两年矣，真是想念得很哪！"

何应钦受宠若惊地："我何尝不是时时都在想念主席啊！"

蒋介石指着沙发："请坐下谈吧！"他说罢落座。

何应钦应声坐在蒋介石对面的沙发上。

蒋介石："敬之，此次由美回国，想参加竞选正、副总统吗？"

何应钦："绝无此意！"他品了一口香茗，问道，"我在美国听说，胡适之博士想参选总统，可有此事？"

蒋介石淡然一笑："有的，有的！"

何应钦沉吟片刻："这有什么特殊的背景吗？"

蒋介石："美国政府！"

何应钦："我在美国时，怎么没听说啊？"

蒋介石："可在国内，却是路人皆知的事了！再者，美国驻华大使司徒雷登，也不停地在所谓知识界吹风嘛！"

何应钦摇了摇头："司徒大使应该清楚，在时下的中国，总统非蒋公莫属。"

蒋介石鄙视地："这个司徒大使，不仅为中国人推荐总统，而且还鼎力帮助李德邻竞选副总统。"

何应钦不解地："怎么会是这样？"

蒋介石："这很正常嘛！在时下的中国，美国这个老大就像是我们上海的黄金荣、杜月笙，他想让谁当就应该谁当！更为可笑的是，有些政客——尤其是一些喝过洋墨水的所谓高级知识分子，则更是唯美国马首是瞻。"

何应钦轻轻地叹了口气："蒋公打算怎么办呢？"

蒋介石："我想由党提名，由一名候选人与其他党、社会贤达的候选人角逐。"

何应钦："蒋公属意谁？"

蒋介石："孙科副主席！"

何应钦："我听说孙科不愿意参选，我更听说李德邻、于右任、程潜等候选人都要坚持竞选到底!"

蒋介石故作轻松状:"事在人为嘛!"

蒋介石官邸客室　内　夜

宋美龄坐在一架立式钢琴前,十分陶醉地在演奏肖邦的《革命练习曲》。

蒋介石走进室内,一听这气势澎湃的琴声微然一笑,遂停下了脚步。

宋美龄利用钢琴宣泄完自己的情绪后,遂又把上身扑在了钢琴上。

蒋介石开心地说:"夫人,听这琴声,我就知道夫人给我带来了喜庆的消息。"

宋美龄抬起上身,惊喜地说:"达令!你什么时候变成了懂音律的周郎了?"她快步走上前,主动地亲吻了蒋介石的额头,遂又看着蒋介石期待的目光。

蒋介石温情地:"夫人,说吧?"

宋美龄卖弄地:"猜猜看?"

蒋介石:"我猜不出来!"

宋美龄:"你最缺什么?"

蒋介石:"钱!"

宋美龄故意地:"时下需要钱做什么?"

蒋介石:"第一,有了钱就可以买军火,打败毛泽东;第二,有了钱——最好是美元,就可以打败美国支持的竞选对手!"他笑了笑,问道,"说吧,美国给了我们多少美元的援助?"

宋美龄:"美国国会通过了四亿六千三百万美元的援华法案。"

蒋介石有些失望地:"太少了!太少了……"

宋美龄愕然:"还少啊!我告诉你,美国的舆论还不同意立即拨款呢!"

蒋介石:"理由呢?"

宋美龄:"他们认为自日本投降以后,美国援助我们的美元总值高达四十三亿美元，结果呢……"

蒋介石："按照美国支持的胡适、李宗仁上台，中国恐怕早就是毛泽东的天下了！"

宋美龄不悦地："你说怎么办吧？"

蒋介石："你帮着我劝说你的大外甥孙科参加竞选副总统！"

宋美龄："你和他谈不行吗？要知道我比他小六岁呢！"

蒋介石："这姨夫哪有小姨近呢！再说，他孙科就是大你十六岁，按辈分还得叫你姨母。"

宋美龄叹了口气："让我想想看。"她沉吟片时，"李德邻愿意退出竞选吗？"

蒋介石："我已经让经国请张岳军、吴稚晖等中委、中监委与李德邻座谈，晓以大义，劝其退选。"

宋美龄："只要李德邻退出，程潜、于右任等都不是孙科的对手。"

美龄别墅前面的草坪　外　日

美龄别墅前面的草坪上，有一把白色的遮阳伞，下面有一张白色的圆桌，还有两张藤椅。

宋美龄着中式旗袍坐在一张藤椅上，很有身份地品着咖啡，不时地向远方眺望。

有顷，一辆黑色的轿车驶来，戛然停在草坪的旁边。

侍卫走上前去，打开车门，迎下孙科。

宋美龄很得体地站起，微笑着说："欢迎孙副主席，请坐下谈。"

孙科："谢谢！"遂坐在宋美龄对面那把藤椅上。

宋美龄："孙副主席，你以副主席之职竞选副总统，是顺理成章的事，可不知为什么，你对全国人民尚没有发出什么表示呢？"

孙科："虽说竞选是一种体现民主的形式，可西方人谁不晓得，是要用金钱来完成这一竞选形式的呢？可我呢……"他有些惨然地摇了摇头。

宋美龄："这不用你操心。蒋主席对我说了，只要你孙副主席参加副总统竞选，金钱一定会鼎力相助的。"

孙科："谢谢！根据我国的选举法，副总统实在是可有可无的位置，因他的手中没有一点实权，这不仅无助于在中国推行民主政治，而且还会从旁推波助澜，使民主选举的总统仍有变成独裁者的危险。"

宋美龄："如果中华民国选出的副总统，像美国那样，可以兼任参议院院长，并由副总统兼任立法院院长呢？"

孙科："果如斯，我愿参加竞选。不过，李德邻、于右任、程潜他们三人也公开表示参加竞选了。"

宋美龄："请孙副主席放心，一切交由蒋主席去办。"

蒋介石官邸客室　内　日

蒋介石蹙着个眉头在室内缓缓踱步、沉思。

宋美龄像阵旋风似的走进："达令！"

蒋介石转过身来，一看宋美龄那喜上眉梢的样子，忙说："夫人！一定是马到成功？"

宋美龄得意地："那是自然！"

蒋介石半开玩笑地："小姨厉害！"

这时，蒋经国走进，十分生气地说："父亲！李德邻、程颂云，坚决反对您提出的'由党提名'的原则！"

蒋介石厉声骂了一句："混账！"接着，他气得全身有些哆嗦起来。

蒋经国劝慰地："父亲，不可如此生气。"

蒋介石："这气我消不了！"

宋美龄："达令，这气消不了，你打算怎么办呢？"

蒋介石："我……我打算把他李德邻软禁在南京！"

宋美龄一惊："你再说一遍。"

蒋介石："我就像当年对待胡汉民那样，我把李德邻软禁在南京的汤山！"

宋美龄："这样一来，不仅竞选取消了，连美国国会刚刚批准的援助也就一笔勾销了。"

蒋经国："父亲，时过境迁了，软禁李德邻是下下策。"

蒋介石气难消地在室内快速踱步。

蒋经国在旁边说道："父亲，这件事用礼比用兵强，您不妨学着礼贤下士的样子，亲自找李德邻谈一谈，这不仅给了他个面子，而且也等于给了他个台阶。"

蒋介石缓缓地停下脚步，站在室内陷入凝思。

宋美龄温情地："达令！我以为经国说的有道理。"

蒋介石憋了半天，遂长长地叹了口气。

中山陵　内　日

一座用白色大理石雕刻的孙中山坐像凝视前方。

蒋介石、李宗仁默默走进大厅，并排站在中山陵大厅中央，向孙中山大理石雕像三鞠躬。

蒋介石低沉地说："德邻，你知道我为什么邀你来瞻仰中山先生吗？"

李宗仁习惯地："愿听委员长赐教。"

蒋介石："我是想当着中山先生的面说，只有全党同心，才能完成中山先生的遗愿。为此，我希望你同意中央的决定'由党提名'，退出副总统竞选。"

李宗仁："我难以从命。"

蒋介石："你难道不怕背分裂党的骂名吗？"

李宗仁："准确地说，这分裂党的骂名和我是没有关联的。你是知道的，我事先曾当面向你请求过，你说是自由竞选。那时你如果不赞成我参选，我是可以不发动竞选的。可是现在就很难从命了。"

蒋介石："为什么呢？你说给我听听。"

李宗仁："正像个唱戏的，在我上台之前要我不唱是很容易的。如今已经粉墨登场，打锣鼓的，拉弦子的都已叮叮咚咚打了起来，马上就要开口而唱，台下的观众正准备喝彩，你叫我如何能在锣鼓热闹声中忽而掉头逃到后台去呢？我在华北、南京都已组织了竞选事务所，何能无故而撤呢？我看你还是让我竞选吧！"

蒋介石沉吟片刻，坚定地说："你还是自动放弃的好，你必须放弃！"

李宗仁："委员长，这事很难办呀！"

蒋介石："我是不支持你的，我不支持你，你还选得到？"

李宗仁："这倒很难说！"

蒋介石动气地："你一定选不到！"

李宗仁倔强地："你看吧，我可能选得到！"

蒋介石大声地说："你一定选不到！你一定选不到！"转身走出中山陵堂。

李宗仁看着蒋介石的背影，全身发抖着，大声地说："委员长！我一定选得到！"

孙中山先生的大理石雕像似在听着他们的争吵。

南京傅厚岗李宗仁官邸　　内　日

李宗仁异常愤怒地："你们说说看，蒋先生怎么可以如此翻手为云，覆手为雨呢！"

黄绍竑冷然晒笑："德公，你何必如此地生气呢！我们桂系和他打了二十多年的交道，文的、武的，我们都见识过了，这有什么好奇怪的呢！"

白崇禧似胸有成竹地："德公，不要生气嘛！"他取出两张《中央日报》，说道，"你看，程潜和于右任都公开登报声明，坚决反对'由党提名'的竞选原则，我看他蒋先生，就很难要求全党推举太子孙科这个阿斗一人竞选副总统了！"

程思远："我赞成健公的意见，丝毫不必再怀疑，德公参加竞选已成定局。问题的核心是按照竞选规则，程潜和于右任，还有徐傅霖、莫德惠这些竞选副总统的候选人出局之后，德公如何与太子孙科再角逐副总统呢？"

黄绍竑："第一步，必须把蒋先生的这种霸气打压下去；第二步，我们再计划如何争取更多的选票。"

程思远："若想把蒋先生的霸气打压下去，只能采取重打可伤及蒋先生威信的人下手。"

李宗仁叹了口气，说道："谈何容易啊！健生，你有什么高见吗？"

白崇禧："好办！"他有意看了看与会者的表情，说道，"明天，我以国防部部长的身份，向国民大会的代表介绍军情。到时，我可以为德公借得竞选的东风。"

在座的人听后一怔。

国民大会会场　内　日

白崇禧站在麦克风前，很有鼓动性地说道："方才，我向诸位代表介绍了全国各个战场上的军情实况，真是不堪回首啊！想一想两年前，新上任的参谋总长陈诚将军向国人夸下海口，三个月消灭共产党，六个月统一全中国！请诸位代表再看看今天的形势——就说陈诚将军指挥的东北剿匪司令部吧，他上任不到半年，损兵折将将近二十万，把东北丢得就剩下沈阳、长春、锦州几个大城市了！请诸位代表想一想，这到底是为什么呢？"

台下顿时七嘴八舌地大叫："我们要杀陈诚以谢国人！"

白崇禧："请安静！你们都是国民的代表，一定要把民意和心声带到大会上来。下面，谁先说？"

接着，台下的国大代表依次发言：

"我是山东的代表赵庸夫！抗战胜利后，陈诚把二十万游击队逼上梁山，被共军利用，因此，应请政府杀陈诚以谢国人！"

"传云陈诚要去美国治胃病，可有此事？"

白崇禧大声地："有！"

"绝不让陈诚逃往美国！应当到上海把陈诚扣留起来，解到南京法办！"

"对！坚决把陈诚解到南京法办！"众口一词地说。

"我是东北的代表张震鹭！历史上曾有过诸葛亮挥泪斩马谡，我们要求蒋主席演一出挥泪斩陈诚！"

"对！我们要求蒋主席演一出挥泪斩陈诚！"

白崇禧看着台下"挥泪斩陈诚"的场面得意地笑了。

阜平城南庄郊外　晨

城南庄春深如黛，一片绿色，天空也显得越发地湛蓝了。

毛泽东、周恩来踏青山坡，自由地交谈着。

毛泽东："白崇禧这个再嫁的寡妇，借竞选搞这个'杀陈诚以谢国人'的闹剧，我是不赞成的！因为桂系的终极目的是让李宗仁当副总统，完全不必用这种下三滥的办法嘛！"

周恩来："国统区的上层人士皆知，陈诚现任夫人谭祥是谭延闿的女儿。当年，谭祥的母亲去世了，政界好事的人就想把宋家三小姐介绍给谭祥的父亲做续弦。谭延闿不敢应承这门亲事，可又怕得罪这位宋家的三小姐，就让自己的女儿拜她为干妈。后来，陈诚为了攀龙附凤，休了自己老家的原配夫人，和谭祥结了婚。"

毛泽东笑着说："白崇禧自以为高明，演了一出一箭三雕的好戏，打了陈诚，旁敲侧击了宋美龄，揭了蒋介石搞裙带关系，导致了全国战场上的失败。"

周恩来："目的是清楚的，蒋介石支持、信赖的人是不行的，选副总统就要投李宗仁的票。"

毛泽东："按此逻辑推论下去，孙科还有一位有汉奸之嫌的如夫人蓝妮。接下来，桂系一定还会拿这位如夫人做文章，把孙科搞得个灰头土脸。"

周恩来："那是一定的！"

毛泽东："通过这次所谓的竞选总统，他们都会使出全身的解数，其结果，让人民不仅可以看到传统治国理念的腐朽，也让中国人民领略了美国竞选和钱的关系。"

周恩来："这也很好嘛！让他们这些反面教员，给全国人民多上几课。"

毛泽东叹了口气："随着革命的胜利，我们建一个什么样的中国提上了日程。我的意见，你和弼时他们到达西柏坡之后，利用纪念五一国际劳动节提出我们的建国纲领。"

周恩来："很好！到那时，蒋介石搞的这场竞选总统的闹剧也就落幕了。两相对照，全国人民就自然而然地知道了国、共两党的根本区别。"

毛泽东："在口号中要公然提出：各民主党派、各人民团体、各社会贤达迅速召开新政治协商会议，讨论并实现召集人民代表大会，成立民主联合政府！"

叶子龙大声喊道："主席！给周副主席他们送行的宴会就要开始了！不然菜就凉了！"

毛泽东："民以食为天，回去吃饭！"

城南庄军区食堂　内　日

一张圆桌，上边摆满了当地土特产做成的菜肴，中间还摆着一瓶衡水老白干。

聂荣臻引毛泽东、周恩来、任弼时、陆定一等中央领导走进餐厅，依次落座。

聂荣臻起身讲道："自从中央前委来到城南庄以后，至少我聂荣臻眼界开阔了，对未来充满了信心。周副主席、弼时同志等你们就要到西柏坡去了，行前，我们还希望再聆听你们的教诲。"

毛泽东："我加一句，边吃边说！"

聂荣臻："对！边吃边说。"

周恩来："我先讲几句。最近，蒋介石他们搞总统竞选，还未选出来，丑态已经摆在了全国人民面前。主席说，我们也应该准备选举人民的政府，怎么选，中央会陆续作出决定。但有一条是定了的，晋察冀将是创建新中国的发祥地。"

毛泽东："荣臻同志呀，将来你可以挺着胸脯说：新中国是从我晋察冀的城南庄、西柏坡走来的。"

聂荣臻："不，不……"

任弼时："不必谦虚！时下的中央迁到你的一亩三分地上来了。但是，我要预先给你透个风，按照主席的设想，晋察冀和晋冀鲁豫两大根据地要合并，你要带头听中央的安排，不准闹本位主义！"

聂荣臻站起身来："我保证听中央的！"

毛泽东站起，端起酒杯说道："大家都端起酒杯来，为聂荣臻同志保证听中央的，干杯！"

"干杯！"

周恩来："主席，我看你还是要把全国军事大势，给大家讲一讲。"

聂荣臻："我更愿听到对我们的批评！"

毛泽东："我哪有那么多的批评！简单地说，东北在全国这盘大棋上有着特殊的意义！那里工业发达，盛产粮食，国际环境也不错，因此，中央把战争的重点放在东北。"

周恩来："其实，蒋介石也把重点放在了东北。"

毛泽东："是的，他把策应东北作战的地区选在了华北，我们选在了晋察冀。就这个意义上讲，蒋某人还是懂一些军事战略的。他为什么一定会失败呢，关键是傅作义和他离心离德，而你聂荣臻始终和党中央保持一致。"

周恩来："要告诉杨得志、罗瑞卿，没有他们的策应和支持，东北战场的胜利不会来得这样快！"

毛泽东："东北战场解决了，华北战场就有希望了，只有到那时，我们才会和当代的霸王蒋介石在垓下决战！因此，我提议，为当代的垓下决战早日到来，干杯！"

"干杯！"

城南庄　军区大院门口　外　晨

军区大院门口停着两辆吉普车和一辆坐着荷枪实弹警卫的卡车。

有顷，聂荣臻陪同毛泽东、周恩来、任弼时、陆定一等走出大门口。

周恩来严肃地："荣臻同志，我再说一遍，主席的安全问题交给你了。"

聂荣臻："请周副主席放心，包在我的身上。"

任弼时："主席的身体不是很好，主要是在转战陕北这一年当中营养太差，工作过度劳累造成的。因此，你要保证吃得好，睡得香。"

聂荣臻："绝无问题。"

周恩来转身紧紧握住毛主席的手："主席，我们就要去西柏坡了，有什么叮嘱的话要说吗？"

毛泽东笑着说："还是那些老话，一、蒋介石在南京搞总统竞选，已经弄得鸡飞狗跳，好不热闹；二、同时，我们在这个文戏舞台上要搞出一个东西，也就是我们创建新中国的纲领文件。五一之前一定要搞出来。"

周恩来："是！"

毛泽东："送君千里，终须一别，上路吧！"

周恩来："再见！"说罢登上第一辆吉普车。

任弼时、陆定一登上第二辆吉普车。

前边的军用卡车启动了，接着两辆吉普车缓缓驶去。

毛泽东、聂荣臻望着远去的吉普车挥手致意。

聂荣臻："主席，你的作息时间是阴阳颠倒的。你回去之后，再好好地睡它一大觉。"

毛泽东笑着说："客随主便，我住在这里，一定会听你聂司令的。"

这时，一位专职的司务长提着篮子走出，习惯地行完军礼又叫了一声:"聂司令!"

聂荣臻:"刘司务长!从今天起,要多买一些肉,最好有刚刚从河里抓到的鱼。"

毛泽东:"不要忘了,要多买一些辣子。"

聂荣臻:"放心吧,主席,你未到之前,我就请人买了地道的又红又辣的辣椒。"

毛泽东笑着说:"知我者,荣臻也!"他说罢又问司务长,"你叫什么名字啊?"

"我叫刘从文。"

毛泽东:"当了多少年的兵了?入党了吗?"

刘从文:"我是 1939 年参军的,还没有入党。"

毛泽东:"快十年的老兵了,怎么连党都没有入呢?"

刘从文:"我努力争取。"

毛泽东和聂荣臻相继走进军区大门。

刘从文看着毛泽东的背影,小声自语:"主席……"

阜平　王块镇烟厂　外　日

王块镇烟厂虽然是晋察冀军区开办的,但门口挂的牌子依然是"王块镇烟厂"。

刘从文提着篮子走到烟厂大门口,对警卫说:"我要找烟厂经理孟宪德同志,请通报一声。"

警卫:"请等一下。"他说罢走进烟厂。

有顷,警卫引孟宪德经理走出大门。

刘从文热情地:"孟经理!"

孟宪德提着一个书包笑着走过来,紧紧握住刘从元的手:"又是给军区首长买烟的吧?"

刘从文:"这还用说吗?"

孟宪德:"走!到烟厂开的门市部去买。"说罢,拉着刘从文沿街向前走去。

刘从文看了看街前身后，遂放心地说："老孟！毛主席到了军区大院了。"

孟宪德一怔："是真的吗？"

刘从文："八九不离十。"

孟宪德："你怎么知道的？"

刘从文："今天早上，我亲耳听见军区聂司令管一个人叫主席。后来，我又仔细想了想开会时挂的毛主席的画像，我觉得还真有点像！"

孟宪德蹙眉凝思片时："光像不行！必须是千真万确的毛主席才行。"

刘从文："要是真的呢？"

孟宪德："简单，把我过去给你的毒药放在毛主席的碗里，一切问题就全都解决了！"

刘从文胆怕地："不！不！那时，你让我给聂司令他们下药，我就担心事成之后跑不了，没敢放。"

孟宪德："这一次呢？"

刘从文："我更不敢了！再说，聂司令为了保证毛主席的饮食安全，厨房的大师傅全都换了。"

孟宪德想了想："看来，这盘棋得分两步走：一、先搞清是不是真毛主席；二、如果是真的，我再请示我的上峰，拿出消灭毛泽东的办法。"

刘从文："好！"

孟宪德从书包中取出两条烟："这是你的奖金，拿到市面上卖了贴补家用。"

刘从文接过两条烟："谢谢！"转身走去了。

孟宪德长叹了一口气，自语地："要是真的，我孟某人可就发了！"

城南庄　毛泽东办公室　内　夜

毛泽东坐在桌前，用心地翻阅有关的电文。

聂荣臻提着一只送饭的木盒，高兴地快步走进办公室，说道："主席！酒肴齐备，按照你的指示，小饮几杯。"他说罢打开饭盒，取出四碟小菜，外带一瓶衡水老白干，分别倒在两个杯子中，"主席，你我对饮之前，我先提个问题行吗？"

毛泽东："可以！我又不是连选举总统都要搞独裁的蒋介石，天大的问题都可以提！"

聂荣臻："主席是轻易不饮酒的，你今天为什么突然提出要小饮几杯，而且还要我作陪呢？"

毛泽东："人逢喜事精神爽嘛，我总不能一人月下独酌吧？况且今天没有月亮，也不像李太白那样对影成三人。"

聂荣臻："主席还是没有回答我的问题啊！你到底有什么精神爽的喜事呢？"

毛泽东："第一，少奇、恩来他们搞出了一个中共中央庆祝五一节口号，我看不错，等蒋介石他们的选举闹剧一结束，我们就把它公开发表，让各界人等知道我们共产党人要建一个什么样的新中国。我相信国共两党这出对台戏，我们一定战而胜之，取得胜利。"

聂荣臻："那是一定的！"

毛泽东："你说该不该饮它一杯？"

聂荣臻："该！"

毛泽东端起酒杯："来，干！"

聂荣臻："干！"

毛泽东："第二，蒋介石导演的这台副总统竞选丑事百出，但就戏而言却高潮迭起，结果呢，经过三次投票，李宗仁三次打败太子孙科。明天，他们二人对决，你猜猜看，谁是最大的赢家？"

聂荣臻："不用猜，李宗仁！"

毛泽东微微地摇了摇头："也对，也不对。"

聂荣臻一怔："那你认为谁是最大的赢家？"

毛泽东："人民！"

聂荣臻又是一怔："人民？"

毛泽东："对！通过这场公开的总统竞选，让人民再一次看清了蒋介石假民主、真独裁的本来面目，结果，人民是选择国民党呢，还是支持我们共产党？是抛弃蒋家王朝统治呢，还是和我们共产党一道创建新中国？"

聂荣臻："当然是和我们共产党一道创建新中国！"他似悄然醒悟，端起酒杯，"主席，为我们和人民一道创建新中国，干杯！"

毛泽东："干杯！"他放下酒杯，说道，"下面，我毛泽东又要向你聂司令借兵。"

聂荣臻惶然站起："此言差矣！中国人民解放军是党的，是主席你亲自指挥的，何谈向我借兵？"

毛泽东示意聂荣臻落座："你说得不无道理，但杨罗、杨耿野战军毕竟是你晋察冀的部队嘛！"

聂荣臻："是不是又调他们增援林彪、罗荣桓他们啊？"

毛泽东："对！林彪讲了许多理由，认为下一仗打长春。对此，我是不赞成的，但又不能不批准。"他说罢拿起一份文稿，"为此，我在电报中写了这样几句话：你们所说打沈阳附近之困难，打锦州附近之困难，打锦榆段之困难，以及入关作战之困难，等等，有些只是设想的困难，事实上不一定有的。"

聂荣臻聪明地："主席的意思我懂了！主席，下命令吧，让野战军这三个主力纵队去什么地方增援，我们不管有多大困难，保证完成任务！"

毛泽东端起酒杯，情深意浓地说："为聂司令员这句保证完成任务，干杯！"

聂荣臻端起酒杯："干杯！"

毛泽东从桌上拿起一份文稿，说道："荣臻同志，这是我日前写给杨得志、罗瑞卿、杨成武、耿飚的电文，请你看看，有什么困难吗？"

聂荣臻接过密电文稿，小声念道："你们有配合东北作战的任务，主力三个纵队必须于辰初（4月25日）出动，辰删（4月31日）以前到达热河境内。因此，你们派赴门头沟之一个纵队应立即收回，集结三个纵队于桑干河以南，休息至辰冬左右为止。"他收好密电文稿交给毛泽东，"主席，他们绝无问题！"

这时，叶子龙手持一份密电走进，有点疑惑不解地说："主席！刚刚收到的密电，南京的李宗仁公开宣布明天退出副总统竞选！"

毛泽东一怔，近似自语地："这可真是神来之笔啊！"

遂接过密电阅看。

南京　蒋介石官邸　内　夜

蒋介石在室内走来踱去，似在思索各种对策。

蒋经国引程潜走进："父亲，程颂公到了！"

蒋介石转过身来，故作礼贤下士地说道："程颂公！请坐下谈。"

程潜："谢谢！"遂坐在沙发上。

蒋介石客气地："颂公！鉴往而知今，你一定还记得李德邻当年把你扣留和撤职的往事吧？"

程潜："我当然记得！二十年啦，往事如烟，不堪回首。可是，时下恰是一道竞选副总统的时候，我不想再去算这些陈年老账了。"

蒋介石："颂公是可以不算的，但为了党国大计就不能不算了！过去，他和白健生靠手中的军队和中央对抗；而今，他们又假借民主，凭借美国驻华大使司徒雷登等外国人撑腰，想借行宪竞选掌控中央大权，实现由桂系号令天下的政治野心，这——颂公不会不知道吧？"

程潜："现在是民主竞选，李德邻有权参加角逐，总裁也可以对任何人说三道四，而我也有我的看法。"

蒋介石："好，好！说说看。"

程潜："我的意见是，为了不给李德邻造成这样的错觉——总裁和我阴谋反对他竞选副总统，进而给民主选举蒙上不民主的阴影，我们以不谈这些为好。"

蒋介石突然震怒地："不对！我反对他李德邻参加竞选不是阴谋，是阳谋！"

程潜不为所动，平和地："今天总裁找我来，如果是谈反对李德邻的阳谋的，那就请讲吧！"

蒋介石："我的阳谋不讲，颂公也是清楚的。"他看了看程潜的表情，遂又正言相告，"今天请颂公来，就是希望颂公以党国利益为重，主动放弃下一轮的竞选。"

程潜一惊："为什么？"

蒋介石："支持孙哲生竞选副总统。"

程潜依然十分平和地说："总裁还有什么指示吗？"

蒋介石："严格地说来，就没有什么指示了。当然了，参加颂公竞选的同志，我一定重用；颂公为竞选所付出的费用，我也一定偿还。"

程潜："就这些吗？"

蒋介石："是的，是的。"

程潜突然一本正经地说："我以为总裁的意见违背了民主竞选的原则，因此，我不能从命！"

蒋介石一惊："那你……"

程潜："我回去立刻发表声明，退出竞选！"他说罢转身大步走出官邸。

蒋介石气得不知如何宣泄才好，他望着程潜走出的背影，自语地："反了！真是反了！"

这时，蒋经国拿着一些传单走进："父亲，他们按照您的意思印了数万张传单，明天，南京的大街小巷都贴满了这些彩纸的传单。"

蒋介石接过一张传单看罢，冷然作笑地说："李德邻啊李德邻，我看你还能拿出什么对策来！"

定格　叠印字幕：第二十集终

第二十一集

南京傅厚岗　李宗仁官邸客室　内　日

李宗仁坐在沙发上，审看各家报纸的消息。

李宗仁年轻貌美的夫人郭德洁端着一杯咖啡、一个煎鸡蛋、两片抹好果酱的面包走到跟前，放到茶几上。

李宗仁看了一眼，笑着说："夫人，你的那一份呢？"

郭德洁："西餐早点我老是感到吃不饱，我弄了一碗广西风味的米粉吃。"

李宗仁端起咖啡杯呷了一口，玩笑地："夫人，难怪京城那些喝过洋墨水的人说你是乡下姑娘呢！"

郭德洁猝然来了火气："什么城里夫人乡下媳妇，再往上查几代，说不定他们的祖奶奶还是个乡下讨米婆呢！"

李宗仁笑了笑："好了，我只是和你说个笑话嘛。"

郭德洁："竞选不顺利，少拿自己的夫人寻开心！"

李宗仁放下咖啡杯，拿起一张报纸："你看，程颂公登报声明奉旨退选了！"

郭德洁接过报纸看了看："他这个声明，不等于说蒋先生操纵竞选吗？"

李宗仁："这是不言而喻的事！更重要的是，程颂公和季宽有约，一旦他落选，他的选票就全都改投我。"

郭德洁高兴地拍着掌说:"这下可好了,程颂公登报声明,既打击了蒋先生的独裁,我们又获得了他的选票。"

这时,程思远拿着几张红绿黄不同颜色的传单走进,生气地说:"真无耻!德公,你看看这些传单吧!"

李宗仁颇有大将之风,平静地说:"思远,我先不看了,你就简单地说说吧!"

程思远:"今天,有人分坐着宪兵队、保密局的汽车,在南京的大街上散发这些传单,说什么德公在北平行辕'戡乱不力',就连举世闻名的台儿庄胜利也是假的。他们还攻击郭夫人……"他收话不说了。

郭德洁气愤地:"他们攻击我什么?"

程思远欲言又止。

李宗仁大度地:"说,天塌不下来。"

程思远:"他们造谣说,郭夫人在北平无所事事,天天打麻将,还利用李夫人的职权贪污行贿,等等。"

郭德洁气得全身发抖,近似骂街地说:"这些昧着良心的人,就像是哈巴狗,只看蒋先生的脸面行事,天地良心全都让狗叼去了!"

李宗仁:"夫人,不要生气,先到内室休息,我和思远再做商议。"

郭德洁无限委屈地离开客室,走进内室。

程思远:"德公!你看这件事……"

李宗仁:"虽说无风不起浪!但我始终相信民意不可辱,民心不可欺,得道者多助,失道者寡助。"

这时,桌上的电话铃声响了。

李宗仁拿起电话:"喂!你是哪一位?"

远方显出白崇禧打电话的画面:"德公,我是健生。"

李宗仁:"有什么大事吗?"

白崇禧:"有啊!季宽说,关于竞选一事到了关键时刻,需要坐下来,大家一块做个了断。"

李宗仁:"有这样严重吗?"

白崇禧："有啊！"

李宗仁："好吧！在什么地方？"

白崇禧："季宽说，在我家。据说，思远在你的公馆，那就一并来吧！"

南京大街　外　日

一辆黑色轿车穿行在大街中。化入车内：

李宗仁、程思远并排坐在后排座位上，进行交谈。

李宗仁："思远，你知道季宽约我去白健生家的缘由吗？"

程思远："略知一二。简单地说，他想说服你以退为进，主动宣布退选。"

李宗仁："为什么我要宣布退选呢？"

程思远："据说，你的表亲——蒋介石的侄女婿韦永成找到了他，把蒋主席准备对你进行人身攻击和迫害的内部消息讲了出来。"

李宗仁："比传单上讲的还多吗？"

程思远："差不多。"

李宗仁："季宽最后是怎么决定的呢？"

程思远："他说，照此硬拼下去，不但副总统弄不到手，还要弄一身脏。他这个竞选主任总结出了两句话：要么成功的失败，要么失败的成功。他还认为照现在的形势看起来，最后是要失败的，但切不可等最后失败才收场。"

李宗仁不悦地："这是说了些什么？像北方的绕口令。"

程思远："他还认为：我们在四个回合中胜了三个回合，就此退出战场，我们不仍是胜利者嘛！"

李宗仁："这是阿Q精神！"

程思远："他还认为，如果我们中途罢选，国大又怎样收场呢？到这时，文章就又可能起死回生了！"

李宗仁："我那个表亲韦永成是怎么看的呢？"

程思远："他认为此招甚高！"

李宗仁不屑地："娃娃之见！"

白公馆客厅　内　日

李宗仁、白崇禧、黄绍竑、程思远等沉默不语，客厅的空气是相当地紧张。

黄绍竑不悦地："我们是自己人，可不能上演徐庶进曹营，一言不发的戏剧。一句话，要把意见说到当面。"

李宗仁有些气愤地说："你不要被他们的行动或放出的空气所吓倒，各国竞选都有这种情况。我们已经赢了三场，最后一场打下去一定会赢的！"

黄绍竑蓦地站起，很有情绪地说："打麻将我是老手，往往前三圈赢了，第四圈输得精光。我第四圈不打了，也不收人家的钱，我岂不是赢家吗？何必打完四圈又变成输家呢！"他说罢坐下。

李宗仁："打牌为了赢钱，竞选为了当选，为什么要在胜利的中途退出呢？你打牌的时候肯这样做吗？"

黄绍竑："打牌的时候，我当然不能这样做，因为四家是约定打四圈或八圈、十二圈的，中途是不能退出的。竞选是没有约定的，你退出了，我们的代表都不入场参加决选，国民代表大会怎么收场呢？老蒋、孙科怎么收场呢？这就是我的妙棋。"

白崇禧托着下巴一言不发，似在思索什么。

程思远："健公！该你发言了。"

白崇禧笑着说："这倒是一个好办法。好似下棋一样，将他们几军，缓和一下局势，虽然将不死，打乱他们的阵脚，办法就好想了。我同意宣布退出竞选！"

李宗仁操着军人的口气说道："我不赞成！一句话，最后的决战不参加竞选就自行退却，岂不是自己认输了吗？不管胜和败都不退却，最后胜利才有可能得到。退了出来，以后还有什么可做呢？"

黄绍竑看着沉思不语的程思远，问道："你的意见呢？"

程思远："我倾向退选。"

李宗仁一惊："什么，你也同意退选？"

程思远："对！这是一场文仗。德公，你现在是和孙科抢副总统这把交椅，你若死抱着不放，手脚就被人家封住了，有本事也施展不出来，交椅还是被人家抢去。"

黄绍竑："如果德公暂时放手，等他们扑个空，然后我们再反扑过去，打倒他们，这把交椅就有可能抢到手。"

白崇禧："如按照现在继续竞选，德公胜算是不大的，因为你不是和孙科竞选，而是和蒋中正竞选。现在最要紧的是，先将蒋方的势力压下去，退出是一个最好的办法。"

黄绍竑："我要再说一句，退出不是放弃竞选。相反，我们是以退为进，是为了胜选，进而得到副总统。"

李宗仁沉默不语。

与会者看着李宗仁的表情。

李宗仁低沉地："既然你们都主张以退为进，我也同意退选！"

黄绍竑："好！下面，以李宗仁候选人的名义写一封信给大会主席团。我提议，这封信由黄雪村和邱昌渭起草。"

李宗仁官邸卧室　内　夜

郭德洁穿着十分性感的睡衣在内室走来走去，小声哼着广西民歌，等待着李宗仁归来。

墙上的挂钟"当！当！"响了两下。

郭德洁心疼地自语："都深夜两点了，还没有策划出制胜孙科的计策。"

有顷，李宗仁迈着沉重的步子走进卧室。

郭德洁快步迎上去，给李宗仁送上一吻，问道："决战的方针大计议定了吗？"

李宗仁没有说什么，只是微微地点了点头。

郭德洁："将以何种策略参加最后一轮的竞选？"

李宗仁低沉地："简单，退出竞选。"

郭德洁听后大笑不止，遂又说道："快别说笑话了，你快把真实情况告诉我吧！"

李宗仁很有情绪地："我现在哪有闲心和你说笑话。退出竞选就是真实情况。"

郭德洁听后如雷贯耳，随着痴然地张着大嘴，两只俊俏的大眼淌下了泪花。

李宗仁看着郭德洁那串串的泪水不知说些什么才好，只能愤然不语。

郭德洁终于恢复了理智，走到李宗仁身边问道："这都是真的吗？"

李宗仁沉重地点了点头。

郭德洁："没有改变的可能了吗？"

李宗仁又微微地摇了摇头。

郭德洁："为什么？为什么？！"

李宗仁掏出手绢，轻轻地擦去郭德洁满面的泪水，爱抚地说："坚强些，大不了我们回广西去。"

郭德洁疯了似的大喊："不！不……"她说罢放声哭了，遂又扑到李宗仁的怀抱里。

李宗仁轻轻地抚摸着郭德洁的发丝，关切地说："哭是没有用的！有什么委屈，有什么心里话，就对我说吧！"

郭德洁终于离开了李宗仁的怀抱，看着李宗仁似苍老许多的面容，啜泣着说："花了这么大的精力，又用了这么多的钱，眼看就要到手的副总统，为什么又自动放弃呢？"

李宗仁："他们说，这样做的目的，是为了以退为进，从蒋先生手中把副总统夺过来。"

郭德洁："退是真的了，进还不知能不能变成现实，这是谁出的坏主意？"

李宗仁："我的竞选参谋团主任黄季宽先生。"

郭德洁一怔："他？"

李宗仁："对！"他看了看墙上的挂钟，"现在，恐怕黄季宽已经把退选声明送给有关的方方面面了。"

蒋介石官邸卧室　内　夜

蒋介石穿着睡衣依然没有睡意，在地上缓缓踱步。

宋美龄也穿着睡衣依偎在舒适的床上："达令，你还在为程潜退选的事生气啊？"

蒋介石："我能不生气吗！程潜声明退选是奉旨而为，这就等于向中外宣布我蒋某人是在控制竞选。"

宋美龄不以为然地："这有什么呢？在美国，在西方搞竞选不都是这样吗？"

蒋介石："要知道这是在中国！"

宋美龄："中国又怎么了？"

蒋介石："中国是一个重道义的国家，结果嘛，程潜的选票就自然而然地跑到李宗仁的手里了！"

宋美龄微微地摇了摇头："没有办法了吗？"

蒋介石："事与愿违，无力回天！"

宋美龄："告诉我，孙哲生夫妇现在做什么呢？"

蒋介石："他们恐怕早已休息了！"

宋美龄："你为什么不休息呢？"

蒋介石："我睡不着。"

宋美龄："为什么孙哲生能入睡呢？"

蒋介石："这……"

宋美龄："这恰好说明是你和李德邻在竞选！"

这时，床头柜上的电话铃声响了。

宋美龄拿起电话："喂！你是谁啊？"

远方显出蒋经国打电话的画面："我是经国，请转告父亲，李宗仁突然宣布退选，并把退选声明送交有关单位。同时，还送交所有报纸刊出、所有电台播出。"他挂上电话。

远方蒋经国打电话的画面消失。

宋美龄："李宗仁为什么要公开声明退选呢？"

蒋介石震怒地："岂有此理！"

这时，床头柜上的电话铃声又响了。

宋美龄拿起电话："喂！你是谁啊？"

远方显出孙科打电话的画面："我是孙哲生，请转告蒋总统，我孙哲生宣布退出竞选。"他啪的一声挂上电话。

宋美龄："达令！孙科也宣布退出竞选了！"

蒋介石大惊失色，呆呆地站在了原地。

阜平城南庄　毛泽东临时办公室　内　晨

毛泽东在专心地审阅有关的文电。画外音：

"去年 3 月 19 日国民党匪军占领延安的时候，我们就断言，这种占领将标志着国民党匪军的失败和中国人民的胜利，一年多以来的一切事实，充分证明了这一断言……"

聂荣臻提着一只早餐木盒走进办公室："主席，停止工作。借用当地老百姓的话说，人是铁，饭是钢，一天不吃饿得慌。"他边说边把装早餐的木盒摆在办公桌上。他一看毛泽东还在审阅文稿，笑着说，"主席在看什么重要的文章啊，连这么好的早餐都不想吃。"

毛泽东边看边说："彭德怀来电说，他们已经收复了被胡宗南占领了一年多的延安。高兴之余，我代表党中央写篇祝贺的文章。"

聂荣臻："可惜，你要早一点说，我搞瓶衡水老白干来，好好地庆祝一下。"

毛泽东："这瓶衡水老白干留起来，等开完书记处扩大会议以后再喝。"

聂荣臻："是！"

毛泽东："叶子龙怎么还没到？"

叶子龙和一个战士抬着一个立式的收音机走进门："主席！我准时赶到。"说罢将收音机放在地上。

聂荣臻："子龙，你弄个收音机来干什么？"

叶子龙指着毛泽东："你问他吧，是他让我弄来的。"

聂荣臻已经把早餐摆好："主席，你是吃早餐啊还是听收音机？"

毛泽东："吃着早餐听收音机。子龙，怎么彭真同志还没有到啊？"

彭真一步跨进办公室："主席，我奉命赶到，听说主席请我吃早餐，我就空着肚子跑来了。"

毛泽东："荣臻同志，我让你多准备一份早餐，没有忘记吧？"

聂荣臻打开手提木盒："主席！你看。"

毛泽东："快摆好，我们一边吃饭，我还要一边和彭真同志谈工作。"他说罢先动手吃了起来。

毛泽东："我们自延安分手之后，有一年半之久吧？"

彭真似有些情绪地说："对！这一年半以来，我奉命闯了一次关东，待了将近一年的时间。"

毛泽东："说到你在东北的工作，中央，尤其是我是要负责任的。那时，我们对形势的判断，还有对美国人的认识和作用，至少是不全面的。"

彭真轻轻地叹了口气："有主席这几句话，我就没有思想顾虑了。"

毛泽东："话又说回来，我们光有建设根据地的成功经验还不够，还应该知道丢失根据地后如何工作才行。"

彭真："这是革命的至理名言。"

毛泽东："4 月 30 日，中央准备召开书记处扩大会议。你是七大选出的候补书记，理应参加。关于你的工作，小平同志来电，希望你去他那里当第一书记。我考虑了许久，你还是留在中央工作为好。"

彭真："我服从中央的安排。"

毛泽东："中央准备任命你为组织部长兼政策研究室主任。如果你同意，就提交书记处讨论。"

彭真："同意！"

毛泽东看了看手表，喊道："叶子龙！"

叶子龙跑进办公室："主席！您找我？"

毛泽东不悦地："是！你忘了吗？"

叶子龙看了看手表："没有，还有三分钟呢！"

毛泽东："还有三分钟，南京就广播李宗仁和孙科竞选副总统的消息了，猜猜看，谁能获胜？"

聂荣臻："孙科占天时、地利，打个比方说，孙科等于是曹孟德加孙权，如果已经当选总统的蒋介石，再出动黑白两道的各种手段，我看占人和的李宗仁就有点悬！"

彭真："我不完全同意荣臻的看法，孙科是时下政坛上的阿斗，他并不是一代奸雄曹孟德，也没有生子当如孙仲谋的大略，胜负仍在未定之间。"

叶子龙："主席，你的看法呢？"

毛泽东："具体问题应做具体分析，比方说，李宗仁得人和的和字，不仅有中国政坛上的派阀，而且背后还有美国，从某种意义上说，他就又占了天时……"

叶子龙指着手表："主席！还有半分钟。"

毛泽东笑着说："我认为，最后胜利的是人民！"

与会三人听后一怔。

叶子龙："听广播，看是孙科、李宗仁——再加上人民谁获得胜利！"他啪的一声打开了收音机。

收音机的广播声："现在播报副总统竞选的特别新闻：李宗仁、孙科于今晨同时宣布退出竞选……"叶子龙惊得啪的一声关死收音机。

彭真、聂荣臻愕然相视。

毛泽东笑着说："叶子龙，谁让你把收音机关上的？"

叶子龙嗫嚅地："我、我……"他啪的一声打开收音机。

收音机的广播声："下面，播报李宗仁写给大会主席团的一封公开信。李宗仁说：'唯迩来忽发觉有人以党之名义压迫统制，使各代表无法行使自由投票之职权。以此情形竞选，已失去意义。用特函达，正式声明放弃竞选。李宗仁。'"

聂荣臻、彭真面面相觑，茫然不语。

叶子龙焦急地："主席！这到底是为什么呢？"

毛泽东笑着说："你去问蒋介石和李宗仁。我的答案依然是，最后的胜利是人民！"

南京　热闹的大街　外　日

南京大街上的报童摇着报纸大声喊道：

"看报！看报！李宗仁突然宣布退出竞选！"

"看报！看报！孙科突然宣布退出竞选！"

"看报！看报！程潜奉命放弃竞选！"

各界人等一边抢购报纸一边小声议论。

蒋介石官邸客室　内　日

蒋介石异常愤怒，在客室中快速地踱着步子。

内室传来宋美龄用英文打电话的声音。

这时，蒋经国快步走进："父亲！外边谣言四起，激起了沸腾的民怨。"

蒋介石停下脚步，故作镇定状，小声地说："天塌不下来！慢慢地说。"

蒋经国："李宗仁和程潜的竞选班子说，'这次国民大会在选举副总统时，存在着某种压力，使各代表未本其自由意旨投票。'"

蒋介石："李宗仁之流还有什么活动吗？"

蒋经国："有！他们除了利用各种宣传机关播报他的公开信外，竞选班子的成员还四处游说：'最近有人制造谣言，谓本人此次竞选，志在逼宫，谣诼纷兴，人心震撼。为肃清流言，消除误会，不得不放弃竞选，以免影响大会的进行。'因此，李、程的行动，激起了其支持者的愤激情绪，纷纷罢选，使得 25 日的国民大会竟不能如期进行。"

蒋介石震怒地大骂："真是预则立，不预则废啊！我、我怎么会中了他们的奸计呢？"

宋美龄从内室走出："达令！你中了谁的奸计了？"

蒋介石："李宗仁和程潜！"他转身说道，"经国，通知毛人凤，启动最高级别的行动。"

蒋经国："是！"转身走出客室。

蒋介石看着宋美龄有些阴沉的脸色，生气地问道："夫人，是司徒老儿给你打电话了吧？"

宋美龄："是！你真是弄巧成拙，把竞选的事情越弄越糟！方才，司徒大使代表美国政府质问我们：中国的行宪选举究竟是真民主，还是假民主？"

蒋介石："告诉他，是真民主，是百分之二百的真民主！"

宋美龄："他还质问我们，程潜奉命放弃竞选，是奉何人之命？李宗仁突然宣布退出竞选，又是出于什么原因？他还十分郑重地说道，由此，我们美国政府不得不发出这样的疑问：蒋总统如愿当选，是不是采用我们美国的民主方式选出来的？"

蒋介石的自尊心受到了极大的伤害，顿时火冒三丈地说道："请你转告这个司徒老儿，选举是中国人的事，我蒋某人当选的也是中国的总统，凭什么要我堂堂的中华民国按照他美国的方式行事竞选？从外交礼仪上说，他这是干涉我们的内政！"

宋美龄的自尊心也受到了伤害，漠然地说道："你当选的是中国的总统，可把话说白了，你心中想的是中国当代的皇帝！可我呢，决不做皇后式的总统夫人。"

蒋介石一忍再忍,终于把怒火平息在心里,问道:"夫人,司徒老儿是不是又把美援当作紧箍咒,让我循着美国人的办法行事啊?"

宋美龄:"按美国人的办法行事有什么不好?当时你若不弄出个孙科来对付李宗仁,怎么会到如此被动的地步?"

蒋介石:"这还不是他美国人逼的!他们捧李宗仁就是民主,我抬孙科就是独裁,这难道就是他们美国人吹捧的民主和真理吗?"

宋美龄缓和了一下气氛:"达令,说这种话于事有补吗?我只想提醒你一点,在今天,是美援重要,还是竞选一个唯你命是从的副总统重要?"

蒋介石:"都重要!"

宋美龄:"失去了美援,有孙科这样的副总统又有什么用呢?"

蒋介石沉吟有时,以试探的口气问道:"夫人,难道熊掌和鱼不可得兼吗?"

宋美龄微微地摇了摇头,她看了看蒋介石的表情:"时下的关键,一是让李宗仁重新参加总统竞选;再是要接过美国人的旗帜,大造支持民主竞选、反对独裁的舆论,在国人面前,尤其是在美国人面前改观你的形象。"

蒋介石无可奈何地叹了口气。

总统府官邸　内　日

蒋经国坐在桌前,用心地审视各种资料。

有顷,毛人凤悄然走进,小声地问:"校长在什么地方?"

蒋经国叹了口气:"他对我说,古语说得好,防民之口,甚于防川,为了堵住全国老百姓那张比洪水决堤还厉害的嘴,我立即召开会议,尽快研究出解铃尚需系铃人的办法。"

毛人凤:"恐怕校长主要是研究对付美国人的办法!"

蒋经国:"这是不言而喻的。毛局长,你有什么重要的情报要给总统报告吗?"

毛人凤："有啊！据可靠的情报，毛泽东已经到了阜平城南庄。"

蒋经国一怔："有什么凭证吗？"

毛人凤："据来自北平的密报，阜平一带的电台发送频率突然大大增加，估计毛泽东一行已经到达阜平。"

蒋经国："估计是不行的，必须要有确凿的证据。"

毛人凤："据我们设在阜平晋察冀军区的卧底报告：城南庄突然来了一些大人物，军区司令员聂荣臻只能像是一个大警卫，除去关注他们的生活起居，还管一个很有身份的人叫主席。"

蒋经国一怔，近似自语地："叫主席……"

毛人凤："对！聂荣臻司令是叫他主席。"

蒋经国："你立即电令有关卧底，让他务必把这个主席身份搞清楚是不是毛泽东。"

毛人凤："是！"

蒋经国："今天不要向我父亲报告了，等确认之后，你我再向他报告。"

毛人凤："是！"

国民党中央会议室　内　日

蒋介石坐在总裁的座位上，表情严肃地看着与会者。

与会的国民党中央常委一个个愤怒不已，在等待着什么。

蒋介石低沉地说道："方才，诸位中央常委发言很好，但不能意气用事，有些事情只有留待以后再去解决了！下面，请布雷先生念为我起草的一份声明。"

陈布雷走到主席台前，双手捧读一份文稿："为了完全地、不折不扣地贯彻民主选举的原则，我提议，不仅要设立官方的监督机构，而且还要有自发的民意机构相辅助，要让国人，还有外国人知道，我们这次竞选副总统是绝对民主的。另外，我作为业已当选的总统庄重声明，国民选举谁任我的副总统，我都欢迎！"

与会者礼貌地鼓掌。

蒋介石以命令的吻说道："立即送往南京各家电台，一字不差地播报我这份声明！"

白崇禧公馆客厅　内　日

白崇禧和夫人马佩璋分外兴奋地迎接李宗仁和夫人郭德洁、黄绍竑、程思远等桂系大将们，分别坐在沙发上。

李宗仁站起身来，满脸生辉地大声说："今天出现这样的结果，一是说明我们的竞选参谋团制定的战略是正确的，再是我要郑重地说明：季宽功不可没！"

与会的男女热烈鼓掌。

黄绍竑站起身来，礼貌地回以掌声。

郭德洁更是操着敬佩的口吻说道："德邻常说，我们这些广西人之所以有所作为，战场上有小诸葛之称的白健生，官场上有肆应之才的黄季宽。这次竞选再次说明：季宽计高一筹，招招必胜！"

与会的男女再次鼓掌。

黄绍竑再次站起身来，微笑着鼓掌答礼。接着，又近似玩笑地说道："古语说得好，谋事在人，成事在天。我黄季宽只是个谋事者，而德公和嫂夫人则是天意允从的得道者。我只有一点希望，这次竞选失败了，嫂夫人不要哭鼻子；胜利了——如愿当上副总统夫人以后，还认得我这个广西人。如果嫂夫人再大方些，能赐给一杯好酒，我黄某人就别无他求了！"

与会的男女听后坦然大笑。

郭德洁遂凑趣地大声说："到那一天啊，我要亲自送你一坛咱们广西有名的三蛇酒，非得把你灌得烂醉如泥！"接着，她又问道，"白夫人！又有什么意外的消息吗？"

马佩璋："有！方才，总裁亲自打来了电话，说是有要事找健生面谈。"

与会者听后愕然无声。

郭德洁忍不住了，焦急不安地问道："季宽，你再为健生卜一卦吧！"

黄绍竑风趣地："我又不是未卜先知的神算子，哪里能为我们的小诸葛算命呢！"他说罢看了看与会者的表情，"但是，我知道蒋某人请健生的目的是四个字：代刘说项。"

与会者持不同的目光看着黄绍竑。

李德邻笑着说："季宽，说说看。"

黄绍竑故作神秘地说："我想他蒋某人一定会说，北伐和抗战，因有你和德邻的帮助而取得最后的胜利。今天这个局面，仍需要你们二人支持。"

白崇禧有意问道："蒋某人会如何让我支持德邻呢？"

黄绍竑："他会对健生说：希望你劝促德邻重新参加竞选。我一定会全力支持他，以达到合作到底的目的。"

白崇禧："是真的吗？"

黄绍竑笑着说："你去了总统府后就全知道了。"

总统府官邸客室　内　夜

蒋介石站在总统官邸门前，看着身着戎装的白崇禧走来，他礼贤下士地迎上去，紧紧握住白崇禧的手，说道："别来无恙乎，请里边就座。"

白崇禧："谢谢总裁！"

蒋介石挽着白崇禧的手走进客室，分别坐在沙发上。

白崇禧大有受宠若惊之感，说道："总裁！你找我来是为德邻参选的事吧？"

蒋介石："是的，是的！"

白崇禧："请放心，我一定如实转告总裁的意见，尽力从旁劝促德邻参加竞选。"

蒋介石："我是知道的，德邻是买健生账的，一定能够成功。"

白崇禧："请总裁示谕。"

蒋介石："请转告德邻，社会上的谣言和传单，是反动分子为破坏党的团结制造的，不仅和我蒋某人没有联系，而且我还要严厉追究。另外，我重申了德邻的历史功绩，并郑重地承诺：我一定全力支持他，以达到合作到底的目的。"

白崇禧："很好！那就 4 月 29 日决选日再见。"

蒋介石站起身来，笑着说："4 月 29 日决选日再见。"他送白崇禧走出官邸客室。

蒋介石望着白崇禧的背影，露出了得意的微笑。

有顷，蒋经国走进："父亲！您找我？"

蒋介石："由于美国对选举的干涉，我不得不请李宗仁重新出来竞选，这就使李宗仁在政治上处于有利地步。怎么办呢？你立即通知黄埔系、军统系、广东系、浙江系等都要投孙科的票。"

蒋经国："是！"

蒋介石："告诉他们，调动一切力量，为打败李宗仁竞选要拼其全力。"

蒋经国："是！"

蒋介石大发感慨地说："经国！要永远记住：美国借着送我们一些钱，还有'二战'后剩余的武器，其终极目的是想控制我们中国，让中国的统治者百依百顺地听美国人的。"

蒋经国："父亲，我懂！"

蒋介石悲叹地："我何时能听到一些高兴的事呢！"

蒋经国："有！"

蒋介石："快说！"

蒋经国："据毛人凤报告，转战在陕北的毛泽东等中共要人，已经到达河北的阜平城南庄。"

蒋介石惊喜地："真的？"

蒋经国："真的！一俟情报落实，立即采取手段把毛泽东从地球上消灭！"

阜平城南庄　书记处临时会议室门口　外　日

刘少奇、周恩来、朱德、任弼时以及聂荣臻、薄一波、李先念等站在大门口，看着毛泽东与彭真大步走来。

毛泽东紧紧握住刘少奇的手，笑着说："少奇同志！我考考你，党中央一分为三到今天有多长时间了？"

刘少奇："如果从枣林沟会议决定中央分家算起，到今天整整是一年零一个月了。"

毛泽东感慨地说："对，对！看来不只是我毛泽东掰着指头算时间啊！"

与会的全体同志笑了起来。

毛泽东用力握住朱德的手："老总，我真的好想你啊！"

朱德："我又何尝不是呢！过去说，朱毛一分家就打败仗！可这一年的分别，我们在全国却打了那么多的大胜仗。"

毛泽东："这次再聚首啊，我们就一定能打出一个新的中国来！"

朱德："对此，我坚信不疑！"

毛泽东伸手向屋内一指："全都进屋去吧！"他说罢挽着朱德走进会议室。只见：

一张长条木桌横在会议室的中央，四周摆着椅子，桌子上面放着一架美式的收音机。

刘少奇、周恩来、任弼时、彭真以及聂荣臻、薄一波、李先念等相继走进会议室，围坐在木桌四周的椅子上。

毛泽东感慨地："真不容易啊！我们自去年3月29日在枣林沟开过书记处会议之后，到今天整整一年零一个月没有开书记处会议了！"

朱德："等我们党再召开新的中央全会啊，一个新的中国就诞生了！"

毛泽东："好！我们就借老总的这句吉言。今天见个面，也就是明天召开的书记处扩大会议的准备会议。"

刘少奇指着桌上那架美式收音机，问道："主席！为什么在会议桌上还放一架美式收音机啊？"

毛泽东有些幽默地说道："俗话说得好，无巧不成书。就在我们召开书记处扩大会议预备会议的时候，美国人导演的中国副总统竞选也开张了，而且国民党的电台直播李宗仁和孙科竞选副总统的实况。我想，先请诸位听听国民党竞选副总统的广播，然后再讨论我们共产党人如何成立民主联合政府，不更有意义吗？"

"好！好！"

毛泽东："你们都说好，可我们可怜的蒋总统听了以后，就未必会说好了。"

与会者忍不住地笑了。

南京　蒋介石官邸客室　内　日

怒发冲冠的蒋介石大步走进客室，二话不说，自己脱下戎装，往沙发上一扔，坐在对面的沙发上生闷气去了。

蒋经国急忙双手拿起蒋介石的戎装，小心地挂在衣架上。

宋美龄走进客室，依然是很有身份地又走进内室。

蒋介石命令地："经儿！"

蒋经国："父亲！"

蒋介石："把那台刚从美国进口的收音机搬到茶几上来。"

蒋经国："是！"他小心地把那架收音机搬到茶几上。

这时，宋美龄换了一件上衣走出内室，看了看生气的蒋介石，说道："达令！竞选副总统马上就开始了，再生这样大的气还有用吗？"

蒋介石叹了口气，近似赌气地说："有用没用是一回事，生不生气又是另一回事！"

宋美龄一怔："选不上，你就生气，不是一回事吗？"

蒋介石："不对！你忘了，中原大战的时候，你我被困在火车上，后来基督救了我们，脱险了。"

宋美龄："对！对……"

蒋介石："事后，冯玉祥的部下劝他不要生气，他对部下生气地说：我这是卖了老婆买笼屉，不蒸馒头蒸（争）口气！时下我连口气都争不了了，我还能不生气！"

宋美龄猝然变色："你现在也是卖了老婆买笼屉，不蒸馒头蒸（争）口气吗？"

蒋介石慌忙摆手："不！不……"

宋美龄："那又是为了什么呢？"

蒋介石痛苦万状地说："夫人，你难道还不清楚吗？为了美国那点可怜的军援，我只好连一国领袖的脸面都不要了，请司徒老儿支持的李宗仁重新参选。果真让司徒老儿如愿，我、我能不生气吗？"

蒋经国急忙说道："父亲！副总统竞选实况转播就要开始了。"

蒋介石忙说："快打开收音机！"他说罢微闭双眼靠在了沙发背上。

蒋经国打开收音机，不时传出男播音员的声音：

"女士们！先生们！全国各界听众们！中华民国第一次总统竞选于本月 20 日结束了，蒋主席以最高票数当选第一任总统！副总统竞选十分激烈，经过三轮角逐，就剩下李宗仁、孙科两位候选人。为了充分体现选举的民主，由电台直播唱票！请听，唱票就要开始了！"

阜平城南庄　书记处临时会议室大院　外　日

凭借会议室玻璃窗可见：

毛泽东、刘少奇、朱德、周恩来、任弼时等参加书记处扩大会议的成员边听广播边谈笑。

刘从文提着买来的猪肉和蔬菜走过大院，和值勤的卫兵随意地交谈几句，快步走去。

南京　蒋介石官邸客室　内　日

蒋介石紧张地听着播报："李宗仁，一千四百三十票，孙科，一千二百九十票……"

蒋介石紧张得再也坐不住了，他起身在客厅里一边快速踱步一边蹙着眉头听广播。

宋美龄从内室走出："达令，结果出来了吗？"

蒋介石用手示意噤声，遂又指着茶几上的收音机："用心听！"

有顷，收音机传出唱票人的喊声："国民大会副总统选举胜利结束了！李宗仁得一千四百三十八票，孙科得一千二百九十五票，李宗仁获胜——"

蒋介石气得驻步原地，半天没有说一句话，他突然大骂一声"混蛋！"，遂飞起一脚把茶几上的收音机踢到地上。

定格　叠印字幕：第二十一集终

第二十二集

南京　蒋介石官邸客室　内　日

客室中猝然变得死一样的寂静。

宋美龄："达令！要有点绅士风度嘛！"

蒋介石歇斯底里地大声喊道："我不需要西方虚伪的绅士风度！"

宋美龄无可奈何地摇了摇头："你把收音机踢坏了，下面，李宗仁发表的胜选感言……"

蒋介石把右手一挥："不听！我不听！"

阜平城南庄　书记处临时会议室　内　日

毛泽东、刘少奇、周恩来、朱德、任弼时等与会的领导同志坐在自己的位置上，倾听收音机的播报声：

"女士们！先生们！全国各界的听众们！下面，请新当选的副总统李宗仁先生发表获胜感言！"

收音机中传出热烈的掌声。

李宗仁操着将军训话的口吻大声说道："今天决选的胜利是属于大家的！换句话说，今天决选的胜利，是你们一票一票地争夺来的。可是，你们却真诚地把这来之不易的伟大胜利——中华民国首届副总统的荣誉给了我李宗仁。所以，我今天只能对你们说这样两句话，我衷心感谢你们的信任和支持！我绝不辜负你们的一片热心！"

收音机里再次传出长时间的掌声。

毛泽东起身关上收音机，笑着说："独裁者蒋介石与高谈民主的美国，在中国大地上搞的这场竞选丑剧终于落幕了！但是，我相信这场真独裁与假民主在中国政坛上的较量才刚刚开始！"

周恩来："我赞成主席下的这个结论！蒋介石将继续搞他的真独裁，美国更加明目张胆地借着他的代理人搞假民主。结果，使得中国人民更加深刻地认识到，真独裁和假民主都是阻碍新中国诞生的两大绊脚石！"

刘少奇："马克思主义还要和中国革命实际相结合嘛，你美国的所谓民主就能改变中华民族几千年形成的思想？那是痴人说梦，永远不可能的！"

任弼时："但是，中国人民要永远记住，美国宣扬他的假民主，是靠着左手拿着手枪、右手拿着美钞做后盾的。"

朱德："按照堡垒是最容易从内部攻破的理论，极少数的知识分子——尤其是像胡适那样喝着洋墨水长大的大知识分子，其危害性是更大的！"

毛泽东："我毛泽东就相信两条：其一，坚信马克思主义是放之四海而皆准的真理；其二，我们共产党和蒋介石的国民党有着根本的区别，那就是一个为人民服务，一个是压迫老百姓。这也是我们未来将要成立的新中国，和蒋介石的国民政府最根本的区别！"

"对！对！"

毛泽东："明天——也就是4月30日，书记处扩大会议正式讨论通过中共中央庆祝五一节口号，这是我们共产党人创建新中国最响亮的序曲！如无不同的意见，就在蒋介石公布总统、副总统选举结果的第二天——5月1日向中外公布我们的这一纲领性的文件！"

周恩来："这场对台戏安排得如此紧凑，真是有点天意渠成，我们坚信，它将会在国内外引起巨大的反响！"

朱德幽默地说："5月1日一过，我们的老对手蒋某人的日子就更不好过了！"

傅厚岗　李宗仁官邸客室　内　日

李宗仁满脸倦意——却依然难以掩饰兴奋之情，坐在沙发上不停地打着哈欠。

郭德洁穿着入时的旗袍从内室走出，一看李宗仁的样子，不解地问道："德邻！大喜的日子，你这是怎么了？"

李宗仁："好累啊！"

郭德洁："那你也得打起一百倍的精神撑着。"

李宗仁："老了！我真的有点撑不下去了。"

郭德洁生气地："那也得撑！"

李宗仁摆了摆手："我撑不住了……"他说罢微微地合上了双眼。

郭德洁欲要发脾气，一看李宗仁那疲惫不堪的样子，又心疼地叹了口气。

这时，桌上的电话铃声响了。

郭德洁拿起电话，很有身份地说道："喂！你是哪一位啊……"

这时，远方显出司徒雷登打电话的形象："我是美国驻华大使司徒雷登，请副总统李宗仁阁下接电话好吗？"

郭德洁："好！好！"她说罢将听筒放在桌上，小声地，"德邻，司徒大使打来的电话。"

李宗仁就像是触了电似的睁开双眼，腾地一下站起来，大步走到桌旁，拿起电话："喂！我是李宗仁，司徒大使有何示谕，请直言相告。"

司徒雷登微然作笑地说："你太客气了，我哪有什么示谕啊！我每天都在为你祈祷，希你竞选获胜。今天，这美好的愿望终于如愿以偿。因此，时下的我真诚地为你高兴，为你祝福。"

李宗仁："我也真诚地感谢司徒大使，并请大使把这种感谢带给支持过我的美国朋友，我一定为促进中美两国人民的友谊尽力，为在中国推进民主进程尽心。"

司徒雷登故作真诚状地说："这就足够了，足够了。我也借此祝贺的机会向副总统表示，凡是有利于中美传统友谊的事情，有利于推进中国民主化进程的事情，美国政府都会尽力相助的。"

李宗仁："谢谢！谢谢！"他挂上了电话。

远方司徒雷登打电话的画面消失。

李宗仁有点生气地："德洁，我想回访败选的对手孙科，他以身体欠佳不见；我真诚地去蒋先生的官邸表示个态度，用北平老百姓的话说，我用热脸又贴了他一个冷屁股。"他说罢长长地叹了口气，"人是家乡亲，月是故乡明。德洁，今晚款待助选功臣的宴会要搞得排场些！"

郭德洁："放心吧，错不了！"

傅厚岗　李宗仁官邸大门　外　夜

李宗仁官邸大门张灯结彩，喜庆异常。

李宗仁西服革履偕夫人郭德洁站立大门两边，欢迎贵宾的到来。

有顷，两辆轿车相继停在门前，白崇禧偕夫人马佩璋走下轿车，程思远走下轿车，李宗仁偕夫人郭德洁迎上去，一个个喜笑颜开地又走进大门。

李宗仁官邸餐厅　内　日

餐厅装扮得金碧辉煌，灯光明亮，再加上莫扎特那明快的钢琴奏鸣曲，显得是那样地幽静。

一张圆桌，上边摆满了颇有秦淮风味的菜肴，当然还有广西的三蛇酒以及法国的红葡萄酒。

李宗仁、郭德洁坐在正位，白崇禧、马佩璋坐在右边，程思远坐在左边的下位，还有其他未露面的客人围满一桌，唯有左边上位是空着的。

李宗仁指着那张空位说道:"健生,季宽怎么还不来?这些天,他们最恨的不是我李宗仁,而是我们的这位参谋长黄绍竑先生,他会不会……"

白崇禧:"不会的,等他一会儿,再不行嘛,你就给他打个电话问一问?"

程思远:"用不着,他不是张子房,更不会学张子房功成身退。"

黄绍竑一步闯进,笑着说:"我是一位官场中的俗人,怎么能像张良那样躲到深山老林去吹箫呢!"他说罢走到那张空位子上落座。

郭德洁指着桌中央那瓶三蛇酒:"还记得吗?我答应送你一坛藏之有年的三蛇酒,方才我正想说,季宽清高,我就把它送给我们广西有名的风流才子程思远了!"

程思远笑着说:"我一生不崇尚清高,追求实在,季宽如真的不要这坛广西老酒,我是求之不得啊!"

黄绍竑满不在乎地说:"没关系,我回上海的时候,当了副总统夫人的嫂夫人,一定还会送我一坛的。"

李宗仁:"我们都是军人出身,尤其是我们广西的军人最讲犒赏三军的。等总统、副总统宣誓就职以后,我会每人赏一坛广西老酒的。"

白崇禧有意地问道:"季宽,选后有何感想啊?"

黄绍竑:"一句话,好险啊!双方相差只有一百四十三票。如果不是罢选,把老蒋的压力松一下,多得几天准备工夫,情形就不是如此了!"

白崇禧不悦地:"所以说嘛,德邻能当上副总统全赖以季宽的运筹了。"

李宗仁:"说实话,当时没有你白健生赞成季宽的以退为进的战术,我是不会同意的。"

程思远打趣地:"副总统!可不要忘了,我程某人也是投季宽以退为进的战术的。"

李宗仁:"不去谈这些了,都端起酒杯,为副总统决选打败太子孙科，干杯！”

“干杯！”

白崇禧放下酒杯，说道：“我再说一个情况，今天决选一俟结束，孙科派的人就放出风来说，李宗仁之所以当选，乃得自金钱的助力。”

黄绍竑："这说不到我！诸位都知道，我只负责竞选，绝不管钱。”

“对！对！”

黄绍竑异常生气地："我们竞选的财源来自广西和安徽两省，可他太子孙科呢？不仅有他的发祥地广东支持，而且还有江浙财团做后盾。”

程思远："四大家族能不破费吗？一句话，他们在物质基础上远远胜过我们。新当选的蒋总统——包括他的文胆陈布雷先生也忘记了这两句古话：多行不义必自毙，人心向背决胜负！”

李宗仁心事沉重地说："季宽，接下来，你认为蒋某人会对我们桂系采取哪些手段呢？”

这时，桌上的电话铃声响了。

李宗仁起身拿起电话："喂！你是哪一位啊？”

远方显出蒋介石打电话的画面："我是蒋中正！李副总统，健生在你那儿吧？”

李宗仁："总统，健生在这我儿，这就请他接电话。”

蒋介石："不用了！我有要事见他，请他立即到我官邸。”

他说罢挂上了电话，远方打电话的画面消失。

李宗仁拿着传出忙音的话机，生气地说了一句"岂有此理！"，啪的一声挂上电话。

白崇禧："德邻！蒋介石是要见我吗？”

李宗仁："是！而且是要你立即到他的官邸。”

白崇禧也非常生气地说："我这就去！你们继续吃，我不回来不准散席！"起身迈着军人的步伐走出餐厅。

黄绍竑阴阳怪气地说："德邻，蒋某人对付我们桂系的好戏开场了。”

蒋介石的官邸客室　内　夜

宋美龄穿着睡衣坐在沙发上，用心收听英文广播。

蒋介石身着戎装走进客室，问道："夫人！这些洋大人又在说些什么？"

宋美龄："他们说孙科落选是人心的选择，是西方民主价值的胜利！"她说罢起身关死收音机。

蒋介石："一派胡言！"他和缓了一下情绪，"夫人！等一下白健生来官邸，你就去内室休息好了。"

宋美龄："毛人凤不是说了吗？今天晚上，桂系在李副总统的家里召开盛宴吗？"

蒋介石："他们不是在开庆功宴会，而是会商未来对付我的策略。"

宋美龄："那你连让他们吃顿庆功饭都不行吗？"

蒋介石："当然不行！他们桂系不是想在南京建庙吗？我要先一步帮着他们拆神！"

宋美龄一惊，不知该如何是好。

这时，桌上的电话铃声响了。

宋美龄就近拿起电话："喂！你是谁啊？"

远方显出司徒雷登打电话的画面："蒋夫人，我是美国驻华大使司徒雷登。"

宋美龄："司徒大使，有什么事情吗？"

远方显出司徒雷登打电话的画面。

司徒雷登："我奉命与蒋总统通话。"

宋美龄："好！我这就请他接电话。"她拿着电话，"达令！司徒大使找你。"

蒋介石轻轻地"哼"了一声，接过电话："喂！我是蒋总统，请问司徒大使有何指教？"

司徒雷登："蒋总统！我美国政府想知道，总统阁下，打算用什么人组阁啊？”

蒋介石：“为了推行民主政治，我想由文人出面组阁。”

司徒雷登：“总统心目中的阁揆人选是谁呢？”

蒋介石：“大使阁下的好友，三十六前就获比利时罗文大学博士学位的翁文灏先生。”

司徒雷登：“很好，很好！国防部部长的人选呢？”

蒋介石：“贵国派驻我国的军事顾问巴大维将军的好友何应钦将军。”

司徒雷登：“很好！何将军是天才的军事指挥家，在我国巴大维将军的协助下，剿共会出现新局面的。请问总统阁下，其他的阁员呢？”

蒋介石不耐烦地：“还没有定！”遂挂上电话。

远方司徒雷登打电话的画面消失。

蒋介石生气地自语：“这个司徒老儿！真是渠道的龙王，管得也有点太宽了吧！”

这时，警卫走进：“报告！白部长求见总统。”

蒋介石：“请他进来吧！”回身示意宋美龄离去。

宋美龄很不高兴地走进内室。

有顷，白崇禧走进：“蒋主席，不，不！蒋总统……”

蒋介石笑了：“健生，叫什么都行，不就是个名嘛！请坐下谈吧！”

白崇禧坐定之后，静候明示。

蒋介石：“今天请你来，是和你当面商量一下工作安排。”

白崇禧：“新的内阁就要成立了，我的工作安排一如既往，唯总统之命是从。”

蒋介石：“健生的态度是好的，足见得你我是知心的。”接着，他又显得十分沉重地说，“时下，刘邓共匪跳出了大别山，这样一来，江淮河汉大片土地就难于安静。我思之良久，能和刘邓抗衡者，能确保中原大地安全无虞者，非你莫属。为此，我决定调你出任华中剿匪总司令。”

白崇禧内心一惊，表面上又微微地点了点头。

蒋介石："国防部长一职，交由新从美国归来的何敬之担任，你有什么意见吗？"

白崇禧淡然地："军人嘛，服从命令是天职！"

蒋介石："很好！对此安排你有什么想法，又有什么意见，都可以说嘛。"

白崇禧："说到想法嘛，有；意见嘛，也有。就是——"

蒋介石断然地："请放心！我只有一个原则，凡是有利于和共匪决战的方案，我都会采纳。"

白崇禧："好！自古以来，所有军事家都有一个共识，守江必先守淮。因为淮河既是长江的前哨，又是国军第一道遏制共匪南图的屏障。因此，若想完成这一项带有战略全局的重任，不能政出多部，令出多门。"

蒋介石边蹙眉凝思边说："有道理，有道理。"

白崇禧："直言之，江淮河汉只能有一个华中剿总司令部。我的总部设在蚌埠，以华中部队运动于江淮之间，进行攻势防御，堪谓相得益彰。"

蒋介石蓦然清醒，严肃地说道："你说的不无道理！可我已经做了这样的安排，近期在徐州再设一个剿总司令部，由刘峙负责。"

白崇禧肃然变色，以不容置疑的口气说道："我不能不提醒总统，这样的军事部署是犯了兵家的大忌！"

蒋介石愕然一怔，严厉地看着白崇禧："为什么？"

白崇禧："其结果是华中的兵力必然分割使用，一旦和共匪在此地决战，必败无疑。"

蒋介石对此很不以为然地说："哪有这样严重！到时果真出现你说的局面，由我亲自出面协调，一分为二的兵力，还可再拧成一个拳头对付共匪嘛！"

白崇禧蓦地站起身来，决断地说："那就请总统委任其他将领出任华中剿总总司令吧！"他说罢负气离去。

蒋介石看着白崇禧的背影气得张口结舌，好半天才骂出一句话来："不识抬举的东西！"

李宗仁官邸餐厅　内　夜

一桌尚未下箸的宴席。

与宴的李宗仁夫妇、黄绍竑、马佩璋、程思远以及桂系智囊们，他们望着这桌尚未下箸的宴席，谁都不说一句话。

马佩璋再也忍不住了，看着缄默不语的黄绍竑："季宽！我再一次求你了，这姓蒋的安的是什么心，为什么大晚上把我们家的健生召去呢？"

黄绍竑："我已经说过好几次了！一、这是蒋某人分裂我们桂系的开始；二、也是你的老公白健生和蒋某人正式分裂的开始。"

恰在这时，白崇禧一步闯进，愤慨地说："季宽说得完全正确！蒋某人不仅拿去我的国防部部长之职，还把我调到武汉，出任华中剿匪总司令！"

马佩璋生气地说："夫人！你的老公做了副总统，可我的老公呢，还因此而丢了国防部部长！"

李宗仁："话不能这样说嘛！国防部部长是个闲差，名好听，可华中剿匪总司令呢，是有实际兵权的。"

白崇禧："可他蒋某人并非是诚心诚意地要我去掌兵权。"

黄绍竑："表面上看，是把健生外放，实质上是把我们桂系拆散，分而治之。"

李宗仁："这有什么可大惊小怪的呢！近三十年了，他不仅对我们桂系是这样的，他对其他的派系又何尝不是这样的呢？就说他的盟弟张汉卿吧，至今还不是关在台湾嘛！"

白崇禧负气地："德公说的这些我都懂！今天，我把话挑明了，出于党国存亡之大计，当然也出于我个人的进退，他蒋某人不答应我的条件，我就绝不受命！"

李宗仁微然摇首，喟叹不已地说："那你下一步有什么打算呢？"

白崇禧："我明天就乘快车去上海，偕夫人回到自己的家里休息。"

黄绍竑："我今天夜里就乘快车去上海，躲开蒋某人的视野，好好地耍一回！"

李宗仁："这南京可就真的冷清了！"

黄绍竑："不会的！老蒋真正的对手不是我们桂系，是共产党，是毛泽东。"

阜平城南庄会议室　内　日

毛泽东、刘少奇、周恩来、朱德、任弼时、彭真等参加书记处扩大会议的成员相继走进会议室并坐下。

毛泽东："今天是五一国际劳动节，我们也来个劳动光荣，认真地研究两个问题：第一，蒋介石搞的总统竞选的闹剧结束了，但后续反映会陆续传达出来，希望大家认真研究一下，得出一些可资借鉴的教训来；第二，今天，我们中共中央庆祝五一节口号公开发布了，请李克农等同志收集一下国内外的一些反应。要知道这是我们共产党人推翻蒋家王朝，建立新中国的序曲啊！下面，由彭真同志宣读华北、中原解放区的组织及确定人选的名单，然后再经由书记处讨论后公布。"

彭真拿起一张文稿念道："一、晋冀鲁豫和晋察冀两解放区合并为华北区。二、晋冀鲁豫和晋察冀两个中央局合并为华北中央局，刘少奇兼任第一书记，薄一波为第二书记，聂荣臻为第三书记。三、晋察冀和晋冀鲁豫两军区合并为华北军区，聂荣臻为司令员，薄一波为政治委员，徐向前、滕代远、萧克依次分任第一、第二、第三副司令员……"

阜平城南庄村外　日

刘从文挎着一个柳条编的篮子在村外十字路口走来走去，焦急地望着通向远方的大路。

有顷，烟厂经理孟宪德骑着一辆破旧的自行车飞奔而来，他跳下自行车，十分歉意地说："对不起！这辆破车在半路上坏了，我只好就地修车。谢天谢地，总算修好了，紧赶慢赶，还是要你久等了。"

刘从文有情绪地："说吧！让我做什么？"

孟宪德："不急！"他从自行车的后座上拿下一个包袱，打开一看是一匹白洋布，还有一个纸包，说道："这是上峰对你提供毛泽东住处的奖励，一匹白洋布，七两大烟土，这是很值钱的，不要让他们看见。"

刘从文双手接过奖品："你的上峰还需要我做什么？"

孟宪德："需要你做的事多了！比方毛泽东住的地方的位置，如用飞机轰炸怎么才能一炸一个准，等等。"

刘从文从口袋里取出一张纸："这是我画的一张草图，你的上峰看看有没有用。"

孟宪德接过稿纸仔细看了看："他娘的，你画得像是天书一样，我看不懂……"他又用心地看了看，"好！你在毛泽东住的地方标明当年是聂荣臻的住处，这就好办一点。"他抬起头，用力打了刘从文一拳，"好！老兄啊，跟着我好好地干吧！管他娘的共产党还是国民党的，俗话不是说得好嘛，有奶便是娘，干出大事情来，你可以升到保定去，有少校以上的职务等着你；想跑买卖，上峰有钱给你。"

刘从文："谢谢孟哥！"他抬头一看，不远的地方有持枪的警卫，忙说，"那边有人！"

孟宪德看了看，说道："你要好好保护这些奖励，千万不能落在他们的手里。"他说罢骑上车沿着原路回去了。

刘从文把所谓"奖励"放在篮子里，走了。

阜平城南庄　毛泽东下榻处　内　日

毛泽东坐在桌前审阅草拟的文稿，传出画外音：

"在目前形势下，召开人民代表大会，成立民主联合政府，加强各民主党派、各人民团体的相互合作，并拟订民主联合政府的施政纲领，业已成为必要，时机亦已成熟……但欲实现这一步骤，必须先邀集各民主党派、各人民团体的代表开一个会议。在这个会议上，讨论并决定上述问题。此项会议似宜定名为政治协商会议……"

周恩来走进，笑着说："主席！有什么大事啊，连中午饭都不让人吃！"

毛泽东拿起刚刚拟好的文稿，说："你我不经常说嘛，欲要夺取政权，必先制造舆论。庆祝五一节口号发出去了，还需要你我的老朋友从旁呼应，才能造成众人拾柴火焰高的气势。为此，我给李济深、沈钧儒二位老先生写了一封信。你看后如没有意见，电传给在香港的潘汉年，由他代转。"

周恩来接过信稿，双手捧读完毕，有些激动地说，"写得好！尤其是这几句写得更好！"说罢又读了起来，"一切反美帝反蒋党的民主党派、人民团体，均可派代表参加。不属于各民主党派各人民团体的反美帝反蒋党的某些社会贤达，亦可被邀参加此项会议。"

毛泽东："唯有如此，我们才能结成最广泛的统一战线，共同推翻南京国民党政府，共同建立民主联合政府。"

周恩来："为达此目的，我建议党内的同志——尤其是高级干部都要向主席这样写信，让更多的人和我党站在一起，为成立民主联合政府贡献力量。"

毛泽东："好！猜猜看，蒋介石看到我们的庆祝五一口号后会怎么样呢？"

周恩来："他呀，更是气上加气了！"

南京　蒋介石官邸　内　夜

蒋介石驻步作战地图下面，边看边微微地摇头。有顷，他背剪着双手，又在室内缓缓踱步，显得心情十分沉重。

宋美龄从内室走出，关切地问："达令！你还在为白崇禧拒绝受命，负气出走上海的事生气啊？"

蒋介石驻步，长长地叹了口气，说道："咳！单单一个白崇禧就好办了。"

宋美龄一怔："那又为的是什么呢？"

蒋介石走到作战地图前，说道："夫人，你来看！"

宋美龄走到蒋介石的身边看着作战地图。

蒋介石指着作战地图说道："时下的东北战区，共匪已经把长春围得水泄不通，卫立煌在沈阳打着精兵习武的招牌，既拒绝救援长春，又反对撤兵锦州；华北战区，傅作义失败接失败，丢得就剩下北平、天津、保定几座城市；而西北战区，胡宗南继丢了宜川之后，又被迫放弃延安；华东战区与中原战区的共匪就要连成一片，很快就剩下郑州、开封、徐州、济南几座孤立无援的大城市了！"

宋美龄："听你这样一说，长江以北的半壁江山已经到了最危险的时候了！"

蒋介石又叹了口气："打仗，主要是烧钱。我们的国库也快掏空了，唯一的希望那笔美援快些到位。"

宋美龄也有些难为情地说："方才，我接到司徒大使的电话，说美国总统将那笔军援压缩到四亿元。"

蒋介石猝然大怒："为什么？为什么……"

宋美龄："他们说，你在竞选副总统的时候偏袒孙科，违背了美国倡导的民主原则。"

蒋介石气得全身有点哆嗦了："他美国是个混蛋！"

宋美龄："达令！这话再传到司徒大使的耳朵里，这笔尚未到手的军援又减少了。"

蒋介石长长地叹了口气："夫人，美国就像是上海的闻人，听话，就给钱；不听话，不仅不给钱，还要变着法地收拾你。"

宋美龄："达令，你……"

蒋介石："我说的是真理！用中国老百姓的话说，钱能通神、钱也能欺侮人啊！"

蒋经国拿着一沓材料走进："父亲！共产党发表了庆祝五一节口号，在南京、在上海、在香港引起了强烈的反响。"

蒋介石一边接过材料一边自语："真是福无双至，祸不单行啊！"他随手翻了翻，"看吧！还会发酵的。"

蒋经国："方才，毛人凤打来电话，说是有惊人的消息向您报告。"

蒋介石沉吟片时，说道："现在就去国防部小作战厅！"

国防部小作战厅　内　夜

毛人凤手里拿着一张纸驻足门口。

蒋经国挽着蒋介石走进小作战厅。

毛人凤行军礼："校长！"

蒋介石冷漠地："坐下谈吧！"

毛人凤："不！我站着向校长报告。"

蒋介石落座："讲吧！"

毛人凤将手中的那张纸铺在桌上："校长！这是一张毛泽东居住的方位图，您看如何实施。"

蒋介石拿起这张人工画的草图看了看，说道："这是你们的事，告诉我，他们这些人可靠吗？"

蒋经国说道："父亲，绝对可靠！毛局长，快把你属下的关系说清楚。"

毛人凤："校长！保密局在河北保定设立了一个工作站，他们又在晋察冀军区建立的烟厂中建了一个点，发展这个烟厂的经理孟宪德为这个点的负责人，不久他又发展军区司务长刘从文为我们的眼线。最重要的是，在保定工作站中的刘进昌、刘从志与刘从文有亲属关系，比较可靠。"

蒋介石："这个刘从文是军区司务长，他给毛泽东的饭里下些毒药不就解决了吗？"

毛人凤："毛泽东到达城南庄以后，聂荣臻把自己的住房让给了毛泽东，而且所有厨师、送饭的全都换了人，司务长刘从文无法接近毛泽东。"

蒋经国："据说，聂荣臻为了向毛泽东表示忠心，他还准备了一双银制的筷子。"

蒋介石："看来，只有采用飞机轰炸的办法了！"

毛人凤："对！可我们保密局无法调动飞机。"

蒋介石："经国，由你出面协调。"

蒋经国："是！"

蒋介石指着手中的草图："飞行员看着这张图纸，是完不成炸死毛泽东的任务吧！"

蒋经国："我找空军有关专家咨询过了，他们说，从军事上讲，把一块白布或红布、黑布铺在地上，军事术语称'布板信号'，飞行员按照这预设的'布板信号'进行轰炸，弹弹都能击中。"

蒋介石格外兴奋地："好！炸死一个毛泽东，比打垮十个桂系集团还重要！"

阜平城南庄　毛泽东的下榻处　内　夜

毛泽东驻足墙下，一手端着一盏洋油灯，一手在作战地图上面做些记号。

聂荣臻提着一篮子鸡蛋走进来，笑着说："主席，你看这是什么？"

毛泽东："鸡蛋！你从哪里弄来这么多鸡蛋？"

聂荣臻把那一篮子鸡蛋放在桌上，说道："前天，你非要上街看看，还要去洗温汤澡，结果，当地的老百姓把你认出来了，一位拥军模范老大娘提着这篮子鸡蛋找到了军区，点名说是送给你吃的。"

毛泽东："给大娘钱了吗？"

聂荣臻："我给了！可她……就是不收！"

毛泽东："不收可不行！传扬出去，就会变成我毛泽东抢老百姓的鸡蛋吃。"他转身大喊，"小高！小高！"

聂荣臻："喊小高干什么？"

毛泽东："让他把我这个月的薪水给大娘送去。"

聂荣臻："我已经交给他们去办了！主席，你找我有什么事吗？"

毛泽东："有啊！一个庆祝五一节口号，搞得国统区的大城市，还有香港等地天翻地覆，人民都希望我们快一些解放全中国，成立新中国。因此，书记处扩大会议决定：把徐向前的部队改成第一兵团，把你属下的野战军改成第二兵团，条件成熟了，再成立第三兵团。我向你、徐向前同志讲清楚，这些部队都归中央军委指挥。"

聂荣臻："我没意见！"

毛泽东："但有些具体的军事问题，还得靠你和徐向前同志去做。"

聂荣臻："绝无问题！"

毛泽东："我留在城南庄，原本想从这里去苏联访问，学习他们的治国经验。但斯大林来电说，希望我推后访问。为此，我待在这里就剩下两件事要办：一、休养，把身体搞得好一些；二、我和你再帮着杨罗、杨耿兵团——也就是第二兵团出点主意。"

聂荣臻："我还有一个重要任务，保证主席的安全。"

毛泽东："你们呀，就是不相信群众！"他说罢点上一支香烟吸了一口，"向你通报一个情况，我给罗瑞卿发了一个电报，请他来城南庄接收任务。"

聂荣臻："何时到达？"

毛泽东："5月6日。"

城南庄军区大院　外　晨

毛泽东在院中随意地活动身体，似打太极拳。

有顷，聂荣臻引罗瑞卿走进大院，二人看着毛泽东打太极拳的样子忍不住地笑了。

聂荣臻："主席！你的客人到了！"

毛泽东听后一怔，停止打太极拳，转身一看：

罗瑞卿行军礼："主席！我奉命赶到。"

毛泽东："罗长子！延安一别快两年了，真的很想念啊！"

罗瑞卿："主席，我更是想念你啊！得志、成武、耿飚他们都让我转告主席，很想念你啊！"

毛泽东笑了笑："告诉他们，我们团圆的日子快了！"

罗瑞卿惊喜地："真的？"

毛泽东："不信？你就问问你们的聂司令。"

聂荣臻："主席！你该请罗主任吃早餐了！"

毛泽东："好！民以食为天嘛，吃早餐去。"

一间不大的小餐厅　内　晨

这是一桌简单的早餐：两盘小菜，一盘辣椒，一盘炒鸡蛋，还有三碗小米粥、一小筐馒头。

毛泽东、聂荣臻、罗瑞卿相继走进小餐厅，随意坐下。

毛泽东："罗长子！我们边吃边向你交代任务。"他说罢拿起一个馒头吃了一口，"先由荣臻同志提前向你传达书记处的决定。"

聂荣臻："随着晋冀鲁豫中央局和晋察冀中央局合并为华北中央局，两大军区也进行合并，叫华北野战军。"

毛泽东："你们的聂司令还是司令，薄一波任政委，徐向前、滕代远、萧克分任第一、第二、第三副司令。你罗瑞卿还是政治部主任。"

聂荣臻："徐向前所部改为华北野战军第一兵团，你们的野战军改为第二兵团，只有胡耀邦同志调第一兵团任政治部主任。"

毛泽东严肃地："从现在起，你们这两个兵团直属中央军委领导。"

聂荣臻："华北军区也直属中央军委、毛主席领导。"

毛泽东："罗长子，我调你来城南庄的目的有二：第一，东北野战军和华北野战军是两个军事单位，但有一个作战目的，那就是先解放东北，后解放华北，我在书记处会议上说，这就叫先关外，后关内。

罗长子，我知道你们这两年来最不愿意干的就是打配合，还说吃力不讨好。但是，我当着你们的聂司令的面讲清楚，这是大局，必须无条件服从！"

罗瑞卿："请主席放心，我们一定做到心悦诚服地服从中央军委和主席的命令！"

毛泽东："服从命令是做得到的，说是心悦诚服我看就不一定。第二，我们就要陆续地接管大中城市了，必须强调纪律，反对自由和腐败。说到此，我不能不批评你们，两年来向中央、向军委报告不够。"

罗瑞卿："我们一定改正！"

毛泽东严肃地问："罗长子，你们有没有这样的准备：用一年左右的时间，将华北的国民党主力消灭，并夺取平、津以外的广大地区？"

罗瑞卿嗫嚅地："这……"

毛泽东："这没想过！对吧？"

罗瑞卿："说实话，是没有想过。"

毛泽东："我只给你一个人说：要准备敌人兵败如山倒的局面出现。"

罗瑞卿微微地点了点头。

毛泽东："告诉杨得志、杨成武、耿飚他们，就说要做好像四渡赤水那样跑路的准备。"

罗瑞卿："是！"

毛泽东："还记得两年前在延安，我和老总对你讲的话吗？"

罗瑞卿："记得，用老总的话说，我们的队伍向太阳，脚踏着祖国的大地，背负着民族的希望！"

毛泽东："我再说明白一点，只要坚信党的领导，时刻想着为人民服务，我们就能从胜利走向胜利！"

城南庄村郊　外　日

还是那个十字路口，偶有百姓来往。

刘从文还是挎着那个柳条编的篮子站在路边，格外小心地观望来往行人。

孟宪德骑着那辆破旧自行车飞快地赶来，他停在路边，紧张地问道："有什么变化吗？"

刘从文："没有！会议结束后，其他的中央领导都走了，就剩下毛泽东一人仍然住在他的屋子里。"

孟宪德："只要他在就行！上峰通知说，轰炸日期是 5 月 18 日早上。"

刘从文："我还需要做些什么？"

孟宪德："当天起床以后，你就把我奖励给你的白洋布浆洗好，挂在军区大院的西边。"

刘从文："同事们问我从哪里搞来的洋布，做什么的，我又该怎么回答呢？"

孟宪德："你就说烟厂的孟老板赚了钱，买了块洋布送给你，让你浆洗好后盖食堂的馒头和米饭，干净！"

刘从文："好！我保证做到。"

定格　叠印字幕：第二十二集终

注解：关于敌人轰炸城南庄有多种版本，我据史编撰而成。

需要说明的是，陈伯达起了作用，我有意略而不述。

第 二 十 三 集

原军区大院西墙外　晨

刘从文在西墙外并排拴了两条绳子，伸手试了试力度。

刘从文从附近大盆的水中捞出一块白洋布，用力拧去水分，搭在两条绳子上。

刘从文向前走了几步，回身一看，就像是一床白色的被子铺在空中。

刘从文满意地点了点头，快步走去。

原军区大院　外　晨

警卫员小高、小李拿着扫帚在轻轻地打扫院子，不时地看着毛泽东已经入睡的窗子。

突然，远方传来隆隆的飞机马达声。

小高、小李惊诧地循声眺望。

接着，城南庄响起防空的警报声。

小高："怎么办？叫不叫醒主席？"

小李："可主席刚刚睡下啊！"

小高："万一敌机突袭投弹怎么办？"

小李："万一敌机不来我们这里呢？主席又该对我们发脾气了！"

小高、小李十分紧张地望着空中飞来的三架侦察机。

有顷，敌人的侦察机在头上转了两圈掉头飞走了。

不时，防空警报器的响声也随之停止了。

小高："根据以往的经验，侦察机飞走之后，跟着敌人的轰炸机就来，到那时你说我们该怎么办？"

小李："不管三七二十一，我们砸开主席的屋门，你我抬上主席就走！"

小高："对！当年在延安的时候，彭老总就对我们这样说过。"

接着，小高和小李又轻轻地扫起了院子。

毛泽东卧室　内　晨

毛泽东躺在那张床上，睡得十分香甜。

毛泽东的桌上摆放着披阅过的电文，还有那篮子鸡蛋。

突然，隐隐传来飞机的马达声，接着又传来防空警报声。

毛泽东似被惊醒了，他伸出两手堵住自己的耳朵，蹙着眉头想继续睡觉。

小高第一个闯进屋来，紧张地："主席！有情况。"

毛泽东睁开双眼，不悦地："有什么情况？"

小李大步闯进，不容分说，强行把毛泽东扶起："主席！你听，敌机要来轰炸了，请主席赶快到防空洞去！"

毛泽东："慌什么！敌机丢了炸弹没有？"

小高着急地："刚才是侦察机，没有丢炸弹。现在是轰炸机来了，它是一定要丢炸弹的！"

毛泽东侧耳听了听越来越近的飞机马达声："不急，先给我点支烟！"

聂荣臻一步闯进，严肃地："主席！来不及了，请你快到防空洞去吧！"

毛泽东："不要紧，没有什么了不起！无非是投下一点钢铁，正好打几把锄头开荒！"

这时，屋外传来一位南方口音的人大喊："主席！敌人的轰炸机朝着这个方向飞来了，你们快抬着主席进防空洞！"

聂荣臻冲着小高、小李使了个眼色，严厉地命令："快！要快！"

小高和小李把毛泽东强行架到担架上，一前一后，大步跑出屋去。

聂荣臻长长地舒了口气，随即跑出屋去。

天空　外　晨

敌 B-25 轰炸机直飞军区大院，在空中盘旋。

防空洞前　外　晨

小高和小李抬着毛泽东快步跑来，钻进防空洞去。

聂荣臻大步追来，以身护着防空洞口。

毛泽东推开聂荣臻："让我看看！"

聂荣臻："不行！"

毛泽东："蒋某人派来了几架飞机？"

聂荣臻："好像是五架。"

毛泽东："让我看看这五架轰炸机的样子还不行吗？"

聂荣臻："坚决不行！"

毛泽东不悦地说道："敌人轰炸的是房子，这防空洞是安全的嘛！"

恰在这时，敌轰炸机飞临头顶，冲着毛泽东的住房和院子投下几枚炸弹。

随着"轰！轰……"的炸弹爆炸声，毛泽东的住房和院子被硝烟和尘埃完全罩住了。

敌人的轰炸机远去了。

硝烟和尘埃也渐渐地散去了。

聂荣臻、毛泽东、小高、小李相继从防空洞里走出来，用手掸了掸身上的尘土。

大院中央插着一枚露着半截弹身的炸弹。

毛泽东指着那枚半截弹身说："荣臻，那是一枚没爆炸的臭弹吧？"

聂荣臻："是！"

毛泽东好奇地："走！咱们看看去，飞机的臭弹是个什么样的？"

聂荣臻一把抓住毛泽东："不行！"

毛泽东："怎么又不行？"

聂荣臻："太危险了！"他转身命令地，"小高！小李！快去请拆弹专家把它拆了！"

"是！"小高、小李快步跑去。

毛泽东推开聂荣臻："走！回屋看看大娘送的那篮子鸡蛋还在不在。"

聂荣臻蹙着眉头："别看鸡蛋了！还是给主席找个安全的地方吧。"

毛泽东叹了口气："敌人不愿意让我们在这里住，我们就只好搬家吧！"

聂荣臻："这就对了！"

毛泽东摇了摇头："可惜啊！蒋某人的目的没有达到，他失败了。"

南京 蒋介石官邸客室 内 夜

蒋介石仰天长叹："难道真的是天不灭毛泽东吗？"

毛人凤："校长！他毛泽东躲过初一，躲不过十五！我已经给保定站下达了死命令，无论他毛泽东躲到什么地方，我们的轰炸机就跟到什么地方！"

蒋介石："好！重赏之下，必有勇夫！首先，这个司务长提供的地点是准确的；其次，投弹手投到院子中也不容易了，都要重奖！"

毛人凤："是！"

蒋介石："下一次轰炸，要多派几架飞机，要多投几枚炸弹！保险系数就会大一些！"

毛人凤："是！"转身走去。

顷许，蒋经国走进："父亲！你的老朋友吴忠信说，白崇禧负气出走上海的目的是想多带兵！"

蒋介石笑了："我当然清楚！经国，你要记住，白崇禧是个唯利是图的政客，远不如李德邻的政治品质好。所以，政坛都称之为再嫁的寡妇。"

蒋经国："我记住了！另外，我还听说黄绍竑要亲自出马，劝白崇禧出山。"

蒋介石笑了："记住，这个黄绍竑是一个智多星，可惜，他的算盘老是为自己打。"

蒋经国："他出面游说白崇禧出山的胜算几何？"

蒋介石："无特殊情况，我看基本上成功了！"

上海　黄绍竑官邸　内　日

黄绍竑在室内轻轻地哼着麒麟派的《徐策跑城》唱段。

白崇禧怒气冲冲地走进："季宽！你好有闲心了！"

黄绍竑停止哼唱，平心静气地说："你知道我请你来有何大事要谈吗？"

白崇禧："不知道！"

黄绍竑："回答我一件事情，你还是不接受蒋先生的任命吗？"

白崇禧："对！古语说得好，岂有权奸在内而大将能立功于外者乎？无论谁说，我也绝不从命！"

黄绍竑："你我先不谈从不从命的事，告诉我，你还想把仗打好吗？"

白崇禧一怔，不知说什么才好。

黄绍竑："我请你来，并不是用蒋的话劝你去就职，为蒋好好打仗。因为我们早就看到未来蒋的仗是打不好的，才想和你谈谈快到武汉就职，掌握一些队伍，不要把本钱陪着人家一起输光了！"

白崇禧微微地点了点头。

黄绍竑："德公和你在南京高高在上当副总统和国防部部长，不是等于关在笼中的鸟吗？现在蒋主动地把笼门打开放你出去，还不快快地远走高飞？你到了外面，再反过来整他嘛！"

白崇禧自语地："有道理……"

黄绍竑："你再往深处想一想，武汉是进可以攻、退可以守的地方。机会到的时候，就可以同共产党妥协言和。蒋到了无法应付的时候，必定下野，德公就可以收拾局面，我们岂不是大有可为吗？"

白崇禧恍然大悟："你说得对，我明天回南京以后就去武汉就职。"

总统府官邸客室　内　日

蒋介石有三分得意地在室内走来踱去。

蒋经国亲自陪同白崇禧走进客室，说道："父亲！您的客人到了。"

蒋介石转身一看，笑着说："健生，我算就了，你一定会回来的。"

白崇禧大有受宠若惊的样子："总统，那也用不着让经国站在大门口迎接我啊！"

蒋介石："应该的，应该的。经国啊，你的任务完成了，我要和健生谈国家大事。"

蒋经国："是！"转身走出官邸客室。

蒋介石落座之后，指着对面的沙发："坐下谈。"

白崇禧落座有些尴尬地："蒋总统，那天我负气出走之后回到了上海，闭门思过，想了几天——"

蒋介石："不要再说下去了！我清楚，你去上海绝不是为了闹义气，而是有难处。今天，我要批评你，为什么不把这些难处摆到桌面上来，让我帮你解决呢？"

白崇禧："我在上海思之良久，克服分设两个剿总弊端的唯一办法，就是由总统亲自掌舵，统一领导这一分为二的八十余万国军。这样可以做到分而不散，进退自如。"

蒋介石："言之有理！健生啊，你有什么具体建议尽管讲，只要是合理的，我一定帮你解决。"

白崇禧："那我也把话挑明了说，一、明确华中剿总的管辖区域；二、华中剿总总部直接向总统负责，不受国防部和参谋总部节制。"

蒋介石："健生，我也把话说白了，华中剿总的事，我只找你一人。为了便于你的指挥，其他人员的配置我就不过问了！"

白崇禧大惊："不！不……"

蒋介石："不说了！我一向是用人不疑，疑人不用。如果没有什么新的建议，就赶快走马上任吧！"

白崇禧起身行过军礼，答说："是！"遂迈着军人的步伐走出了官邸客室。

蒋介石目送白崇禧走去，分外蔑视地自语："真是一个再嫁的寡妇！"他走回沙发落座，小呷了一口白开水。

有顷，蒋经国走进："父亲，您这一放一收的招数十分高明啊！"

蒋介石无奈地叹了口气，说道："你应该知道，这是父亲无可奈何之举啊！"

蒋经国："我并不完全知道。"

蒋介石怆然地摇了摇头说："桂系，从来就没有真正地服从过中央，可是桂系又是一支能征善战的地方实力派，从某种意义上说，他们是一支打不垮的武装集团。"

蒋经国："对此，我有所了解。"

蒋介石："桂系的终极目的是问鼎中央，为父一次又一次地打破了他们的皇帝梦！可是时下……"

蒋经国："他们很可能认为可以凭借共军之势、美国之威，演出一幕取父而代的戏剧来。"

蒋介石："但是，他们欲要演出取我而代的戏剧，他们手中必须有威慑我的军队！"

蒋经国："所以父亲绝对不授予白崇禧管控江淮河汉的军事大权。"

蒋介石："对！如果桂系手中握有八十万军权，且又部署在西起武汉、东至宁沪一带，我们父子就成了桂系手中的玩偶了！"

蒋经国："父亲，我全都懂了。"

蒋介石："我再次提醒你，父亲真正的对手不是李宗仁，更不是白崇禧，而是毛泽东！"

这时，毛人凤走进，行军礼："校长！我有重要情报向您报告。"

蒋介石焦急地问："是关于轰炸毛泽东的事吗？"

毛人凤："是！"

蒋介石："快说！快说……"

毛人凤："我刚刚收到保定站的情报，他们摸清了晋察冀军区所在地是两个村，一个叫烟堡村，一个叫马山村。"他拿出一张手稿，"这是晋察冀军区各机关驻防的地图。"

蒋介石接过看了看又转给了蒋经国："还是那个叫刘从文的司务长画的吗？"

毛人凤："是的！"

蒋介石："还是那个烟厂的经理孟宪德在领导他吗？"

毛人凤："不是了！我命令保定站的王保生换了人，选派了和刘从文有亲属关系的刘进昌、刘从志从旁协助。如果校长批准了这一方案，我准备再派王保生亲自考查一次。"

蒋介石："很好！他们知道毛泽东的准确住处吗？"

毛人凤："不知道！据他们分析、判断，毛泽东藏在军区司令部附近的某个地方。"

蒋介石："一定要查到毛泽东的住处。"

毛人凤："是！"

蒋介石："经国！这是一件比天还大的事情，你要亲自指挥。"

蒋经国："是！"

阜平花山　外　日

毛泽东的住处夹在两山当中，露出一片蓝天。

这是一座干净的院落，有两个花坛，里面种有各种花卉。

毛泽东拿着一把喷壶，十分小心地向花坛中盛开的鲜花淋洒清水。

毛泽东站在花坛旁边欣赏鲜花，微笑着点首。

聂荣臻走进院中，看着毛泽东那欣然自得的样子，说道："主席！没想到你对鲜花还这么有兴趣。"

毛泽东笑着说："自从那天挨炸搬到花山以后，我远看青山依然如黛，不像我们家乡的韶山，虽然不敢妄称花山，但远远望去，那盛开的杜鹃花早就染遍了大山。"

聂荣臻："但是，我相信花山一定有花，要不然老百姓为什么叫它花山呢！"

毛泽东："你说的也有道理！"他笑了笑，又说，"按照你的逻辑，我们的长沙就一定有沙了？江苏的无锡就一定没有锡了？恰恰相反，长沙无沙，据说无锡是有锡的。"

聂荣臻："我没有你有学问，越说越说不过你！接下来，我们该吃饭了。"

食堂　内　日

饭桌上摆着一盘红辣椒炒腊肉、一盘鸡蛋炒韭菜、两碗鸡蛋汤，桌子中央摆着一盘馒头。

毛泽东走到桌前一看，高兴地说："今天饭菜虽少，但却占了四种颜色啊！"

聂荣臻好奇地说："我数数看，辣椒炒腊肉，一红一黑，占有两色；韭菜炒鸡蛋，一绿一黄，占有两色。合计两盘四色，了不起！"

毛泽东："再加上馒头的白色呢，岂不就成了五色。"他拿起一个馒头咬了一口，"先吃白色！"

聂荣臻笑了："主席是三句话不离本行啊！"

毛泽东："这就叫卖嘛吆喝嘛！"他喝了一口鸡蛋汤，问道，"荣臻，这两天你在做什么啊？"

聂荣臻："我与侦察部门的同志反复研究，是谁把主席的住处报告了敌人呢？"

毛泽东："有结果了吗？"

聂荣臻："没有！我们做了很细致的排查，没有找到可疑的线索。"

毛泽东："那就不要打草惊蛇，搞得人心惶惶。"

聂荣臻："是的！但是，大家一致认为，敌人的飞机怎么会投的这样准呢？全部投到主席住处的周围，其中还有两枚炮弹投到院子中，把玻璃窗全都震碎，大娘送给你的那篮子鸡蛋也全都击破了。"

毛泽东："对此，我也想过，这次轰炸非同寻常，没有蒋某人的批准，轰炸机是调不动的。这件事肯定有内鬼，可我又担心一条臭鱼搅坏了一锅汤。"

聂荣臻："放心，我们一定按照主席的指示办。"

毛泽东："就其常理而言，只要有内鬼，蒋某人还会派轰炸机来轰炸的。"

聂荣臻："我们一定要加强防空！"

马山村外　日

一片黄瓜地，长着顶花带刺的黄瓜煞是好看。黄瓜地头有一座看瓜的窝棚，上面挂着那个柳条编的篮子。

刘从文在黄瓜地里除草，随手摘几条黄瓜，十分小心地放在篮子里。

顷许，一位中年人骑着一头小毛驴，肩上背着一个比较破旧的褡裢走来，他不时地环视周围。他就是国民党保密局保定站的负责人王保生。

刘从文抬起头看了看，又俯下身子除草。

王保生骑着小毛驴走到跟前，小声地说："同志！我向你打听一个人，不知你知不知道？"

刘从文："我是军区的刘司务长，军队的人，我都认识。村里的老百姓，我也多数认识。"

王保生听后跳下驴来，高兴地说："刘司务长！我是保定派来的王保生。"

　　刘从文站起身来，紧紧地握住王保生的手说："说吧！你需要什么，还让我做什么？你就直说吧！"

　　王保生："不急！"他从褡裢中取出一块白布和其他的东西，"这是你上一次提供轰炸毛泽东情报的报酬。"

　　刘从文："谢谢！"遂接过所谓"报酬"放在篮子中，上边盖上几条黄瓜。

　　王保生："上峰说，如果这次提供的情报准确，准备提拔你为中尉。每月就定期拿中尉的薪水。"

　　刘从文："谢谢！"他从衣袋里掏出两张草稿，"一张是军区机关所在地烟堡村，一张是马山村，所有机关的方位、名称我都写清楚了。"

　　王保生接过地图草稿看了看，放在内衣里："依然没有查到毛泽东的准确住处？"

　　刘从文："没有！我想，到那一天投弹的时候，多派一些轰炸机，多投一些炸弹。只要毛泽东在这两个村里就跑不了。万一失败了，也会炸死一些军区首长。"

　　王保生："很好！"他沉吟片时，问道，"你知道其他中共的要人住在什么地方吗？"

　　刘从文："听说住在平山一个叫什么东柏坡、西柏坡的。"

　　王保生："留意问问。"

　　刘从文："是！"他指着瓜窝棚说道，"告诉开飞机的，那天，白布就盖在瓜窝棚上。"

　　王保生："我知道了！"遂骑上小毛驴一夹腿走去了。

　　刘从文从瓜窝棚上拿下篮子若无其事地走了。

南京　总统府官邸　内　日

蒋介石拿着一份电报用心地审阅。

有顷，肩扛上将军阶、全身戎装的顾祝同、刘峙走进，异口同声地说：“总统！卑职前来请见。”

蒋介石拿着电报笑着说：“当今国军中的两大干将来见，连这总统府都蓬荜生辉了！都请坐下吧！”

“谢总统！”顾祝同、刘峙相继落座。

蒋介石：“墨三！”

顾祝同肃然起立：“卑职在！”

蒋介石：“不要这样客气！我要告诉你的是，新内阁就要宣布成立了，敬之接替白崇禧出任国防部部长；辞修嘛，由于身体的原因，不能再继任参谋总长一职了。我思来想去，这号令三军的参谋总长，就交由墨三接任吧！”

顾祝同站起，表情肃然地说道：“谢总统信任！我愿披肝沥胆，竭尽忠诚，在您的领导下与共匪作战！”

蒋介石微微地摇了摇头：“墨三啊，时局艰危，光与共匪作战不行，一定要歼灭共匪！”

顾祝同：“是！”

蒋介石：“这样一来嘛，陆军总部徐州司令部就没有存在的必要了，我很快就会宣布撤销！”

顾祝同：“是！”坐下。

蒋介石：“为了适应剿匪形势的发展，我决定成立徐州剿匪总司令部，由经扶出任总司令！”

刘峙站起：“谢总统信任！”

蒋介石：“经扶啊，你立即着手筹备徐州剿匪总司令部的班底。”他抖了抖手中的电报，“我刚刚收到徐州的急电，告知陈粟共匪主力欲南渡黄河，声称要聚而歼之我第五军。你上任之后，要在河南一带与陈粟共匪决战！”

刘峙：“是！”

蒋介石：“你们二位还有什么事情吗？如果没有了，就赶快赴任，坚决指挥国军消灭共匪！”

"是！"顾祝同、刘峙起身离去。

蒋介石起身缓缓在室内踱步，似在思索事情。

有顷，蒋经国偕毛人凤走进："父亲！有紧急要事报告。"

蒋介石："好！坐下谈。"

蒋经国、毛人凤坐下。

蒋介石："是关于轰炸毛泽东的事情吧？"

蒋经国："是！"

毛人凤取出两张草稿："校长！这是晋察冀军区各机关具体方位图。"双手呈于蒋介石。

蒋介石简单地看了看："这次比上一次有经验了，画得我都能看清楚了。"他收起草稿图，"我同意保定站提出的多派轰炸机的意见，一定要搞他一次天翻地覆的大轰炸。就是炸不死毛泽东，能消灭晋察冀军区一部分干部也是胜利！"

蒋介石："父亲！我计划调十二架轰炸机可以吧？"

蒋介石："可以！"他蹙眉凝思片刻，"你们要永远记住：炸死毛泽东就是一切！"

花山　毛泽东的办公室　内　日

毛泽东驻足墙下，一动不动地观看作战地图。

聂荣臻走进办公室，看见毛泽东目中无人的样子，说道："主席！你又对着作战地图相面呢？"

毛泽东转过身来，有些沉重地说："荣臻！形势比人强，我再不对照作战地图相面啊，就要落后于形势发展了！"

聂荣臻一怔："主席！我愿听其详。"

毛泽东："我再次提醒你们，战争形势的发展会超出我们的想象的。对此，你有何感想？"

聂荣臻："我有此感觉！"

毛泽东："光有感觉不行，还必须拿出推进这一战争形势向前发展的办法。"

聂荣臻微微地点了点头。

毛泽东："假若说，东北战场一旦进入连续大歼灭战的战争态势，华北军区如何给予配合呢？"

聂荣臻："绝对听从中央军委和你的指挥，叫我们怎么配合我们绝不讲价钱！"

毛泽东："这是绝无问题的！但是，"他指着作战地图说道，"华北地盘上，敌人有两个大的军事集团：一个是阎锡山，再一个就是傅作义。说句老实话，单靠徐向前的第一兵团能战胜阎锡山军事集团吗？至少现在还有困难。同样，单靠杨得志的第二兵团能消灭傅作义军事集团吗？"

聂荣臻："至少现在还不行！"

毛泽东："要想从根本上解决问题，必须等林彪、罗荣桓他们解放了东北全境，率部入关。"

聂荣臻："那得等多少时间呢？"

毛泽东："不会太长了！当然，这也得看华北部队从旁相助到什么水平了！"

聂荣臻微微地点了点头。

毛泽东："再请问，你们如何牵制、配合东北战场迅速发展的态势呢？"

聂荣臻："这得看东北战场形势的发展。"

毛泽东："再举个例子说，第二兵团靠现在的实力能拖住傅作义的部队吗？"

聂荣臻："有困难！"

毛泽东："假若你们再有一个兵团呢？一个切断他们撤回绥远的老家的路，一个堵住他们出关支持东北战场，或阻止他们南下逃往江南。"

聂荣臻："主席的想法呢？"

毛泽东："我赞成杨得志他们提出的第二集团军一分为二，分东西线两个集团，在战斗中迅速壮大自己，成长为两个野战兵团。"

这时，远天传来隆隆的飞机马达声。

聂荣臻："主席！准备防空。"

毛泽东："不急！还没有发防空警报声。"

少顷，烟堡村、马山村传来防空警报声。

毛泽东："走！到院中看看蒋某人派来了多少架轰炸机。"他说罢带头走出办公室。

聂荣臻紧跟毛泽东的身后，很快也走出办公室。

大院中　外　日

不远处传来轰炸机隆隆马达声和炸弹起爆的响声。

空中升起一团团浓烟烈焰，弥漫着长空。

毛泽东站在院中眺望不远处的空中，小声数着："一架、两架、三架……"

聂荣臻走到近前，焦急地："你怎么还有闲心数飞机有多少架呢！快进防空洞！"

毛泽东乐观地："不急，我断定敌人的飞机不知我毛泽东在花山，就是站在大院中高喊'毛泽东在此！'，他们也不会到这里来投炸弹！"

聂荣臻："要是来了呢？"

毛泽东："我们再进防空洞也不晚嘛！"

聂荣臻长叹一口气："主席，我拿你可真的没办法哟！"

毛泽东："那你就听我的，咱们就相安无事了！"他接着又数起了轰炸机有多少架。

聂荣臻："主席！数完了吗？"

毛泽东："数完了！"

聂荣臻："多少架？"

毛泽东："十二架！"

聂荣臻："敌机什么时候飞走？"

毛泽东："飞机上装的炮弹扔完了，它自然就飞走了。"

聂荣臻："该进防空洞了吧？"

毛泽东："我看是该回办公室了！"

聂荣臻一怔："为什么？"

毛泽东："你该打电话给军区，了解一下炸塌了多少间屋子，军民一共有多少伤亡。"

聂荣臻："等敌机飞走了再打电话。"

毛泽东："那好，我们再接着讨论华北军区下一阶段的战略任务。"

聂荣臻："主席，在这种情况下，我能和你讨论这样的大事吗？"

毛泽东摇了摇头："咳！你这就应了那句俗话了：胆小不得将军做。"

聂荣臻一怔："那我能做什么？"

毛泽东："元帅或军师。"

聂荣臻："为什么？"

毛泽东："将军嘛，在战场上必须有临机处置的机智，元帅和军师嘛，是事后听汇报的。"

聂荣臻有点情绪地："你是主席，我的任务就是不能让你有一丝一毫的意外。否则——"

毛泽东："你就没法向恩来同志交代！"

聂荣臻："你还知道啊！"

毛泽东笑了："可我还知道，将在外，君命有所不受。"

聂荣臻急了："主席！你……"

毛泽东大笑："我这是在和你说笑话呢！"

聂荣臻蓦地发现了什么，高兴地说："主席！你看——"

毛泽东："敌机已经飞走了！"

聂荣臻："主席，回办公室！"

毛泽东："是！"

简易办公室 内 日

毛泽东："现在，军区的同志正在收集损失的情况，你我继续聊几件正事，好不好？"

聂荣臻："好！你说我听。"

毛泽东："看来你的情绪还没有散去，因此关于战略全局的问题就不谈了，等我和恩来、老总商量定了，发给杨得志他们的同时也电传给你和一波同志一份。"

聂荣臻："可以！"

毛泽东："关于这两次轰炸，我认为基本上可以证明军区内部有敌探，一定要把他挖出来。"

聂荣臻："是！"

毛泽东："但不准扩大化！"

聂荣臻："是！"

这时，桌上的电话铃声响了。

毛泽东："一定是找你的，你来接！"

聂荣臻拿起电话："喂！我是一号……好，知道了，等我回去以后再议。"挂上电话。

毛泽东："有多大损失？"

聂荣臻："部队尚没有伤亡的报告，兵营炸坏了八十间营房和办公室。"

毛泽东心疼地："八十间啊！老百姓有多少损失？"

聂荣臻："正在统计中！"

毛泽东严肃地："荣臻，为了这里的军民不因我再遭受损失，我已经决定了，你立即和中央联系，我尽快搬到西柏坡去住。"

北平剿匪总司令部 内 夜

傅作义身着戎装，站在作战地图前面沉思。

身着戎装的参谋长李世杰、三十五军军长郭景云走进，异口同声地："总司令！我们奉命前来，聆听训示。"

傅作义转过身来，笑着说："你们二位都要记住，自家人约谈，不要这样的礼仪。都坐下谈吧！"

李世杰、郭景云应声落座。

傅作义缓缓地踱着步子，有些沉重地说道："南京，蒋总统搞的所谓竞选终于落幕了！让我说，不仅没有选出团结御侮的劲头来，我看蒋桂矛盾越来越难以调和了。"

李世杰："让我说啊，国民党军政各界的矛盾也都选出来了。"

郭景云："更为严重的是，将帅不和，累死三军。像东北战场、中原战场，还有我们华北战场，蒋系人马谁听总司令的？他们动不动就叫一声'校长'，来吓唬我们。"

傅作义叹了一口气："不去说这些了！与此同时，毛泽东、周恩来他们从陕北到了西柏坡，全国——尤其是华北的共军一定会有大动作的。"

李世杰："那是自然！近一个月以来，似乎全国各战场都未有大的军事动作，真是大有山雨欲来风满楼的态势。"

郭景云："这又应了那句俗话：阴来阴去下大雨，病来病去病死人。我的感觉是，真正的大戏就要开场了！"

傅作义低沉地说道："我们谈话的开场锣鼓就算敲过了，下面，我向你们二位说说这些天来想的事情，前提是，你们二人不准把我私下的讲话张扬出去。"

"是！"

傅作义走到作战地图前说道："一、我们北平剿总虽然号称六十多万人马，但我能调动的还是咱们绥远的老家底。简而言之，今后的军事行动，应以保全我们绥远的这些老家底为最高目的。"

"是！"

傅作义："二、我们北平剿总在蒋总统的心目中，只是东北剿总的配属部队。据我的预判，东北这片大地会很快落于林彪之手。但是，在国共双方拼死厮杀的过程中，蒋总统一定会命令华北剿总出关驰援。到时，我只有把蒋家的部队派往东北。"

"赞成！"

傅作义："东北一旦失守，华北就危在旦夕。蒋总统又一定会把我们绥远的部队调往江南。我不会同意，你们也要视情把部队带回绥远。"

"是！"

傅作义："为此，李参谋长在排兵布阵的时候，要把这些因素都考虑进去。一句话，我们的老家底坚守平绥线，随时准备撤往归绥、包头。"

李世杰："是！"

傅作义："你们要永远记住：我的对手是两个，一个是中共的毛泽东，另一个是南京的蒋总统；而你们的对手，永远是杨得志、罗瑞卿、耿飚他们！"

"是！"

河北野三坡　第二兵团司令部　内　日

这是一座很讲究的院落，掩映在绿树之中。

杨得志、罗瑞卿、杨成武、耿飚以及各纵队的主要指挥员济济一堂，有的抽烟，有的喝大碗茶。

杨得志站起身来："现在开会！首先由耿飚同志宣读中央军委、毛主席发给我们的电报！"

耿飚拿起电报说道："电报较长，大意为：为配合东北作战，针对傅作义'以主力对主力'的战法，要一反过去行动规律，采取新的'适当分散'与'适当集中'的作战方针，实行大踏步进退和机动作战。即对集中驻扎之敌，以分散方式进行调动、牵制；对分散守备之敌，则以适当的兵力集中，进行远距离奔袭，大胆深入到敌占区内去歼灭之。"他抬起头来，说道，"宣读完毕！"

与会的指挥员谁也不说一句话，屋内的空气凝重极了。

杨得志："请大家发言！"

屋内依然没有一人发言。

不知是谁在后边小声发牢骚："明摆的，又是让我们去拉帮套，干游击队的活，没劲！"

与会的指挥员似都有情绪，仍然无人发言。

罗瑞卿："我先开个头！我知道自己有一个张家口情结，我也知道大家同样有一个张家口情结。是报张家口的仇重要呢，还是按照中央军委、毛主席的战略意图夺取全国胜利重要呢？"

杨得志："当然是夺取全国胜利重要。"

杨成武："坚决执行中央军委和毛主席的指示！"

杨得志："现在要讨论的是，我们怎么来贯彻、执行。根据中央的精神，我考虑，对付傅部主力这头牛，东线集团——也就是我们二、三、四纵队，即刻过路，向热西、冀东挺进，去牵他的牛头；西线集团——也就是杨成武同志领导的部队在平汉路以西，瞅准机会揪他的牛尾，策应东线行动。如果没有什么意见，我们就此分兵，各奔东西。大家看如何？"

杨成武："我看行！我们一个在东，一个在西，两边一起闹腾，让傅作义弄不清我们的主力在哪儿，两头忙活，让他哪边也顾不上。"

耿飚："牛总归是有脾气的，不愿让人牵的，想让它乖乖地跟你走，老百姓的办法是，用一个铁环穿在牛鼻子上。现在问题来了，傅作义的牛鼻子在哪儿呢……"

曾思玉："只要我们死死地抓住傅作义部这头牛，找牛鼻子终是容易的。"

"对！对！找牛鼻子终是容易的。"众人七嘴八舌地说。

杨得志："罗政委！该你发言了。"

罗瑞卿："打仗的事，就按杨司令员定的，我没意见。我认为最重要的，还是在思想转弯上。怎么样，从我罗瑞卿开始带头转好不好？"

"好!"

罗瑞卿:"中央军委的作战方针,让每一个指战员都知道。告诉大家,目前,全国革命高潮已经到来,人民公敌蒋介石的王朝,已经摇摇欲坠,华北敌人傅作义也异常紧张,华北解放的日子不远了!"

与会指挥员热烈鼓掌。

罗瑞卿:"中央军委、毛主席密电通知:蒋介石准备近期在南京召开戡乱检讨会,让我们留意蒋介石在军事上有什么新的动态。"

与会指挥员愕然。

定格　叠印字幕:第二十三集终

第二十四集

南京　国防部大厅　内　日

"国防部戡乱检讨会议"的横幅挂在正面墙上。

蒋介石身着戎装的巨幅照片悬挂在横幅的下面。

主席台前方摆着一条长桌，上面放着茶具和麦克风。

主席台下坐着一百多位身着戎装，肩扛上将、中将、少将军阶的军官。其中卫立煌、汤恩伯、白崇禧、傅作义、刘斐、杜聿明等在座。

郭汝瑰站在大厅门口，喊道："蒋总统到——"

全体与会的高级将领肃然站起。

蒋介石在何应钦、顾祝同的陪同下走进大厅，目不斜视地登上主席台。

蒋介石坐在中央的座位上，何应钦、顾祝同分坐两边。

何应钦伸出双手向台下示意："请坐！"

全体与会的将领整齐划一地坐下。

何应钦："在蒋总统的指示下，国防部决定召开这次戡乱检讨会议，是对两年来的剿匪军事进行彻底反省，彻底检讨，求得会议以后能真正有一番起死回生的改革，使剿匪军事转危为安。下面，请蒋总统训示！"

与会的高级将领热烈鼓掌。

蒋介石站起，肃然巡视台下一遍，严厉地说道："我自黄埔建军，二十多年以来，经过许多艰难险阻，总是抱着大无畏的精神和百折不回的决心，坚持奋斗，终能化险为夷，渡过种种难关。只要我们大家同心同德，共济时艰，抱定有敌无我、有我无敌的决心，就一定能取得胜利！"

顾祝同带头鼓掌。

何应钦随之轻轻鼓掌。

台下的掌声稀疏。

蒋介石越发生气地大声说："我们在军事力量上本来大过共党数十倍，制空权、制海权完全把握在国军手中。但是，由于抗战胜利后在接收的时候，我们许多高级军官大发其财，奢侈荒淫，沉溺于酒色之中，弄得将骄兵逸，纪律败坏，军无斗志。从某种意义说，我们今天的失败，是失败于昨天的接收！"

蒋介石等着掌声，却久久无一人鼓掌。

蒋介石气得用力拍了一下桌面，悲愤地说："现在，共党势力日益强大，匪势日益猖獗，大家如果再不觉悟，再不努力，明年这个时候，能不能再坐在这里开会都成问题。万一共匪控制了中国，则吾辈将死无葬身之地！"他不知何故，竟然哽咽得说不下去了。

台上的顾祝同、何应钦以不同的目光看着蒋介石。

台下的高级将领缓缓地低下了头。

只有白崇禧、卫立煌、傅作义等面无表情地坐着。

蒋介石把讲稿往何应钦的面前一推，悲楚地说："敬之，你代我念一念新的作战方针吧！"

何应钦："是！"遂双手捧起蒋介石的发言稿。

西柏坡 中央军委作战室 内 日

毛泽东坐在那张放有电话机的桌子前，笑着说："今天的书记处会议，为什么要改在军事作战室开呢？因为今天的会议是研究军事问题，这里有各种地图。"

与会的刘少奇、周恩来、朱德、任弼时听后笑了。

毛泽东："蒋某人日前走了一步迫不得已的棋，美其名曰戡乱检讨会。有关这次会议的政治、军事战略方针的文件，都发给你们了。今天，我们内线的同志又送来一份新的所谓戡乱作战计划，请我们的军委副主席代总参谋长恩来同志给诸位讲一下。"

周恩来指着一张作战地图讲道："据报，为阻止我军南下，国民党统帅部与美国联合军事顾问团共同制订了一个新的作战计划，简称'三角、四边、十三点'。"

朱德忍不住地笑了，幽默地说道："有意思，他蒋某人和美国顾问在玩洋麻将吧？"

毛泽东等与会者笑了。

周恩来指着地图讲道："所谓三角，就是在华中、华东、豫陕战场集结六十五个整编师上百万兵力，保住徐州、汉口、西安之间这个三角地带。"

毛泽东断然地："蒋某人还想继续和我们逐鹿中原，一决胜负！"

周恩来指着作战地图讲道："所谓四边，是指陇海全线、津浦路兖州至浦口段，郑州以南平汉线、宝鸡至成都公路这四条边。"

任弼时："这是蒋某人为下一步继续和我们在中原角逐天下，而划定的所谓界线。"

刘少奇："这是一厢情愿的买卖！在他看来，只要在他划的这个界定的区内打仗，他们就占有现代化的运输线。"

周恩来指着作战地图讲道："所谓十三点，就是指开封、郑州、济南、商丘、南阳、襄樊、确山、信阳、汉中、安康、钟祥、宜昌、合肥十三个据点。"他沉吟片刻，笑着说道，"在蒋某人看来，下一阶段逐鹿中原的战斗，我们一定还会像前两年那样，攻一个城市再攻一个城市，所以他设了十三颗钉子，要我们一颗接着一颗去拔。"

朱德："蒋某人又是在空想！"

毛泽东深沉地："但是，我们将如何走下一步事关中国革命的大棋呢？我有两个建议：第一，蒋介石在南京召开的会议结束了，我们也要召开一次政治局扩大会议，研究我们的下一步打天下的方针大计；第二，蒋介石制订了所谓新的剿灭我们的作战计划，我们也要制订一个打倒蒋介石、建设新中国的战略计划。"

"同意！"

西柏坡柏树林　外　晨

西柏坡的清晨是美丽的，红彤彤的朝阳洒在青山绿树之上，农家的炊烟袅袅升起，就像是一支又一支彩笔在绘着西柏坡的晨景。

毛泽东、周恩来徜徉在柏树林中，认真地交谈着。

毛泽东："我们在第三个年头的战役目标是定了的，那就是再消灭敌人一百个旅。作为战线的划分，我们还是分为南线和北线。"

周恩来："北线的主战场依然是在东北，然后再向华北转移；南线的主战场应放在济南、徐州一线，然后再向华中、长江以南转移。"

毛泽东："东北战场必须把重点移到锦州、唐山一线；南线的主战场首先要攻克济南，把华北、华东两大解放区连成一片，完成逐鹿中原的战略阶段。接下来，我们将在古战场垓下发起最后的战略决战，彻底消灭当代霸王蒋介石的武装力量，然后再演出今天的百万雄师下江南！"他越说越激动，稍许喘了口气，又平和地说，"话又说回来，千里之行，始于足下，我们还得从东北战场做这篇大文章。"

周恩来："我记得远在陕北杨家沟的时候，你就明确电示东北野战军，对我军战略利益来说，是以封闭蒋军在东北加以各个歼灭为有利。"

毛泽东："不久以前，我又明确地电示他们，应当首先考虑对锦州、唐山作战，但是，他们从东北战局出发，迟迟下不了决心。"

周恩来："这正好应了你曾说过的一句话：让我们的指挥员变成战略家是很不容易的啊！"

这时，朱德乐呵呵地走来，说道："老毛！恩来！你们怎么跑到小树林里搞地下工作了？"

毛泽东玩笑地："你怎么失约来晚了？我和恩来还等你吃早饭呢！"

朱德："克清说，天凉了，吃完了我给你做的小米粥再走。就这样，我就来晚了。"

周恩来："我和主席还没吃呢！"

毛泽东："好！回去吃早饭，边吃边谈。"

中央军委作战室　内　日

毛泽东、周恩来、朱德三人围在桌边随意地吃着早饭。

毛泽东腾地一下站起，走到作战地图前说道："你们二人先吃，我来讲讲我的一些设想。"

朱德："不急嘛！吃完了再说。"

毛泽东："不行，不行！下面，我对照作战地图开讲。"

周恩来："好！我和老总也不吃了，等你讲完了咱们再一起吃早饭！"

毛泽东指着作战地图讲道："诚如我们三人昨天议的那样，蒋某人在洋顾问的参谋下搞的这个'三角、四边、十三点'作战计划，是为落实'守江必先守淮'的战略计划。你们看，这十三座城市都在黄河以南。这是为什么呢？"

朱德："从某种意义说，这是他蒋某人从全面战略防御向重点防御转变。因此，黄河以北的太原、包头、归绥、张家口、承德，以及东北的大中城市就交给他的东北和华北两个所谓剿总了。"

周恩来："可是，历史是无情的！两年多以前，他蒋某人从我们的手中夺走二百多座城市。那时，他是由南向北打；如今呢，他又由北向南节节撤退。"

毛泽东："等他撤退到长江以南，他这个当代的霸王就要演出别姬的好戏了！"

周恩来、朱德忍俊不禁地笑了。

毛泽东："为了尽快完成我们的战略目的，我们还必须研究淮河以北的几座城市：一、济南；二、太原；三、包头、归绥、承德等城市。为此，我提议把徐向前、聂荣臻和杨成武请到西柏坡来，当面向他们交代战斗任务。"

"可以！"

毛泽东："至于攻打济南的战役，等粟裕同志把济南战役的作战计划报来再说。"

这时，李克农手持一份电报走进。

毛泽东笑着说："我们的情报大王克农同志到了，先听他的报告，再继续研究我们的问题。"

李克农："刚刚收到南京发来的情报：蒋介石于今日上午飞赴太原，和阎锡山商议固守太原的作战计划。"

太原　阎锡山作战指挥室　内　夜

阎锡山身着戎装、肩扛上将军阶、皮笑肉不笑地引身着戎装的蒋介石走进指挥室："蒋总统，您不顾鞍马劳顿，就要听我讲解太原攻防形势，真是令百川我感动不已啊！"

蒋介石严肃地说道："百川兄，就是因为我们时下的将士贪图安逸，不知家国，使得我们这些曾经跟着先总理干革命的老同志面上无光啊！"

阎锡山："是！是！"

蒋介石客气地："百川兄，开始吧！"

阎锡山："好！好！副官，把灯光打开！"

副官："是！"他打开电灯开关，特写：

正面墙上挂着一幅太原军事布防地图，上面画满了各种军事符号。

阎锡山指着太原军事布防图讲道："太原，自古就是兵家必争之地。为此，我把这座只有三十万人口的城市，打造成一座攻防兼备的立体化城市。"

蒋介石饶有兴趣地："百川！你是如何把太原打造成一座攻防兼备

的立体化城市的？"

阎锡山指着地图讲道："我汲取中外城市——尤其是'二战'中城市设防的经验，专门研究如何修筑坚固的碉堡。在山头上的碉堡，我称之为守山堡；在山坡上的碉堡，我称之为护山堡；在山沟里的碉堡呢，我称之为伏地堡。北起周家山、南达武宿，西从石千峰，东至罕山，在这百里防线内，有各式碉堡五千余座，星罗棋布，相互关联，越接近城里，碉堡密度越大。"

蒋介石肯定地："很好！飞机场是如何设防的呢？"

阎锡山指着地图讲道："在南、北机场等数十处重要据点，均以若干大水泥碉为骨干，以地堡为卫星，环以外壕、劈坡，加设副防御物构成防御体系，名之为要塞。太原东部的牛驼寨、小窑头、淖马、山头，是太原的四大要塞。双塔寺大碉十三，小碉一百六十余……"

蒋介石有些不耐烦了，低沉地说："好了！好了！请问你建造的这座碉堡城可敌多少攻城的共军？"

阎锡山："我经过缜密的计算，可敌雄兵百万！"

蒋介石一怔，自语地："一百万……"

阎锡山："这只是计算的数字！至于到底能敌多少共军，还要看我们有多少设防的将士。"

蒋介石微微地点了点头，他沉吟片时，问道："据共党的宣传，说徐向前兵团日前发起的晋中战役，一举歼灭了你十万余人，解放了十一座县城，可有其事？"

阎锡山尴尬地："这是共军的宣传！再说，我很快就恢复了六十一军军部，重建了十九、三十三、三十四、四十三四个军部和八个师、两个总队——"

蒋介石不悦地："好了！不必再说下去了。百川兄，你还有多少人马守太原城？"

阎锡山也不悦地："十万！"

蒋介石："好，好！明天，我要亲自视察太原城的碉堡。"

太原城郊　外　日

蒋介石在随从的搀扶下吃力地爬上一座新修的水泥碉堡，长长地舒了一口气。

阎锡山在随从的护卫下独自爬上这座新修的水泥碉堡，上吁下喘地问："蒋总统，有何观感啊？"

蒋介石："名不虚传！名不虚传！"

阎锡山："蒋总统，一座碉堡能顶多少兵？"

蒋介石："我看至少一个排。"

阎锡山："就算顶一个班吧，这五千个碉堡，外加守城的十万部队……"

蒋介石："用数学来算，至少能顶百万兵！"他看着有些得意的阎锡山，"百川兄！人说山西人会算计，仅碉堡一事，我就有所领略了！"

阎锡山："我还得继续向蒋总统学习！"

蒋介石："年初，为固守太原，我从西安、榆林给你调来的部队呢？"

阎锡山："从西安调来的三十师，我很快扩编为三十军，并晋升黄樵松为中将军长；从榆林调防来的八十三旅，改为八十三师，有关将佐也给予了升迁。"

蒋介石："很好！共军兵团司令徐向前你很熟悉吧？"

阎锡山："当然熟悉！早年，他在我创办的太原国民师范学校速成班读书，有师生之谊啊！"

蒋介石感叹地："你看是何等地巧啊！他是我黄埔军校一期的学生，也有师生之谊啊！"

阎锡山："据说，他的身体十分地不好，我真希望他能来太原，我请最好的郎中给他看病！"

蒋介石叹了口气："这是不可能的！"

山西榆次相立村　内　夜

胡耀邦搀扶着徐向前走进指挥部。

与会的将领周士第等全体站起致敬。

胡耀邦把徐向前扶到兵团司令就座的位置落座。

徐向前强打精神地说:"同志们! 下面由兵团副司令周士第同志宣读中共中央对晋中战役的贺电!"

周士第双手捧读贺电:"庆祝你们继临汾大捷后,在晋中地区歼灭敌一个总部、五个军部、九个师、两个总队及解放十一座县城的伟大胜利。晋中战役在向前、士第两同志直接指挥之下,由于全军奋战、人民拥护、后方努力生产支前,及各战场的胜利配合,仅仅一个月中,获得如此辉煌的战绩,对于整个战局帮助极大。现在我军已临太原城下,最后地结束阎锡山反动统治的时机业已到来。希望你们继续努力,再接再厉,为夺取太原,解放太原人民而战!"

与会的指战员热烈鼓掌。

徐向前:"同志们! 不要因此而骄傲,我们只是在战役指导上,没有犯严重错误。大家千万要记住,没有山西老百姓的支持,我们将是一事无成的!"

周士第:"徐司令说得是何等地好啊! 你们知道吗? 我们一个月就消耗粮食近一千万斤,支前民工五百二十三万个工作日。同时,他们拿起武器参战,消灭敌人,给我们弥补了兵力不足的困难。"

徐向前:"晋中战役,是我们兵团进行的一次大规模运动战、歼灭战,创造了以寡击众、以少胜多的战绩,需要我们好好地总结。同时,我们要根据中央军委、毛主席的指示,就如何夺取太原、解放太原人民制订作战计划。"

这时,一位通讯参谋拿着一份电报走进,交给胡耀邦。

徐向前:"耀邦同志,是谁发来的电报?"

胡耀邦:"是中央军委、毛主席发来的电报,批准同意你提出的'围困、瓦解、军事攻击'攻打太原的作战方针。同时,还指示,向前同志即利用整训期间来后方休息，本月中旬后，先来华北局及中央一谈。"

徐向前："服从中央军委和毛主席的命令！"

西柏坡大街　外　日

聂荣臻、杨成武一边快步走在街上一边交谈。

聂荣臻："毛主席要我们去一起谈，任务是配合东北野战军作战。东北部队要打锦州，必先准备打锦西、沈阳增援的敌人。为此，毛主席考虑要华北军队配合东北作战，把华北的敌人傅作义所部拖住，不让他们出关。具体的情况，由毛主席向你下达作战命令。"

杨成武："是！"

西柏坡　毛主席的驻地　内　日

毛泽东驻足墙下，看着作战地图出神。

叶子龙引聂荣臻、杨成武走进："主席，你的客人到了。"

毛主席转过身来，指着桌上的电报笑着说："桌上有两份关于发起辽沈战役的电报，你们先看，然后我们再谈。"

聂荣臻、杨成武站在桌前认真拜读电文。

毛泽东点上一支烟，深深地吸了两口，遂在不大的室内缓缓地踱着步子。

有顷，聂荣臻、杨成武读完了电报。

毛泽东伸出两个指头说道："晋察冀野战军有六个纵队，现在改组为华北军区第二、第三兵团。以第三纵队、第四纵队和第二纵队的一个旅，组成第二兵团，由杨得志任司令员、罗瑞卿任政治委员、耿飚任参谋长。也可以叫杨罗耿兵团。以第一纵队、第二纵队两个旅、第六纵队两个旅组成第三兵团，并统一指挥晋绥的第八纵队、内蒙的两个骑兵师以及晋西地区的地方部队，由你杨成武任司令，由李天焕任副司令。成武，由谁给你当政委更合适呢？"

杨成武："对此，我曾向聂司令说过，李井泉同志自创建大青山革命根据地始，就在归绥、包头一带活动，对此地的民风、民情很熟悉，我认为由他任第三兵团的政治委员比较合适。"

毛泽东："我投你一票！"

聂荣臻："我也投你一票！"

毛泽东："我的战略构想是，要打大的歼灭战，就必须建立一盘棋的思想。举例说，东北野战军主力要南下锦州，就必然会受到来自平津、沈阳两边的国民党军队的压力，于是拖住北平傅作义的主力，便成了东北战场决战的关键。如何才能拖住傅作义的部队呢？绥远是傅作义的发祥地，也为傅作义所必救，因此，把他的主力拖住在平绥线上，调动他的主力部队向归绥转移，使之不能出关。懂了吧？这就是你杨成武第三兵团的战略任务。"

杨成武："主席，我懂了！"

毛泽东："与此同时，杨罗耿兵团的战略任务是，以一部在承德、北平一线配合东北野战军作战，以另一部在北平至张家口地区行动，配合杨成武第三兵团作战。这样，就可以死死地把傅作义的主力部队拖在这一带，你们还可以寻找战机，消灭他一部或多部。"

杨成武："我们一定遵照中央的精神，视情而动。"

毛泽东："为了封住阎锡山所部在太原，不使阎部挥兵北指，给你们增加困难，我命令徐向前、周士第的第一兵团发起太原战役。这样，就可以确保东北野战军发起的辽沈战役无后顾之忧，取得完全胜利。"

杨成武激动地："主席！您真是一位高屋建瓴、深谋远虑的大战略家啊！"

毛泽东："不要说这样的话！我告诉你，那边很穷，你搞不到粮食，就站不住脚。成武啊，我先把丑话说在前头，你到绥远要想站住脚，就得准备饿三天肚子，吃两天草啊！"

杨成武："请主席放心，我们大不了再过一次草地！"

毛泽东："这不行！为了出师绥远，确保你们兵团的指战员有饭吃，我准备亲自请我们的财神爷——薄一波同志给你们拨十万银元！"

杨成武大惊："这么多？"

毛泽东："是不少！我告诉你们一个消息，上海、南京等城市的人民嗷嗷待哺，搞得蒋介石也想不出什么办法来！"

南京　混乱的大街　外　日

大街两边的商铺乱成一团，市民抱着一捆一捆的法币争相抢购日用品和粮食。

一辆挂着军牌的黑色轿车缓慢地驶来，不停地按着喇叭，依然难以前进。化入车内：

白崇禧坐在后排座位上，焦急地命令道："开快些！"

司机："是！"遂又按了一声长长的喇叭，前面抢购东西的市民还是一动不动。他转过身来，有气地说："对不起！前面抢购的市民不让路。"

白崇禧一怔："这些市民在抢购什么？"

司机："他们什么都抢！"

白崇禧愕然地："为什么？"

司机："司令远离首都，不知道时下的宁沪杭甬一带的情况，吃用的东西是一日三涨，钱是一日三贬。早上一万元吃一餐早点，到中午连一根油条都买不到了！"

白崇禧愤然地叹了口气，命令道："掉头！找一条清静的路走。"

南京傅厚岗　李宗仁官邸　内　日

李宗仁在室内蹙着眉宇，有点着急地踱着步子，不停地看看手表。

白崇禧一步闯进官邸，抱怨地说："哎呀！你这个副总统是怎么当的？我差一点来不了啦！"

李宗仁一怔："发生了什么情况？"

白崇禧："抢购东西的老百姓把大街堵得水泄不通，车子根本就开不过来！"

李宗仁笑了，显得无比轻松的样子："这样一来，我就更用不着外出了！健生，此次南京之行，有何感想？"

白崇禧叹了口气，有些怆然地说："长话短说，蒋某人真的到了泥菩萨过江——自身难保的地步了！前些天的检讨会议，没有谈一点正事，不是相互攻讦，就是上下扯皮。一句话，气数已尽！"

李宗仁："不尽然吧！蒋某人提出的'三角、四边、十三点'新的作战方针，不就是把你力主的'守江必先守淮'的方针变了个样嘛！"

白崇禧："作战方针，是要靠会打仗的将军来执行的。可他蒋某人呢，用'三角、四边、十三点'的新方针，把我力主的统御集权给分散了，这更利于毛泽东分而聚歼。"

李宗仁："如果单单是分散你的统御集权还好办，更让我难以理解的是，他还处处设防，造成将帅不和。"

白崇禧愕然，小心地问："德公，你听到了什么内部的消息？"

李宗仁："我从内部听到了绝对可靠的消息，蒋某人即将要进行军事将领的调动。其中，他把自己的得意门生宋希濂调任你的部下，出任华中剿总副总司令！"

白崇禧气得腾的一下站起："岂有此理！"

李宗仁："用不着生这么大的气嘛！坐下，听我再给你说些所谓的小道消息。"

白崇禧很不情愿地坐下。

李宗仁："他蒋某人得意地把全国的军事战略概括为：在东北求稳定，在华北求巩固，在西北阻匪扩张，在华东、华中则加强进剿，一面阻匪南进，一面攻打匪的主力。"

白崇禧无比鄙夷地笑了笑："一派胡言乱语！"

李宗仁笑着说："你说说看！"

白崇禧："就说在东北求稳定吧，稍有军事常识的人都清楚，全国最不稳定的地方就是东北。"

李宗仁："这是因为林彪所部的实力，已经超越了东北剿匪的国军，卫立煌等已经没有还手之力了！"

白崇禧："德公，你再想想看，善观天下大事的毛泽东会等而视之吗？一旦东北有个风吹草动，华北的傅作义能稳坐钓鱼台吗？"

李宗仁："不可能！这是因为东北和华北是一根线拴的两个蚂蚱，东北的卫立煌受难，坐镇北平的傅作义也寝食难安。就说华东、华中吧，等不到蒋某人下令进剿，我看陈粟、刘邓就会主动发起对国军的进攻！"

白崇禧叹了口气："德公，我听说美国准备请你出山，取蒋而代了！"

李宗仁："有此一说，但我认为时机不成熟，应取'我正在城楼观山景'的态势为好。"

白崇禧："老蒋会放过你吗？"

李宗仁蔑视地一笑："形势比人强，他们父子正在为前线将士的吃穿发愁呢！"

南京中山陵前广场　外　夜

凭借昏暗的灯光，依然可见巍峨壮观的中山陵。

蒋介石、蒋经国默然立在中山陵前那空旷的广场上，眺望灯光中的南京夜景，无限凄凉、神伤。

蒋介石低沉地说："经儿，中国有一句老话，叫打架尚须亲兄弟，征战要靠父子兵。时到今日，也只有你能给父亲讲讲知心话了。"

蒋经国："这是我当儿子的本分！"

蒋介石："你对目前全国的经济形势有什么意见吗？"

蒋经国沉吟有时，很有情绪地说："我个人认为，全国经济战线上的失败，远远胜于军事上的失败。时下，造成民怨沸腾、人心浮动的政局，现象上看是军事受挫，实际上呢，是经济全面崩溃所致。"

蒋介石："说下去！"

蒋经国："时下，法币流通量已经达到六百四十万亿元，为抗战前的四十五万倍！百姓能安心吗？父亲！是到了下决心整饬这混乱不堪的金融的时候了！"

蒋介石："我有决心又有什么用？谁又能按照我的决心去办呢？经儿，你心里有什么话，就全都说出来吧！"

蒋经国："经济失控，金融混乱，通货膨胀已达令人发指的地步。如不下定决心整饬经济，共匪不发一枪一弹，我们就自己把自己打垮了！"

蒋介石叹了口气："我们的经济状况和金融市场，怎么会搞成这个样子呢！"

蒋经国："说来也简单，我们的军政幕僚——尤其是那些肩负党国重任的高级幕僚以及他们的亲朋好友，天天想的，时时做的，都是为了发国难财！"

蒋介石怆然地摇了摇头。

蒋经国："欧美诸国的政府官员是不允许经商的，就是总统也必须向全国人民公布私有财产。可是我们这些高声喊着天下为公的党政官员呢，他们却利用手中的权力给亲戚、朋友通报消息、创造方便条件、抢汇、套汇、偷税、漏税，真可谓是胆大妄为，无所不干！"

蒋介石似有所感悟地说："是啊！军政官员利用职权经商，就是遗患无穷啊！"

蒋经国："更为严重的是，国军上下也在经商做买卖，有的甚至还动用军用飞机、战舰搞武装走私，中饱私囊。像这样的军队能有战斗力吗？"

蒋介石惟有仰天长啸。

蒋经国近似质问地："父亲！我不知道中国历史上有哪位开明的皇帝，外国有哪位富国利民的总统，是允许他统率的军队经商做买卖的！"

蒋介石："没有！没有……"

蒋经国："可是我们的现实情况呢？是官商结合、军商化一，这样下去，党岂能不亡，军队又岂能不灭啊！"

蒋介石久久没有说话，他突然转过身来，说道："经儿，我已经签署了实行金圆券的命令，准备于近期施行。你对此……也谈谈想法吧？"

蒋经国稍许思忖，断然地说："时下的中国，如不实行极端的行政措施，是不能改变这金融造成的混乱局面的。"

蒋介石："这就说到点子上了！为了确保金圆券起到平抑价格的作用，我准备设立经济管制督导员，有权代表我处置一切违法事件！"

蒋经国一怔："由谁出任督导员？"

蒋介石："中央银行行长俞鸿钧为上海市经济管制督导员，经儿辅之，此次货币改革只许成功，不许失败！"

蒋经国："父亲授有多大的权力呢？"

蒋介石："不管他的官位有多大，靠山有多高，只要违法或抗拒命令者，一律绳之以法！"他说罢转过身来，面向坐北朝南的中山陵沉默不语。

蒋经国愕然地看着蒋介石，茫然地问道："父亲，您是不是想起了国父中山先生？"

蒋介石微微地摇了摇头："不！我想起了毛泽东。"

蒋经国大惊："什么，您想起了毛泽东？"

蒋介石："对！据最新的情报，他毛泽东准备在西柏坡召开一次重要的会议，目的是不言而喻的，那就是为采取新的军事行动做动员。"

西柏坡　毛泽东驻地大门外　　日

毛泽东在大门前一边吸烟一边缓缓踱步，似在思索事情。

有顷，胡耀邦搀扶着徐向前沿着大路走来。

毛泽东急忙迎上去，紧紧握住徐向前的手，感情地说："向前啊！我看就是这个名字把你的身体搞垮了！"

徐向前感动地："主席！不是向前这个名字的过错，是我的身体太不给我长脸了！"

毛泽东笑着说："不对！你老是向前，向前，不肯休息，再强壮的身体也顶不住啊！"

胡耀邦："主席说得太对了！我自从调任第一兵团工作以后，几乎无人不在说徐司令太玩命工作了！"

毛泽东："这可不行！从现在开始，向前同志再这样拼命工作，我就拿你胡耀邦是问！"

胡耀邦："是！"

毛泽东："好！进屋谈吧。"

毛泽东的办公室　内　日

徐向前坐在一把舒适的太师椅里，巡视着这简陋的办公室，感慨地说道："我们前线的同志有谁会想到，毛主席就是在这样的一间土房里指挥我们打解放战争。"

毛泽东边倒水边说："向前同志，你是读过一些史书的，想想看，历史上有哪一个帝王不是在这样简陋的房子里指挥打仗的呢？"

徐向前："是的！"

毛泽东把一碗茶水放在徐向前旁边，很有感慨地说："可是，他们的子孙呢，不都是在高贵的皇宫里倒台的吗？"

徐向前："主席说得是太对了！"

毛泽东："就说你们的校长吧，当年我在广州见到他的时候，也不像现在这样吹胡子瞪眼睛嘛！才二十多年啊，他就把自己吹成了这个样子。"

徐向前："我看这个教训是必然发生的。我一直在想，只有我们共产党人，才会避免这种教训的发生。"

毛泽东："我看不见得！"他吸了一口烟，说道，"我请你来西柏坡有两个目的，一是休息、养病，再是出席即将召开的政治局扩大会议。"

徐向前："我还要发言吗？"

毛泽东："当然要发言。接下来，我还要和你谈太原战役的事情。"

徐向前叹了口气："正在这节骨眼上，我的身体……"

毛泽东："没关系！这正是我让耀邦来参加会议的缘起，平时，由他给你当秘书、服务员，开会的时候，由他代你做记录，会议一结束，他就赶回去，向一兵团的指挥员传达这次会议的精神。"他说罢看了一眼胡耀邦吃花生的样子，"耀邦，不要光吃啊！"

胡耀邦："主席，我全都听到了！"

毛泽东："向前啊，你要有个大的思想准备，接下来，我们就要在长江以北发起一场前所未有的大歼灭战，而太原战役在这场史无前例的大歼灭战中有它独特的地位。政治局扩大会议结束以后，我们再详细地交谈。"

徐向前："请主席放心，我们第一兵团一定完成中央军委和毛主席交给我们的作战任务！"

毛泽东："你先给周士第同志说，让他搞一个攻打太原的作战计划，由你审定以后，再交由军委讨论。"

徐向前："可以！"

这时，叶子龙拿着两份电文走进："主席！华中野战军和东北野战军都发来了电报。"

毛泽东接过电报迅速看罢，笑着说："向前同志，我们的谈话只好到此结束了！子龙，你代我送向前同志、耀邦同志回招待所，然后再请老总、恩来去作战室。"

叶子龙："是！"他搀扶着徐向前走出屋去。

胡耀邦把剩下的花生倒在一张报纸上，边包边说："主席！别小气啊，用中央苏区的话说，我这叫打土豪！"

毛泽东笑着说："十几年过去了，你还是像个儿童团。"

胡耀邦拿着花生米做了个鬼脸，快步跑了出去。

中央军委作战室　内　日

毛泽东驻足作战地图下面，对照那两份电报边看边凝思。

有顷，周恩来、朱德走进作战室。

毛泽东递上那两份电报，说道："你们二位先看看这两份电报，然后我们再一块议论。"

周恩来、朱德先各看一份电报，然后再交换看。

毛泽东："二位看完这两份电报有何感想？"

朱德："一份是华东野战军攻打济南的电报，一份是东北野战军攻打锦州、唐山之敌的作战计划。我的意见是分开议论。"

周恩来："同意！我的意见是先议华东野战军攻打济南的作战计划。"

毛泽东："恩来，你照着电报先念攻打济南的作战计划。"

周恩来："在粟裕制定的作战计划中，华东野战军以特种兵纵队炮兵第一团（欠一个营）、第三团（欠两个连），及山东兵团炮兵团组成两个炮兵群，分别配属攻城东、西兵团，支持攻城作战。"

朱德："他们还以第十三纵队为攻城集团的预备队，随时准备投入攻城作战。"

周恩来看着电报指着作战地图讲道："他们的阻援和打援集团采取夹运河而陈的部署；以第四、第八纵队及冀鲁豫军区独立第一、第三旅，位于金乡、城武、巨野、嘉祥地区，构成若干道防御阵地，形成多梯次、大纵深防御，坚决阻击可能由商丘、砀山递进的援军。"

朱德指着作战地图讲道："以鲁中南纵队四个团及第七纵队一部于官桥至藤县之间地区构筑防御工事，节节阻击可能由徐州北上的援军。"

周恩来边看电报边指着作战地图说："以第一、第六、第七纵队主力，中野第十一纵队及苏北兵团第二、第十二纵队，另配属特种兵纵队炮兵第二、第三团四个连，集结于济宁、兖州和藤县以东地区，待机歼击沿津浦路北上的援兵。"

毛泽东："一定要电告粟裕，打济南是真打！只有攻下济南，才能依次攻占胶济路沿线各城市。唯有如此，我们不仅把华东、华北两大解放区连成一片，还能确保未来北平剿总部分军队由陆路向南撤退。"

周恩来："这点很重要！"

毛泽东："只要华东野战军真打济南，才有可能引诱援敌北上。到那时，我们还有可能顺道消灭一部援敌。"

朱德："南线攻济打援基本上尘埃落定。北线攻打锦州、北宁线呢？"

毛泽东："我看不甚乐观！"他取出一份电报，"你们看吧，林彪他们依据傅作义集团第九十四军和新编第八军等部已到锦州、唐山以北的不准确的消息，又改变了攻打锦州、唐山之敌的计划，声称东北主力南下与晋察冀野战军配合，还有夺取天津、北平的可能。"

周恩来生气地："这是异想天开！"他接过电报看完说道，"主席再三重申，应当首先考虑对锦州、唐山作战，只要有可能，就应攻取锦州、唐山，全部或大部歼灭范汉杰集团，他们为什么又想打傅作义呢？"

毛泽东："这是因为他们胸中没有战略全局！"

朱德："主席应严令批评！"

这时，刘少奇走进："老总，你让主席严令批评谁啊？"

周恩来："林彪他们！"

毛泽东："少奇同志！中央政治局扩大会议准备得怎么样了？"

刘少奇："一切就绪，就等主席下令开会了！"

毛泽东："好！我们一边开政治局会议，一边解决南攻济南、北打锦州的问题。我希望，这次政治局会议是一个揭开全国大歼灭战的序幕！"

定格 叠印字幕：第二十四集终

第二十五集

男声画外音，叠印出相应的画面：

"战略决战的日子越来越近了！为了对军事上、政治上面对的种种更大问题在党内领导层中统一认识，特别是为了筹划新中国的建设，1948 年 9 月 8 日至 9 月 13 日，中共中央在西柏坡机关小食堂召开政治局会议。到会的政治局委员毛泽东、刘少奇、周恩来、朱德、任弼时、彭真、董必武七人，还有中央委员和候补中央委员邓小平、陈毅、贺龙、叶剑英、徐向前、聂荣臻、薄一波、曾山、邓颖超、滕代远、饶漱石、廖承志、陈伯达、刘澜涛十四人和李维汉、杨尚昆、胡乔木等中央、中央军委重要工作人员，列席会议的还有胡耀邦。会议一开始，先由毛泽东作报告。他从宏观上分析了国际、国内的形势。接着，他又以坚定的口气向全党、全军发出战斗的号召……"

毛泽东："我们的战略方针是打倒国民党，战略任务是军队向前进，生产长一寸，加强纪律性，由游击战争过渡到正规战争，建军五百万，歼敌正规军五百个旅，五年左右根本打倒国民党！"

与会者热烈鼓掌。

毛泽东："打倒国民党以后，我们要建设一个什么性质的国家呢？其政权的阶级性是：无产阶级领导的以工农联盟为基础的人民民主专政。在我们社会经济中起决定作用的是国营经济、公营经济。虽说农村个体经济和城市私人经济在数量上是大的，但不起决定作用。所以，名字还是叫新民主主义经济好！"

与会者长时间热烈鼓掌。

刘少奇："方才，听了主席代表书记处所做的报告，感触良深啊！打倒国民党，统一全中国，以前是宣传口号，而现在呢，已经摆在议事日程上来计划实施了！"

邓小平插话："但是，我们还必须正视一个现实，那就是真正带决战性的攻坚这一关还没有完成！"

刘少奇："是的。现在我们是要准备大的会战，一次消灭他两三个兵团，这一关也没过。即将开始的锦州会战、济南会战、太原会战，如果他们的援兵来，那是对我们最有利的战斗！"

朱德："依我看啊，将来在东北、徐州进行大规模会战的可能性是很大的。"

毛泽东："恩来同志，你的意见呢？"

周恩来："一、把战争继续引向国民党统治区，使战争负担加之于敌；二、一定要准备若干带决定性的大会战；三、诚如主席多次讲的，第三年的作战，南线重心在中原，北线重心在北宁线。"

毛泽东："再说得具体一些，南线第一个战役是打济南，北线第一个战役是打锦州，如果围城打援进行得比较顺利，很可能会引来更大的会战！"

朱德笑着说："我向同志们通个气，时下主席正在做这篇大文章！"

周恩来笑着说："我也向大家透露一个军事秘密，昨天，也就是9月7日，主席给林彪、罗荣桓、刘亚楼等同志发去电令，提出了完整的辽沈战役的作战方针。"

毛泽东低沉地："我写在纸上的东西不作数，还得看林彪、罗荣桓他们如何变成辽沈战役的现实！"

与会同志有些愕然地点头。

毛泽东："向前同志！你报来的太原战役作战计划书记处传阅了，我们希望你们第一兵团也把它变成现实！"

徐向前坚定地："我们第一兵团全体指战员决不辜负中央军委和主席的信任！"

在《中国人民解放军进行曲》的乐曲声以及激战的枪炮声中送出画外音，并叠印相应的画面。

男声画外音："中央政治局会议结束不久济南战役就打响了！我华东野战军攻城集团于 16 号午夜在南北、东西和百余里战线上，向济南守军发起猛攻，于 24 日胜利结束。共歼国民党军十万四千余人，俘第二绥靖区中将司令兼山东保安司令王耀武等高级将领。与此同时，我东北野战军于 9 月 12 日出击北宁线，揭开了辽沈战役的序幕，并先后攻占昌黎、北戴河、兴城并包围了义县，将东北和华北国民党军的陆上联系全部切断，孤立了战略要地锦州……"

南京　国防部作战厅　内　日

蒋介石在室内缓缓踱步，自言自语地："济南丢了，我的好学生王耀武变成了毛泽东的阶下囚……"

这时，桌上的电话铃声响了。

蒋介石拿起电话："喂！你是哪一位？"

远方显出杜聿明打电话的画面："报告校长，我是学生杜聿明。"

蒋介石："你应该知道了吧？济南丢了，你的师弟王耀武他、他……"他哽咽了。

杜聿明："校长，我全都知道了。"

蒋介石："济南一失，不但徐州将成为共军下一个攻击重点，而且南京也要受到严重的威胁。为了确保南京北大门的安全，我决定把徐州剿总迁往蚌埠，刘峙随迁南下，给你腾出实质性的指挥岗位。光亭啊，你可要给我守好徐州这座北大门啊！"

杜聿明："请校长放心！"他啪的一下挂上了电话。

远方杜聿明打电话的画面消失。

蒋介石挂上电话，怆然地叹了口气，遂又自言自语地说道："战略要地济南丢了，我的好学生王耀武变成了毛泽东的阶下囚……"

"报告！"

蒋介石一怔："请进！"

作战厅长郭汝瑰手持电报走进："校长！长春守将郑洞国、太原阎锡山发来请求总统救援电！"

蒋介石生气地说道："真是福无双至，祸不单行啊！一来就来了两份救援电！"他沉吟片时，命令地："郭厅长！先念长春郑洞国的。"

郭汝瑰犹豫地："是！不过，电文太长，您……"

蒋介石生气地说道："那我就不看了，你就择其要者讲一讲吧！"

郭汝瑰："郑洞国将军说，长春被共匪围困了几个月了，没吃没喝的老百姓为了活命，夜里成群结队地逃往城外；守军饿得手无握枪之力，遂偷偷地成建制地投向城外的共军。郑洞国将军恳切地希望总统能给他们空投一些粮食。"

蒋介石震怒地说道："他郑洞国应该知道嘛，长春距离南京这么远，我们空军仅有的几架运输机能完成这样大的运输任务吗？就是有足够的运输机，我又从什么地方去搞供几十万人吃的粮食呢？"

郭汝瑰："那我……怎么给他回电？"

蒋介石沉默许久："不回！"

郭汝瑰："是！"他看着一筹莫展的蒋介石，低沉地问道，"校长！太原阎长官的电报呢？"

蒋介石："他不是说太原城的碉堡能抵百万兵吗？还来电报干什么？"

郭汝瑰："他说，太原形势像个人的样子，东山好比太原的头，手是南北飞机场，两脚伸在汾河西，太原城内就是心脏……"

蒋介石生气地："这阎老西说这些干什么？"

郭汝瑰："他说共军于13日发起太原战役以来，太原的头和手已经快失去了，希望总统能派飞机给他空投一些守城的武器和粮食。"

蒋介石："好，好！我准备租借陈纳德的飞机，尽力满足他的这一要求！"

郭汝瑰："是！"转身告退。

蒋介石无奈地叹了口气，遂无力地倒在了沙发上。

南京大街　外　初夜

一辆黑色轿车飞驰在大街上。化入轿车内。

蒋介石蹙着眉宇、闭着双眼靠在后排座位上。

有顷，他低沉地命令道："太闷得慌了，摇下车窗玻璃透透气！"

司机："是！"遂摇下了后排的车窗玻璃。

同时，车内传进争吵的声音。

蒋介石一惊："这是什么声音？"

司机："八成是市民抢粮的叫喊声。"

蒋介石命令地："快把玻璃给我摇上来！"

司机："是！"他轻轻地摇上了玻璃。

蒋介石叹了口气，遂习惯地倒在后排座位上。

蒋介石官邸客室　内　夜

硕大的客室空空如也，静得有点瘆人。

蒋介石大步走进客室，本能地叫着："夫人！夫人！"

宋美龄拿着几张报纸从内室走进，不悦地："达令！你回来了？"

蒋介石边脱戎装边说："回来了。"

宋美龄："有什么令你振奋的消息吗？"

蒋介石边把戎装挂在衣架上边说："一条也没有！"

宋美龄有点幸灾乐祸地说："我这儿有！"她指着手中的报纸说，"今天，这几大报纸的新闻热点，全是经国在上海'打老虎'的报道。"

蒋介石坐在沙发上，说道："夫人，念几段能让我高兴的消息。"

宋美龄："好！"她坐在蒋介石的身边，念道，"大太子蒋经国奉旨出朝，地动山摇，他到达上海以后，雷厉风行地开始了'打虎运动'……"

蒋介石不悦地说道："不要念这些，选些能振奋人心的消息念！"

宋美龄："他为了显示'打虎'的决心，亲自指挥上海市六个军警单位，对全市库房、水陆交通等重要场所进行搜查，严令凡违犯法令及触犯财经紧急措施条文者，商店吊销执照，负责人送刑庭法办，货物没收……"

蒋介石得意地自语："好！像我的儿子。"

宋美龄有情绪地："下面这段，就更像你的儿子了！"

蒋介石："念！念！"

宋美龄："大太子公开演讲：投机家不打倒，冒险家不赶走，暴发户不消灭，上海人民是永远不能安定的！同时，他还郑重声明：上海许多商人，其所以发财的道理，是由于他们制造的两个武器，一是造谣欺骗，一是勾结贪官污吏。做官的人如与商人勾结，政府将要加倍地惩办！"

蒋介石笑着说："有点儿像我当年北伐时的精神状态！他'打虎'的成果呢？"

宋美龄："他在'只打老虎，不怕苍蝇'的号令下，把矛头指向了罪大恶极且有所谓政治靠山的犯法者……"

蒋介石一怔，有些紧张地问道："他打了哪些人的'老虎'啊？……"

宋美龄："据报载，首先被蒋经国打中的是财政部秘书陶启明，陶利用职权，泄露机密，串通商人抛售永纱股票，进行投机活动，被立案审查——"

蒋介石："停！"

宋美龄愕然。

蒋介石有些紧张地说："下面，就光念名字，不再说他们犯罪内容了。"

宋美龄："蒋经国枪毙了和国父的公子孙科有关系的囤积居奇的商人王存哲，逮捕了上海闻人杜月笙的公子杜维屏，还把六十四名不法商人投进监狱……”

这时，顾祝同走进：“报告！据华北剿匪总司令傅作义电告，毛泽东近期成立了杨成武兵团，现在杨成武率部又突然出现在绥远一带，大有进攻归绥、包头之势。”

蒋介石沉思良顷，自言自语地说：“这个傅作义一定又在给我打埋伏！”

顾祝同：“是的！他借此把他看家的部队第三十五军等调往平绥线，这样就可借此缘由拒绝出关，增援即将爆发的锦州会战！”

蒋介石：“杨得志兵团还在冀东吗？”

顾祝同：“尚未收到这方面准确的消息。”他小心翼翼地又说，“这样看来，恐怕得总统亲自出面协调华北、东北的军事部署，否则，锦州一旦吃紧，傅作义又不出兵东援。这战事嘛……”

蒋介石沉重地说道：“我懂，我懂。”

冀东山村小学　外　日

山村的老人和孩子挤在不大的院子中，有的踮着脚，有的探着头向里边看。

李正站在民乐队前与来鹰发生争执，小声地说：“来鹰！我的意见你还是唱《五哥放羊》，虽说这是一首榆林小曲，可它的旋律好听，冀东的老百姓一定喜欢。”

来鹰：“我看不一定！再说，这首冀东民歌《绣灯笼》，是房东老大娘一句一句教我唱会的，很是好听。再说，你也亲自动手帮我改了词，我保证今晚联欢会一登台，只要我一开口就会闹个碰头彩！”

李正不悦地：“我承认，冀东民歌《绣灯笼》也很好听，按艺术规律说，人民还是喜欢听新的东西……”

来鹰噘着个嘴不服气地说：“那才不一定的呢！我在张家口唱晋剧、唱二人台唱了很长时间，当地的百姓一张口就说，今晚听来鹰唱戏去。”

李正把眉头一皱，指着前来看排练的老人小孩："那就这样吧！让他们当一会儿裁判，看看到底喜欢什么！"

来鹰把头一歪："行！"

一个拉二胡的女战士玩笑地说："大歌唱家！两首歌可都得卖力气唱啊！"

来鹰很不高兴地说："放心！我不会砸自己的牌子的！"看着李正那副严肃的样子，冷冰冰地说，"先唱《五哥放羊》，开始吧！"

李正举起右手轻轻地一点，民乐队奏响了《五哥放羊》的过门……

杨罗耿兵团司令部　内　日

这是一座明三暗五的正房，堂屋的正中央的墙上悬挂着一幅作战地图。下面，是一张八仙桌，还有四把太师椅，桌上还有陶器茶具。

室外传来来鹰唱的《五哥放羊》的歌声，显得是那样地多情、怆然。

杨得志独自一人站在作战地图下面看图凝思。

耿飚走进："杨司令！今天是中秋，老百姓送来不少水果，可就是没有月饼。"

杨得志："不行！中秋节是团圆节，不吃月饼就是不团圆，你耿飚如果搞不到……"

耿飚："停！我已经给农会主任说了，今天晚上看完剧社的演出之后，每个战士保证分得一块月饼。"

杨得志："一块没有，半块也行！"

罗瑞卿边说边走进屋来："没问题，全部解决了！"

杨得志指着自己的脑袋问道："除了吃月饼以外，我们指战员这儿的问题解决了吗？"

罗瑞卿："你问问陪着我开座谈会的耿飚参谋长吧，他在会上听了哪些牢骚话？"

耿飚："第一，我们的指战员众口一词地说，什么冀东战役，我看应该叫冀东走役。一个多月以来，一个像样的仗没打，天天在山里头牵着敌人到处转。"

杨得志："我也有这样的想法！罗政委，你是怎样做通他们思想的？"

罗瑞卿："我耐着性子对他们说，走，是部队必须具备的一门本事。像长征，没有这门本事，就不可能从江西走到陕北，取得胜利。我告诉他们，我们没有飞机、汽车，就只有一双铁脚板，靠着它牵着傅作义的部队不能出关，这就是完成了毛主席交给我们的战斗任务！"

杨得志感叹地："不愧是我们的罗政委啊！"

耿飚："我们第二兵团的战士多是冀中一带的，那里水土丰美，吃喝不愁，可是来到冀东北部的山区呢，山货较多，吃不惯，中秋节一到，想老婆的，想相好的，想二老的，还有想孩子的……到处都是思乡之情啊！今天晚上，大家再一听来鹰唱的《五哥放羊》啊，那些单身战士的心啊，就越发地不安了！"

杨得志："罗政委！这怎么办呢？"

罗瑞卿："我哪有什么好办法啊！我即兴说道，同志们！我有一个谜语，猜对了的，我那一块月饼就赏给他！结果，指战员们顿时来了情绪，让我快说。"

杨得志："耿参谋长，罗政委不是骗人的吧？"

耿飚："不是！"

杨得志："你给我说一遍，我也猜一猜！"

耿飚："罗政委说道：西下有女人人爱，口中有口口难开，北方有田大家种，忠心报国把心摘。"

杨得志自言自语地重复这四句话，想了许久也没有猜出来："罗政委，这四句话是什么意思？"

罗瑞卿："简单，四个字：要回冀中。"

杨得志思忖片时："对，对！要回冀中。"

这时，来鹰唱的《五哥放羊》结束了。

杨得志："罗政委！我有一种预感，傅作义越没有声音，就预示着快有大的动作了！"

耿飚："我赞成杨司令的预感！"

罗瑞卿："我是一个实际主义者，准备吃晚饭，参加军民联欢晚会，给同志们分月饼！"

村外场院新搭的戏台　外　夜

舞台前额挂着两盏贼亮的汽灯，映出：

台下坐着解放军指战员和本村的男女老少，一个个全神贯注地听来鹰唱冀东民歌《绣灯笼》。

台上来鹰扮成冀东农村大姑娘模样，动情地唱着新版的冀东民歌《绣灯笼》：

正月里，正月正，
小妹在房中绣灯笼。
一绣哥哥胸前戴红花，
小妹妹心送哥哥去当兵。
等你勇敢杀敌立大功，
小妹偷偷送上这只红灯笼。

八月里，八月正，
小妹在房中绣灯笼。
我提着这只灯笼村头站，
盼着哥哥骑马戴花回家中。
中秋的明月渐渐偏了西，
想念哥哥的心啊快要跳出胸。

在来鹰的歌唱声中叠印如下一组镜头：

李正站在民乐队前，十分陶醉地指挥；

来鹰唱歌的各种特写；

台下军民听来鹰歌演唱的不同表情特写；

杨得志、罗瑞卿、耿飚和抬着月饼的老百姓又说又笑地走在大街上。

来鹰的歌唱结束了，台下爆发出热烈的掌声。

李正、来鹰走到台口频频向台下鞠躬致谢。

来鹰侧首看了看十分激动的李正，小声地说："怎么样啊，你输了吧！"

李正生气地瞪了她一眼。

这时，杨得志、罗瑞卿、耿飚和抬着月饼的老百姓走上舞台，向着台下的观众招手致意。

耿飚走到台口，伸出双手示意静声，他大声地说："亲爱的战友们！老乡们！欢迎我们的杨司令员讲话！"

台下响起热烈的掌声。

杨得志走到台前，激动地大声说："同志们！乡亲们！今天是传统节日中秋节，也就是我们中国人的团圆节！乡亲们知道我们这些远离家乡和亲人的解放军吃不上月饼，为此，他们把自己家的粮食拿出来，"他指着身旁的两簸箩的月饼，"为自己的子弟兵打了这两簸箩土月饼！我代表全体指战员向全体乡亲们致敬礼！"他两腿并立，向着台下行了一个标准的军礼。

台下爆发经久不息的掌声。

耿飚："下面，请罗政委讲话！"

台下再次响起掌声。

罗瑞卿走到台前，行军礼，感动地说："同志们！乡亲们！我不知为什么想起了毛主席讲过的一句话：'只要民心是向着我们的，胜利就一定属于我们！'为此，我要亲自指挥全体军民同唱《没有共产党就没有新中国》，好不好？"

"好！"

罗瑞卿酝酿了一下情绪，唱了一句："没有共产党就没有新中国，唱！"

在罗瑞卿的指挥下台上台下一起唱起了《没有共产党就没有新中国》。

大家尽情地歌唱。

在歌声中军民上台争抢月饼，把联欢晚会推向高潮。

西柏坡　中央军委作战室大院　外　晨

毛泽东在院中有条不紊地打太极拳，但从他的面目表情看，似仍在思索全国的战情。

周恩来、朱德走进大院，认真地观看毛泽东打太极拳。

毛泽东随着太极姿势一换位，看见周恩来、朱德冲着他笑。他急忙停止打太极拳，说道："看二位的表情即知，一定有什么喜事告诉我！"

朱德："有啊！香港的民主人士沈钧儒、谭平山、章伯钧、蔡廷锴等已经平安到达哈尔滨。"

毛泽东："好啊！这一方面说明人心所向，另一方面也说明第二条战线的领袖人物几经坎坷，终于和我们共产党人走到一起来了！"

周恩来："由于蒋介石把金融搞乱，弄得上海、南京、北平、天津等大中城市的各界人等没吃没喝，从大中院校的师生高喊着反独裁、争民主、要饭吃的口号走上街头游行，现在已经发展成工人、市民也参加到浩浩荡荡的游行大军中来了！"

毛泽东笑着说："这样一来，蒋某人的日子可就不好过了！战场上的官兵失去了斗志，被困在长春、太原的军队又没有饭吃，可是我们呢……"

周恩来："军队一动，粮草先行，从围困太原到围困长春，从解放济南到即将开始的锦州战役，都说明了一条真理：我们的军队是工农子弟兵，为老百姓打天下，人民永远不会饿着他们！"

朱德："这就叫兵民是胜利之本。"

毛泽东："说得好，我们进屋再谈！"

中央军委作战室　内　日

毛泽东指着作战地图讲道："蒋介石突然飞抵沈阳，我看他是预感到了我们就要发起锦州攻坚战了！老总，他会如何解救锦州呢？"

朱德指着作战地图说道："从东边急调沈阳的廖耀湘兵团向西去，从西边命令傅作义派兵出关，东西合击我攻打锦州的部队。"

周恩来："东边的廖耀湘兵团是蒋的嫡系，他可以调动，但初冬关外的路是很不好走的，未等他们赶到锦州，我东北野战军就攻占了这座战略要地锦州。"

毛泽东把手一挥："到时，我们再集中兵力向东杀向沈阳，很可能在半路上遇到西来救援的廖耀湘兵团。只要组织得当，我们就有可能顺势再歼灭他们！"

朱德："关键是攻打锦州一定要速战速决！"

周恩来："林彪、罗荣桓来电说：他们保证两天——至多三天拿下锦州。"

毛泽东："为阻击傅作义的嫡系第三十五军等部队回援北平，要急令杨罗耿兵团沿平绥线西去，堵截敌东援北平的主力——尤其是第三十五军！"

这时，叶子龙手持电报走进："报告！据内线报告，蒋介石准备由沈阳飞往北平。"

毛泽东接电报审阅。

朱德笑着说："说曹操，曹操就到了。"

毛泽东一边把电报交给周恩来一边命令："请立即电告城工部部长刘仁同志，要他通知北平地下工作者，一定要严密关注傅作义的军事调动！"

叶子龙："是！"转身走去。

北平　华北剿总司令部　内　日

傅作义站在大墙下面，两眼死死地盯着作战地图上的平绥线。

"报告！"

傅作义："进来！"

参谋长李世杰、第三十五军军长郭景云走进司令部。

傅作义客气地："你们二位先坐下，听我站在这里和你们谈谈军国大事。"

李世杰："不！我和景云站在这里听总司令讲军国大事。"

郭景云："对！"

傅作义："好！从现在开始，我讲的每一句话，不准告诉任何军中同仁和亲属。"

"是！"

傅作义指着作战地图讲道："蒋总统时下的生命线在哪里呢？第一是东北，第二是华北，第三是全国；而我们的生命线在哪里呢，第一是华北，第二是绥远。即使是丢失了华北，我们也要死保绥远。"

"是！"

傅作义指着作战地图继续讲道："毛泽东呢，他的第一是东北，第二是华东和华中，第三才是我们华北，再接下来就是全国。用他毛泽东的话说，那就是要夺取全国的胜利。为此，他首先拿下济南——已经做到，其目的是切断我们华北和华东的联系。再接下来，他一定会拥兵东北，令林彪所部解决东北全境。"

"是！"

傅作义指着作战地图讲道："蒋介石为保全东北，他一定会强行命令我们出关。事实上他一直是这样做的；毛泽东为顺利地解放东北全境，他最担心的是我们华北剿总倾尽全力出关救援。怎么办呢？他命杨得志兵团、程子华兵团横在承德、山海关一线阻我们出关。同时，他又命新成立的杨成武兵团西出绥远……"

李世杰："报告！据可靠的情报，杨得志兵团突然离开冀东、平北，沿着平绥线向西运动。"

傅作义："这依然是声西击东，牵制我们东去救援卫立煌所部的战术。"

李世杰："是！"

傅作义："为此，我们就夹在了蒋总统和毛泽东两大军事集团之间，时时受着夹板气。"

"是！"

傅作义转过身来："为彻底解决两边受气的军事态势，我们不能像前一个阶段那样，让毛泽东拉着我们忽而向东、忽而向西的被动局面。自然，我们也要打破蒋总统命我向东，而毛泽东又要我们向西的被动局面。"

李世杰："那我们怎么办呢？"

傅作义："我想采取以攻为守的办法变被动为主动，既可应付蒋总统的命令，又可以打击毛泽东的气焰！"

郭景云："那我指挥的第三十五军呢，还需要继续西进救援归绥和包头吗？"

傅作义镇定地："暂停西去！"

李世杰："好！这样，我们还可应付蒋总统！"

傅作义："我已经接到通知，蒋总统于今天下午到达北平，一切由我来应付。"

北平圆恩寺行营官邸　内　日

蒋介石一边在侍卫的帮助下穿戴戎装，一边严肃地问道："郭厅长，傅作义及其属下有什么动静吗？"

郭汝瑰："我只是听有关内线人士说，针对杨得志兵团突然西去，他并没有命令第三十五军等嫡系部队西去。"

蒋介石一怔："为什么呢？"

郭汝瑰："他们说，傅作义司令命令部属，只有听到蒋总统的命令以后，我们才能决定下一步的军事行动。"

蒋介石断然地："不可靠！"

圆恩寺行营客室　内　日

傅作义在室内缓缓踱步，似在等待召见。

郭汝瑰走进，指着身后的蒋介石说道："傅司令！蒋总统到了！"

傅作义转过身来，急忙行军礼，说道："总统鞍马劳顿，辛苦了！"

蒋介石异常客气地："为国操劳，何谈辛苦。宜生！请坐下谈吧。"

傅作义："是！"遂坐在沙发上。

蒋介石坐在对面的沙发上，严肃地说："宜生，为了党国的未来，我想和你谈一件人事调动的事情，希望你不要推诿，勇敢地担当起来。"

傅作义有些愕然，但不动声色地说："愿听其详。"

蒋介石："我去东北考察了几天，发现政出多门，将帅不和，从而使得军无斗志，盖因东北、华北无一令军民心服的统帅。我再三考虑，认为宜生是最佳人选。"

傅作义连忙摆手："总统！我……"

蒋介石严肃地："不要匆匆表态，听我把话说完。"

傅作义："是！"

蒋介石："从战区协同方面讲，东北和华北实质上是一盘大棋，现在人为地分为两个战区，是难以同心同德地应对突发事件的。为此，我准备合二为一，划为一个战区，由宜生出掌军政大权。"

傅作义故作诚惶诚恐的样子，说道："总统！我傅作义绝不是合适人选。再说，临阵换帅是兵家大忌啊！"

蒋介石低沉地："为什么？"

傅作义："据我的判断，锦州就要打响保卫战，我与东北方面的将士素昧平生，更不知道各个部队打仗的特点，我怎么去指挥他们保卫锦州呢？"

蒋介石铁青着个脸："还有吗？"

傅作义："有！华北是长江以北的政治、军事中心，由谁来领导华北剿总这六十万人马呢？再说，他毛泽东虽然集中兵力攻打锦州，占领东北，但他心中想的依然是攻占平津保这个政治中心。"

蒋介石沉吟良顷，表情严峻地说道："那好吧，告诉我，华北派出的援兵开拔了吗？"

傅作义："有的已经出发，有的整装待发，一句话，我会按照您的指示，把援兵派到辽西葫芦岛一线的。"

蒋介石："这还不够！一旦锦州战役打响，你们要组织东进集团随时出关，与廖耀湘兵团组成的西进集团同时开赴锦州，我两大军事集团狠狠地夹击攻打锦州的林彪所部！"

傅作义："是！"他沉吟有时，"请问由谁指挥东西两大军事集团夹击林彪所部呢？"

蒋介石："我！"

这时，郭汝瑰从内室走出："报告！南京给总统打来紧急电话。"

蒋介石站起身来，故作平静地说："好，好！宜生啊，请稍等，我接完电话就回来。"他说罢快步走进内室。

傅作义和郭汝瑰谁也不说一句话，顿时室内的空气紧张了许多。

顷许，蒋介石从内室快步走出，蹙着眉头说道："郭厅长！立即通知机场，我有要事处理，需要赶回南京去。"

郭汝瑰："是！"快步走进内室。

蒋介石歉意地说道："宜生，官身不得自由啊！来也匆匆，去也匆匆，再见了！"他说罢走进内室。

傅作义看着蒋介石的背景，画外音：

"他为什么这样匆匆返回南京呢……"

阴云密布的长空　外　日

蒋介石的专机飞行在空中。化入专机内：

蒋介石紧锁眉宇，微闭双眼，似仍沉浸于难以回首的往事之中。

蒋介石面前的桌子上摆着几张报纸。

郭汝瑰坐在不远的座位上，一边用心地翻阅报纸，一边用心研究报载的有关内容。

蒋介石依然是微闭着双眼，小声地："郭厅长！"

郭汝瑰匆忙走到蒋介石的对面："总统！"

蒋介石低沉地说："你帮我读几则有关上海金融界'打虎'的消息。"

郭汝瑰："是！"他轻轻地坐在蒋介石的对面，拿起一张报纸翻了翻，遂小声读道，"大太子蒋经国一到上海，强行管制物价，严厉打击投机市场。为此，他调来上海青年服务队作为基干队伍，还招募不少信仰三民主义的青年也作为基干队伍，广泛搜查敢于违抗命令私藏金银的不法分子。他们自称'打虎队'。大太子蒋经国公然声称，只要对国家有利，我个人甘冒一切危险……"

蒋介石边听边蹙就眉头，说道："换一条！"

郭汝瑰："是！"他放下这张报纸，又拿起一张报纸翻了翻，问道，"负面的消息也念吗？"

蒋介石："念！"

郭汝瑰念道："自从蒋总统颁布《财政经济紧急处分令》以后，官僚资本集团非但不带头平稳市场物价，反而带着囤积物资，哄抬物价，投机倒把，从混乱中攫取巨额利润。如任其发展，民国必将不国……"

蒋介石猛然震怒，大声命令地："停！"瞬间，他又觉得有点失态，遂挥了挥手，"去吧！"

郭汝瑰："是！"转身走回自己的座位上。

南京　蒋介石官邸客室　内　日

宋美龄坐在沙发上，一脸的不高兴，她拿起一张英文报纸认真阅读。

宋美龄的画外音："中国时下的金融，完全操纵在这些官商的手中。不拿些开刀，不足以平民愤，也不足以弹压那些小官商、中官商，以及和官僚政客有关系的大奸商。其中，扬子公司的董事长孔令侃仰仗其父孔祥熙的余威，以搞不法的黑生意而闻名上海，且无人敢问。大太子蒋经国在'打虎'期间，竟然将其抓捕，真可谓是大快人心！……"

宋美龄气得将手中的报纸弃之茶几上，站起身来，异常愤怒地在室内踱步。

蒋介石风尘仆仆地走进："夫人！"

宋美龄没有答声，遂转身取来一沓信，有情绪地说道："你看吧！这是你们江浙在沪的商人或个人或联名写给你的信！"

蒋介石故作镇定地："都讲了些什么？"

宋美龄有气地说："简单！都说，我们这些江浙商人，长年以来顶着骂名跟着总统打天下的，难道说今天的蒋总统就忘了我们这些革命有功的商人了吗？"

蒋介石控制着情绪说道："还有其他的消息吗？"

宋美龄拿起一张英文报纸："你看吧！这上面对你可教的经儿在上海'打虎'做了深刻的分析。"

蒋介石："夫人，你就给我翻译吧！"

宋美龄："这是一张《华盛顿邮报》社论，公开评论说，由于内战关系，军队的人数日增，任何方式的币制改革，都将注定失败的命运。"

蒋介石微微地点了点头。

宋美龄指着这张报纸继续说："这则消息说得十分明白，蒋总统的财神爷是江浙帮，而蒋家王朝的四大支柱是蒋、宋、孔、陈四大家族，在这军败国危之际'打虎'——"

蒋介石愤怒地："不要念了！"

宋美龄也突然来了气，当仁不让地说道："不！我一定要念！"

蒋介石沉吟良顷，缓和地说："夫人，我的意思是说，不要念了，说说大概的意思就行了。"

宋美龄："好！这篇社论的结论是，'打虎'是对的，但不能选在这个时候，如果江浙财团、四大家族一夜之间把钱和物都转移到香港、国外，谁还支持蒋总统和毛泽东进行战略决战呢？"

蒋介石怆然地叹了口气。

宋美龄："简而言之一句话，'打虎'是对的，但'打虎'的时间点选错了！"

郭汝瑰走进，焦急地说："校长！林彪所部已经发起对锦州的攻击了。"

蒋介石严厉地："立即代我下达命令：廖耀湘的西进兵团立即开拔；傅作义的东进兵团即刻杀出关外，在锦州和林彪所部决一死战！"

郭汝瑰："是！"转身退下。

宋美龄："达令！关于上海'打虎'的事情呢？"

蒋介石："我处理完南京的国事，立即飞赴上海，让经儿把孔令侃放出来，恢复扬子公司的经营。至于其他的'打虎'运动，立即暂停！"

定格　叠印字幕：第二十五集终

第二十六集

上海　中央银行大楼客厅　内　夜

蒋介石威严地坐在沙发上，近似审讯地问道："经儿！你是哪一天决定严办孔令侃的？"

蒋经国站在沙发前答说："10 月 4 号。"

蒋介石："当天上海的金融行情如何？"

蒋经国："市场上发生大的波动，抢购之风盛行。当天上海的物价就上涨了三倍。"

蒋介石："你当天作何感想？"

蒋经国："我一夜未眠，非常不安。"

蒋介石："为何不安？"

蒋经国："我太不了解商海的深浅了！"

蒋介石："用上海闻人的一句话说，你还没入道呢！"

蒋经国不情愿地答说："是！父亲。"

蒋介石："听父亲的话，不要拿孔令侃开刀，你可以另觅新的'老虎'打！"

蒋经国大惊："为什么？"

蒋介石严厉地："这是父亲的命令！"

蒋经国近似变态地愣住了，两眼一动不动，愤怒的泪水渐渐地溢满了眼眶，怆然地自语："完了，全都完了……"

蒋介石震怒地责问："完什么？"

蒋经国："我在上海金融界的'打虎'运动完了，币制改革完了，通货膨胀又重新开始了。"

蒋介石："不要这样悲观嘛……"

蒋经国断然地反对："不是我悲观，而是国运复苏再也没有可能了！"

蒋介石："你这是危言耸听！"

蒋经国近似哀鸣地说："父亲，我早已和共产主义划清了界线，但是我始终认为，经济是基础，是决定上层建筑的。经济垮了，国家的根基就等于动摇了！"

蒋介石猝然来了火气，站起身来，非常生气地说："你想过没有，像你这样在上海'打虎'，只有毛泽东他们高兴，因为富于谋略的毛泽东知道，我们的天下就要易主了！"

蒋经国一言不发，只有悲愤的泪水长流。

蒋介石："现在，全国大小战场都需要武器，几百万张大嘴等着要粮食吃，谁给我们钱买武器支撑战场？谁给我们钱买粮食填饱几百万将士的肚子？工人、农民这些没钱的穷鬼，有钱也只会送给毛泽东……"他说到动情处似也有些凄楚了，"经儿，时下的美国不给我们钱，决定让李宗仁取我而代，如果再把江浙财团赶到香港、赶到外国去，那父亲就是一个万能的和尚，也化不来一分钱了……"

蒋经国看到父亲这个样子，遂自发地说道："父亲，是我错了。"

蒋介石把头一昂："不！是父亲病急乱投医，在错误的时间、错误的地点同意你在上海发起这场'打虎'运动。"

蒋经国："父亲，我懂了。"

蒋介石低沉地："你还没有真懂，在这场生死存亡的大决战中好好地用心学吧。"

蒋经国："是！"

蒋介石："告诉父亲，你在上海的'打虎'行动，取得了多少实际的效果？"

蒋经国："黄金一百一十四万六千余两，美钞三千四百五十二万余元，港币一千一百万元，银元三百六十九万余元，银子九十六万余两……"

蒋介石欣慰地："成绩不小，一定要把这些钱封存好，留待他用。"

蒋经国："是！"他突然放声哭了。

蒋介石一怔："经儿，你怎么又哭了？"

蒋经国："我突然想到毛泽东，如果他知道我们父子的艰难处境……"

这时，郭汝瑰走进，慌张地："总统！大事不好了，锦州就要被林彪所部攻陷了。"

蒋介石先是一怔，遂又自语道："这是在所料之中的事，只是时间来得早了些……"

西柏坡小山上　外　晨

毛泽东拄着一根木棍站在长满柏树的山包上，一边眺望东方大美似画的朝暾一边笑着说："恩来，蒋某人币制改革的失败，将会带来什么后果呢？"

周恩来："接踵而来的就是恶性通货膨胀。"

毛泽东："对有钱人有影响吗？"

周恩来："当然有！但是，对官僚资产阶级——尤其是对像孔令侃、杜维屏这些内外勾结的大官僚资产阶级，这正是他们敛财的好时机。"

毛泽东："也就是国统区老百姓所称谓的发国难财。"

周恩来："是这样的！从古今中外兴亡事中都有这样的规律，他们的子女不仅不为国家的灭亡去献身，相反还内勾外联大发国难财。"

毛泽东："我们就要得天下了，难道我们的孩子也会步蒋某人的后尘吗？"

周恩来犹豫地："可我们是共产党人啊！"

毛泽东："那也难说！不过，我毛泽东只要活着一天，就不准出现这种情况！"

这时，叶子龙手持电报急冲冲地爬上小山包，气喘吁吁地说："主席！周副主席！沈阳、北平发来密报！"

毛泽东审核过电报交给周恩来，命令："子龙！把作战地图铺在地上。"

叶子龙："是！"遂取出作战地图铺在地上，俯身拾起几块石头压住四角。

毛泽东蹲在地上，指着作战地图讲道："可以断定，锦州失陷之后，卫立煌、廖耀湘此次西援收复锦州是被迫的，估计蒋介石近日就可能飞抵沈阳，强行令其廖耀湘兵团西进，为收复锦州和我林彪所部拼死一战。"

周恩来："我同意主席的分析。"

毛泽东："可是，傅作义为什么只把侯镜如所部派出关外去救援呢？"

周恩来："因为这些部队是蒋系的！话又说回来，如果他们不是乘船晚到一天，我们守备黑山、塔山的部队就会有更大的牺牲。"

毛泽东感慨地："就这一天啊，为攻取锦州赢得了时间。将来，一定要给侯镜如和他的属下记功。"

周恩来："克农同志他们会做的。"

毛泽东指着作战地图，疑惑地说道："恩来，杨罗耿兵团西进以后，现已经进逼张家口，攻进集宁等重镇，傅作义为什么没有回调第三十五军前去救火呢？"

周恩来："对此，我也存疑。"

毛泽东："为了摸清傅作义的葫芦里卖的是什么药，通知北平地下党的同志搞清楚，随时向中央报告！"

周恩来："是！"

北平　华北剿总司令部作战室　内　日

傅作义全身戎装，一动不动地站在大墙下面，有些沉重地挪动作战地图上的军事标记。

李世杰有些惊慌地走进："总司令！在蒋总统的亲自指挥下，收复锦州的廖耀湘兵团果真行之半路就全军覆没。"

傅作义冷漠地："这是所料中事！"接着，他悲愤地叹了口气，"一人瞎指挥，十多万指战员或变成了林彪枪下之鬼，或变成了阶下囚。这对全国的战局……"

李世杰："咳！我看气数已尽。"

这时，郭景云走进："总司令！我奉命赶到。"

傅作义："好！我们三人接着上次谈话的内容，继续研讨华北的军政大事。这次，你们二位先谈。"

李世杰："廖耀湘兵团报销了，就等于宣布东北全境很快变色了。因此，我认为蒋总统一定会很快飞来北平的。"

傅作义："这是一定的。"

郭景云："总司令，我们应该把战争的重心聚焦在平绥线和归绥和包头一线，我们虽然不占天时，但我们在绥远却占地利、人和，有能力把共军赶回太行山去。"

李世杰："我赞成景云的见解。"

傅作义依然不发一言。

李世杰、郭景云愕然相视，遂都微微地摇了摇头。

傅作义："自上次谈话以后，我一直在想，为什么我们重兵在手，却老是让杨成武兵团、杨罗耿兵团牵着我们的鼻子走，老是被动地应付、打仗，生怕中了他们所擅长的围点打援呢？而我们又为什么不能牵着他们的鼻子打呢？"

李世杰："总司令所言极是！"

郭景云："可我们怎样才能牵着共军的鼻子打呢？"

傅作义伸出右拳重重砸在作战地图上的石家庄。

"石家庄？"李世杰、郭景云惊愕地发问。

傅作义坚定地："对！这篇文章就是从石家庄做起。"

这时，作战参谋走进："报告！蒋总统已经飞抵北平，请总司令立即赶到圆恩寺行营官邸。"

傅作义："知道了！"伸手示意下去。

作战参谋转身离去。

傅作义胸有成竹地："你们二位留在司令部等我回来，到那时，我不仅要揭谜底，更重要的是要调兵遣将，上演变被动为主动的好戏！"他说罢转身走去。

李世杰、郭景云愕然地看着傅作义的背影。

北平圆恩寺行营官邸客室　　内　　日

蒋介石无力地坐在沙发上，怆然地叹气，不时又微微地摇了摇头。

郭汝瑰引傅作义走进："校长！傅总司令遵命前来晋见。"

蒋介石睁开眼，指指对面的沙发："宜生，坐下谈！"

傅作义："总统！您日理万机，又鞍马劳顿，我看就明天再谈吧。"

蒋介石："不！不！宜生，你是知道的，锦州丢了，廖耀湘兵团也没了，接下来嘛，东北就变成了一块无法收拾的旧山河了。"

傅作义也悲怆地说道："总统，时下华北的日子也很不好过啊！包头、归绥、张垣、北平、天津、保定，还有山西的太原，处处都和共军打仗，我所有能调动的部队，都让毛泽东部属的部队给拖住了。"

蒋介石站起身来，有些生气地说："天无绝人之路吧！宜生难道也无路可走了吗？"

傅作义断然地："我沉思良久，终于想出了一个一箭三雕之策。"

蒋介石马上变色："快说说，什么是一箭三雕之策？"

傅作义走到作战地图前面，指着作战地图说道："毛泽东在华北有三个野战兵团，徐向前的第一兵团包围太原，和阎长官激战犹酣；新成立的杨成武第三兵团远在归绥、包头，想在我的发祥地绥远捞便宜；最有战斗力的杨得志第二兵团远在长城以外，妄图收复他们两年前的失地张垣、集宁等地。"

蒋介石有点不耐烦地："这些不讲我也知道，你还是讲一讲你的一箭三雕之策吧！"

傅作义："是！"他指着石家庄说道，"您再看看，毛泽东的身边石家庄、平山西柏坡已无兵可守，是一座名副其实的真正空城！"

蒋介石猛然兴奋地说："好，好！继续说下去。"

傅作义："我以为在总统亲自领导下，派重兵直捣共军的老巢石家庄、平山西柏坡，一可解归绥之围；二可减平、张、太之围；三、我傅作义对蒋总统也有个交代。"

蒋介石："不对！在我看来，一、力争搞掉中共的老巢，使共军群龙无首，党国可就此扭转乾坤；二、把平汉线南北贯通，上能固守北平，下能策应中原；三、从此宜生可名扬天下，为党国做更大的贡献！"

傅作义自然懂得蒋介石所说三雕的用意，但他依然装傻地说道："这是因为我和总统的地位和学识不同的原因，我对总统所云三雕的内涵连想都不敢想！"

蒋介石："不！我相信你是敢想的。下面，你就谈谈具体实施这一计划吧。"

傅作义："以第九十四军、新编骑兵第四师、新编骑兵第十一旅、新编第二军暂编第三十二师，并配属国防部驻华北爆破大队，汽车四百余辆，携炸药百余吨，由九十四军军长郑挺锋指挥，组成快速偷袭梯队，向石家庄突袭。"

蒋介石："还有策应梯队吗？"

傅作义："有！以第三十五军、第十六军和九十二军第一四一师为后方策应梯队，在平汉线保定南北地区待机出动。进，可以做突袭梯队的预备队；退，可以接替突袭队继续向前冲杀。"

蒋介石："很好，很好！宜生啊，此次军事行动能否奏效，关键是保密。"

傅作义："此计划绝不会让共军侦知。"

蒋介石："好，好！一句话，如果能把毛泽东等除掉，就是东北九省全都落于林彪之手，那也是值得的！"

华北剿匪司令部作战室　内　夜

作战室中央摆着一张长条会议桌，上边铺着天鹅绒的桌布，四周坐着身着戎装、肩扛中将、少将军阶的军官，一个个正襟危坐，似在等待开会。

傅作义在李世杰的陪同下走进作战室。

与会的将军全体起立。

傅作义走到自己的座位前，伸出双手，示意落座："都请坐下吧！"

全体与会的将军落座。

傅作义拿着一张油印的命令，严肃地问道："诸位，这份作战计划都看了吧？"

"都看了！"

傅作义："这份作战计划是我与蒋总统亲自设计的，重点有二：一是部队行进要快，要秘而不宣；二是一切计划要绝对保密。记住了吗？"

"记住了！"

傅作义："蒋总统指示，通信联络，不得使用电报、电话，下达作战命令，一律用绝对可靠的刻写蜡板的保密员。记住了吗？"

"记住了！"

傅作义："蒋总统还严令，谁透露了此次军事行动计划，一定严惩不贷！"

"是！"

傅作义："会后，诸位立即回去准备突袭石家庄的器械、粮草，限明天完成。何时出征，听候我的命令！"

"是!"

傅作义:"等你们完成了攻入石门、直捣阜平的战斗任务后,我一定为你们摆宴庆功!好,散会!"

与会的将领起身相继离去。

李世杰问:"总司令,还有什么事情吗?"

傅作义取出一纸手写的命令:"请你把这纸命令交甘霖刻写,然后由你派最可靠的通信参谋送达参战各部。"

李世杰:"是!我这就打电话通知他。"

傅作义:"好!"遂严肃地走出作战室。

李世杰拿起电话:"喂!给我接通甘霖。"遂即放下电话。

有顷,电话铃声响了。

李世杰拿起电话:"喂!你是甘霖吗?"

远方显出甘霖接电话的画面,客气地:"我是甘霖,您是哪一位啊?"

李世杰:"我是李世杰参谋长!"

甘霖:"李参谋长,您有何示谕?"

李世杰:"你立即来作战室接收任务!"

甘霖:"是!"放下电话。

远方甘霖打电话的画面消失。

李世杰挂上电话,遂拿起傅作义亲自起草的文稿翻阅。

华北剿总大院　外　夜

剿总大院只有几只路灯,映出荷枪实弹的值勤士兵。

甘霖快步走在大院中,送出甘霖疑惑的画外音:

"这样晚了,李参谋长有什么特殊的任务交给我呢……"

叠印字幕:中共地下党员　甘霖

华北剿总司令部作战室　内　日

李世杰站在作战地图前边,对照傅作义亲拟的作战命令用心查看。

"报告！"

李世杰："请进来！"

甘霖走进，行军礼："参谋长，甘霖前来领受任务。"

李世杰转过身来，送上作战计划文稿："甘霖，这是一份绝密件，务必连夜刻写完毕，并退还给我。"

甘霖接过文稿："请参谋长放心，保证完成任务。"

李世杰："去吧！"

甘霖："参谋长，我母亲染病在身，明天如无任务，我想回家探视。"

李世杰："可以！不过，一定要把这项任务完成好。"

甘霖："是！"转身离去。

刻蜡板房间　内　夜

这是一间保密室，一切都显得是那样地整洁有序。

甘霖打开台灯，只见桌面上有一架刻蜡版的工具。

甘霖取出那件文稿，借用台灯阅看，随着时间的推延，他的脸上露出惊愕的表情。他坐不住了，站起身来，走到窗前，遥望南天，传出甘霖的画外音：

"九十军和新编骑兵第四师为先头部队，配属汽车五百辆，装载着大量的炸药，其后是骑兵第十二旅，暂编第三十二师总共为两个军的兵力，由涿县等地经保定南下，偷袭石家庄……"

甘霖离开窗子，在室内快速踱步，传出甘霖的画外音：

"这是一个绝密的军事行动，一旦取得成功，对住在阜平西柏坡的党中央、毛主席……真是不可想象啊！我该怎么办？我该怎么办？"

甘霖小声自语地说道："时间紧迫，容不得考虑个人的安危，只有破例行事了……"

甘霖坐在桌前，飞快地刻写蜡版。

北平街头　外　晨

一辆三轮车飞也似地跑在大街上。

甘霖着便装坐在三轮车上，表情平静，却心急如焚。

甘霖的画外音："再有一个小时就到接头人家了……"

前门打磨厂　外　日

三轮车停在一家商铺门前，甘霖走下车，付完车费，转身走进一家商铺柜台前，看了看算账的先生。

甘霖下意识地看了看环境，问道："请问你们店的王掌柜在吗？"

算账先生："抱歉了您哪，王掌柜外出办事去了。"

甘霖："什么时候回来？"

算账先生："不清楚，有什么事吗？请留个话，等王掌柜回来我帮你转告。"

甘霖："谢谢！"转身走出商铺大门，快步走在小胡同里，遂传出甘霖的画外音：

"接头人不在，我应该怎么办呢……看来，为把这份十万分火急的情报送达党中央，我只好铤而走险了。"

京郊原野　外　日

一列客车行驶在北平郊区原野上。化入客车内：

甘霖坐在临窗的客车上，他隔窗望着荒凉的原野，甘霖的画外音：

"看来，我只有到徐水下车，破例去找徐水县委的负责同志，请他们帮我打电话，向党中央报告了。"

甘霖陷入深深的沉思，遂又传出甘霖的画外音：

"情报果真送达中央，我就完成了一件天大的事情。但是，接下来我该怎么办呢。"

徐水县政府大院　外　日

甘霖走进县政府大院，下意识地巡视一遍大院。

正房走出一位中年干部："同志！你找谁啊？"

甘霖："县委负责人老李同志。"

中年干部："你认识老李同志吗？"

甘霖："不认识。"

中年干部："有什么事情吗？"

甘霖："有一件事关全局的大事，和我接头的同志不在，我只好违反纪律前来找老李同志。"

中年干部："同志！我就是老李同志，你希望我帮你联络哪位领导？"

甘霖："华北军区司令聂荣臻同志。"

老李同志："好！跟我来。"他说罢走进正房。

甘霖回身看了看，遂跟着老李同志走进正房。

老李的办公室　内　日

老李拿起话筒："喂！请给我接通军区司令部。"他说罢又挂上电话。

有顷，电话铃声响了。

老李拿起话筒："喂！我是徐水的老李，我有重大的情况要向聂司令报告。"

远方显示出作战处长唐永健。

唐永健："我是作战处长唐永健，有什么事情先向我报告，然后再由我转报聂司令。"

老李同志："甘霖同志，请你向唐处长报告。"

甘霖接过电话："唐处长，我是傅作义手下的刻写员甘霖，请你们准备好纸和笔，我说一句，你记一句。"

唐永健："好！我马上备好纸和笔。"

老李同志懂规矩地走出办公室。

唐永健："我已备好纸和笔，请讲！"

县政府大院　外　日

老李同志在院中缓缓地踱着步子，院中不时吹来一阵秋末冬初的朔风。

有顷，甘霖走出正房，客气地："老李同志，谢谢你帮着我完成了一项重要的任务。"

老李同志："不用谢，这是我应该做的。"

甘霖："再见！"

老李同志："再见！"

甘霖快步走出县政府大院。

徐水郊区大道　外　日

甘霖快步走在郊区的大道上，他此时五味杂陈，传出甘霖的画外音：

"任务完成了，但我原来的工作岗位回不去了，去什么地方呢，和谁接头呢……"

在甘霖远去的背景上叠印如下字幕：

甘霖同志离开徐水以后去了天津，接上头后仍然从事地下工作，为天津的解放贡献了自己的力量。建国后，他曾聘任国际关系学院院长等领导工作。

平山孙庄华北军区司令部　内　日

聂荣臻坐在桌前，在审读一份重要的密电。

有顷，聂荣臻站起身来，在室内缓缓踱步，似在思索一件重大的事情。

唐永健拿着一份抄件走进，焦急地："聂司令！我收到一份重要的情报。"

聂荣臻接过这份情报抄件，仔细地审阅。

聂荣臻读罢抄件，转身拿起桌上的那份密电，沉重地："唐处长！你看，我这里还有同一事件的密电。"

唐处长看完，愕然问道："聂司令，这是怎么一回事？"

聂荣臻："北平《益世报》采访部主任刘时平是中共党员，从与会者鄂友三少将获悉了这一消息，他事感重大，遂又与《平明日报》采编部主任中共党员李炳泉协商，一同向北平地下党负责人之一的崔月犁报告。很快，崔月犁与傅作义的女儿傅冬菊核对，遂向华北城工部部长刘仁同志报告。接着，刘仁同志给我发来了这份密电。"

唐处长："应该说，傅作义偷袭石家庄、进攻阜平西柏坡的情报是准确的。您说该怎么办吧？"

聂荣臻："你以最快的速度向周副主席报告，请他转报毛主席和中央军委。"

唐永健："是！"

西柏坡　毛泽东的住处　内　夜

毛泽东披着棉大衣伏案审阅一份文件。

顷许，周恩来、朱德急冲冲地走进，几乎是同时叫了一声："主席！"

毛泽东："请坐下，我正想请你们来再议一下我起草的这份《关于淮海战役的作战方针》，你们二位就不请自来了。"

朱德有点着急地："老毛，书记处通过了，你……"

毛泽东："我认为辽沈战役再有几天就结束了，接下来，就应该发起更大的淮海战役了，所以我嘛……"

周恩来严肃地："主席，这件事明天再议，我这里有两份重要的情报，急需主席审阅。"周恩来说罢取出两份情报。

毛泽东接过两份情报很快看完，他沉吟片时，问道："这两份情报有多大的可信性？"

　　周恩来坚定地："基本可信。一份是来自傅作义司令部的，这位同志叫甘霖，是我们在抗日时期打入傅作义身边的，他截获这一情报后，亲自坐车到徐水打电话——且由军区作战处长唐永健收到的；另一份电报是由城工部刘仁同志亲自发给聂荣臻同志的。"

　　毛泽东微微地点了点头。

　　朱德："经社会部核实，《益世报》采访部主任刘时平、《平明日报》采编部主任李炳泉均为中共地下党员，崔月犁是北平地下党的负责人之一，由他报给刘仁同志是可信的。"

　　毛泽东深深吸了一口烟，以轻蔑的口气说道："看来，这消息是确定无疑的了。"

　　"是的！"周恩来、朱德答说。

　　毛泽东走到大墙下面，指着作战地图说道："时下的石家庄如果是街亭，那我们的西柏坡就是当今的名副其实的西城；而我们三个人呢，也就变成了守空城的两个老军一个孔明了。"

　　周恩来："是的！"

　　朱德笑着说："主席演诸葛亮，我和恩来饰老军。"

　　周恩来幽默地说："对！请主席放心，我和老总这两个老军一定能演好。"

　　毛泽东微微地摇了摇头，果断地说："不！这出《空城计》，由恩来饰摇羽毛扇的孔明，由我和老总演老军。"

　　周恩来急忙摇手："不行！不行……"

　　毛泽东："行！一、老总长你十二岁，我长你恩来五岁，我们二人给你当老军不用化妆；二、我不仅要指挥辽沈战役的收官之作，我还要部署就要开始的淮海战役。想想看，如果我一登上城楼抚琴，并唱我正在城楼观山景，中国大地上的主战场辽沈战役向淮海战役转变……"

　　周恩来："主席不要说了，由我登楼演诸葛亮，由你们这二位老军给我撑腰。"

朱德："首先，我们要派一位镇守石家庄的大将，我看就交给聂荣臻和薄一波同志负责吧！"

周恩来："我看，还得加上叶剑英同志！因为，时下的石家庄没有驻军，只有一个华北军事政治大学，有几千名有实战经验的学员，而叶剑英同志是校长，让他参加领导。"

毛泽东："参加领导是可以的，但不要像当年打石家庄那样，要老总亲自上战场。我的意见，就交给两个老井冈去负责吧！"

朱德："是哪两个老井冈？"

毛泽东："一个是副校长萧克，一个是副政委兼政治部主任朱良才。打仗，由萧克管；做群众工作，就交由朱良才去抓吧！"

朱德："可以！"

周恩来："接下来就是调赵子龙回援西城。主席，老总，你看调哪个部队呢？"

朱德："首先，调冀中的孙胡子和林铁，把冀中的七纵和广大的群众都调动起来。"

毛泽东摇了摇头："那也抵不过傅作义的两个军啊！"

周恩来："主席的意见呢？"

毛泽东凝思片刻，断然地："立即找聂荣臻、薄一波、叶剑英来开会，全面商量一下，交由中央军委决定！"

北平 华北剿总怀念部作战室 内 日

傅作义虽然是身经百战的战将，但他要利用偷袭的战法与毛泽东对垒，内心依然惴惴不安。

李世杰引郭景云、郑挺锋、鄂友三等身着戎装的将军走进作战室，说道："总司令！您点名的将军悉数到达，听您下达作战命令！"

傅作义伸出双手："请坐！"

李世杰等将军应声坐下。

傅作义："偷袭石家庄、攻取西柏坡的作战部署都看过了吧？"

"看过了！"

傅作义："郑挺锋！"

郑挺锋站起："在！"

傅作义："你是这次军事行动的总指挥，步兵、骑兵，统由你调动。违令者，你可先斩后奏。"

郑挺锋："是！"

傅作义："鄂友三！"

鄂友三："在！"

傅作义："你是跟随我多年的骑兵旅长，在此次重大的军事行动中，一要绝对服从郑挺锋总指挥的领导，二要协助郑挺锋总指挥协调步兵、骑兵的关系。"

鄂友三："是！"

傅作义："郑挺锋总指挥，今晚乘车赶到保定，提前部署攻取石家庄的行军路线和作战任务。"

郑挺锋："是！"

傅作义："为保密起见，如有地方大员问及有关事宜，你就答说，为解太原之围，华北剿总特组织援晋兵团，由保定西行，与守卫太原的阎司令一起消灭徐向前的第一兵团。"

郑挺锋："是！"

傅作义："你要记住，一定要把这出声西击南的好戏演得活灵活现，要把毛泽东的注意力引向太原。"

郑挺锋："是！"

傅作义取出一个封好的信封："郑挺锋，这是我与蒋总统拟的偷袭石家庄的作战部署，请到保定后再拆阅，并按此计划行动。"

郑挺锋双手接过信封："是！"

傅作义："今晚三军南下保定，偷袭石家庄战役正式开始，预祝你们旗开得胜！"

西柏坡作战室　内　夜

周恩来表情严峻地指着作战地图讲道："同志们！华北野战军三大兵团主力，一个远征绥西，一个激战平北和平绥线，还有一个正围着太原。面对傅作义突然派重兵奇袭石家庄，他们都是远水解不了近渴。用毛主席的话说——"

毛泽东插话："唱一出名副其实的《空城计》。"

朱德插话："但是，我们这出《空城计》还要唱得有声有色，必须做到内紧外松。"

周恩来指着作战地图讲道："从北平到石家庄，约有三百公里，最多三天即可到达石家庄。退一步说，从北平到保定约一百五十公里，从保定到石家庄也是近一百五十公里。他们如果把指挥部设在保定，最多推迟半天就够了，形势是十分严峻的！"

毛泽东严肃地说："傅作义还是一个十分狂妄且又会打仗的将军，远在集宁战役的时候，他下檄文要我投降，如今他又采用偷袭的办法，妄图在退出历史舞台之前，通过活捉我们这些人来挽救他们的失败。"

朱德："但从军事上说，他这一招棋还是很厉害的！"

周恩来："如何把这出《空城计》唱好呢，一、请聂荣臻、薄一波同志速调冀中的七纵赶到保定以南，步步设防，迟滞傅作义的部队南进。"

聂荣臻："是！同时，我还要给孙毅、林铁下达死命令，把冀中的老百姓组织起来，破坏公路，破袭铁路。"

周恩来："很好！根据就近用兵的原则，第二兵团的三纵队距离我们最近，请聂荣臻同志给三纵下达命令，以五天时间必须赶到保定以南望都地区，协同七纵主力作战并指挥之。同时，命令杨、罗、耿亲率第二兵团主力跟进。"

聂荣臻："是！"

周恩来："剑英同志，请你在萧克、朱良才的配合下，在情况危急的时候，把石家庄的机关、工厂等撤退到衡水等地去。"

叶剑英："是！"

周恩来："主席，老总，你还有什么指示吗？"

毛泽东："我们的石家庄、西柏坡是空城，他傅作义坐镇的北平不也是一空城吗？时下，辽沈战役接近尾声，战场也转到沈阳、营口一线去了。为此，恩来以中央军委的名义电令程子华、黄克诚兵团挥师入关，进驻蓟县、三河一线，对北平这座空城形成强大的压力。"

朱德："主席这一招以空城对空城的计策高明，傅作义如不撤兵，我们就趁此攻打北平。"

周恩来："好！我立即电令程子华、黄克诚挥师入关！"

华北军区作战部　内　日

聂荣臻缓缓踱步，口述电文："郑维山，周副主席命令你带领三纵立即出发，轻装、隐蔽、取捷径，四天赶到满城地区，会合并指挥七纵，阻击向石家庄进犯之敌。华北军区司令员聂荣臻、政委薄一波。"

通信处长唐永健抄录完毕，交给通信参谋："一定要用密电发出。"

通信参谋接过电文原稿："是！"转身退出。

唐永健转身一看：

聂荣臻依然蹙着个眉头，似十分沉重地在思索什么。

唐永健："聂司令，你还不放心，是吗？"

聂荣臻："是！万一郑维山怕损失作战武器和人员而误了这大事……"

唐永健："不会的！"

聂荣臻："俗话说得好，不怕一万，就怕万一嘛！"

唐永健："那你说怎么办呢？"

聂荣臻："请你立即给我接通郑维山的长途电话，我要用电话亲自给他下达命令！"

唐永健："是！"

涿鹿矾山堡　三纵司令部　内　日

郑维山拿着电报不解地："王政委，你说我们的聂司令为什么突然发来这样一件密电？"

王宗槐："我也想不明白！一句话，傅作义这老小子趁着党中央身边没有部队，肯定在耍鬼花活！"

叠印字幕：三纵队政委　王宗槐

郑维山："可是，你想过没有？从我们这儿到望都三百多公里，每天走一百五十公里，还得用四天啊！"

王宗槐："是啊！我们不仅要走初冬的山路，还要徒涉刚刚结冰的沙河，才换装不久的棉衣湿了怎么办？战士们穿着湿透的棉衣怎么行军……"

这时，桌上的电话铃声响了。

郑维山拿起电话："喂！你是哪一位？"

远方显出聂荣臻打电话："我是军区一号，我找郑维山。"

郑维山："聂司令，我就是啊！"

聂荣臻："我给你发的万分紧急的密电收到了吗？"

郑维山："收到了！我正在和王政委研究如何落实呢。"

聂荣臻："现在没有时间研究了，必须按电文执行！"

郑维山："是！聂司令，到底发生了什么情况？"

聂荣臻："傅作义利用阜平西柏坡没有驻军，他秘密派重兵南下，要捣毁石家庄，活捉毛主席。"

郑维山："什么都不要说了，不管有多大困难，我们三纵一定完成任务！"

聂荣臻："毛主席说，党中央在唱《空城计》，郑维山就是当代回救西城的赵子龙！"

郑维山："请聂司令放心，我们三纵绝不辜负中央军委和毛主席的信任！"他啪的一声挂上电话。

远方聂荣臻打电话的画面消失。

"报告!"

郑维山下意识地:"请进来!"

李正肩挎红十字药箱,背着一把冲锋号与来鹰走进,二位向郑维山恭恭敬敬地行了一个军礼。

郑维山惊愕地:"你们二位怎么来了?"

李正取出一封信:"这里边装着中央军委、周副主席给第二兵团的命令,还有杨得志司令和罗政委写给你和王政委的亲笔信。交由我和来鹰转交。"

郑维山很快看完又转给王宗槐政委:"来鹰,你怎么也跟着李正来了?"

来鹰:"杨司令说,此次任务十分艰巨,让李正这个大医生帮着部队收留挂彩的伤员,而我除了给部队指战员鼓劲打气外,还要帮着做群众工作。"

李正取下背在身后的冲锋号说:"郑司令,不要忘了我是教吹冲锋号的教员,战争打响之前,我还可以帮着部队吹响冲锋号!"

郑维山:"好! 跟随部队,准备出发。"

定格　叠印字幕:第二十六集终

第 二 十 七 集

石家庄华北军政大学会议室　　日　内

薄一波严肃地："根据中央军委、周副主席的指示，我与聂荣臻司令员研究以后，商定如下几项应急措施。下面，由聂荣臻司令员传达。"

在薄一波的讲话中摇出：叶剑英、萧克、朱良才等人。

聂荣臻："急令第七纵队，统一指挥地方部队和民兵迅速沿平汉线两翼布防，坚决地把突袭石家庄的敌人挡在滹沱河以北。"

叶剑英："如果敌人越过滹沱河，石家庄就无险可守了！"

萧克："动员富于革命精神的冀中人民和地方部队星夜赶到平汉线，破坏南进的一切道路，同时还要铺设各种路障，以配合正规部队阻击南进之敌。"

朱良才："同时，要组织民兵、游击队打敌人的骑兵，还要使敌人的摩托化部队不能快速行动。"

叠印字幕：华北军大副政委兼政治部主任　朱良才

叶剑英："同志们！我们这次军事行动是重大的，告诉所有同志，我们是在保卫党中央和毛主席。因此，要八仙过海，各显其能，就是要迟滞南下突袭石家庄的敌人前进。"

聂荣臻："有叶校长这几句话，我就放下一半心了！"

叶剑英深沉地说道："聂司令啊，知己知彼，方能百战不殆。一定要关注敌人的一切行动！"

聂荣臻:"谢谢叶校长!"

保定　援晋兵团临时指挥部　内　日

这是一座北方大户人家的四合院,正房为明三暗五,正庭是供祖宗的地方。如今变成了援晋兵团临时指挥部:八仙桌前摆着一把太师椅,两边各放着四把太师椅和两个茶几。

郑挺锋率援晋兵团的军、师、旅长走进,他当仁不让地坐在了八仙桌前那把太师椅上。

鄂友三等分坐在两边的太师椅上。

郑挺锋严肃地:"现在,我宣布开会!"他巡视了一遍与会将领的表情,又说道,"根据蒋总统、傅总司令的命令,我们这些带兵的将军提前到达了保定,并设立了临时指挥部,准时完成了战前的任务。"

这时,一个作战参谋走进:"报告!郑总指挥,据报在通往石家庄的路上,发现了破坏公路的民兵和游击队。"

郑挺锋不悦地:"知道了!在我主持召开军事会议期间,一律不得呈报任何军情之事。"

作战参谋:"是!"

郑挺锋:"下去吧!"

作战参谋:"是!"

郑挺锋取出那个牛皮信封,抽出傅作义拟定的作战部署,说道:"下面,我宣读由蒋总统和傅总司令拟定的命令!"

全体与会的将领肃然站起。

郑挺锋:"我南下偷袭部队分左右两翼大军,齐头并进。右翼以步兵为主,主要乘车开进。其中,一五〇师及九十四直属机关、五师一个团为先锋,一定要逢山开路,遇水架桥,为我后续大部队扫平一切障碍。"

"是!"与会的有关将领答说。

郑挺锋:"左翼以骑兵为主,骑四师和骑十二旅打先锋,由鄂友三旅长和我保持联系。"

鄂友三:"是!"

郑挺锋:"骑兵灵活,机动性强,步兵乘坐的汽车万一遇到突然事件而受阻,你要带头冲到共匪的身后,打他一个措手不及!"

鄂友三:"是!"

郑挺锋:"另外,蒋总统和傅总司令为加强突袭石家庄的力量,决定加派数架飞机在空中侦察和对共匪军队的轰炸。简言之,只要有利于战役进行的,我们需要什么,上峰就会给我们什么。你们有信心吗?"

"有!"

郑挺锋伸手示意落座:"请坐!"

全体与会的将领坐下。

郑挺锋:"援晋兵团全体将士,可否于今晚到达保定?"

"可以!"

郑挺锋:"记住:明天——也就是 10 月 28 日,全体将士举兵南下!"

"是!"

郑挺锋:"蒋总统和傅总司令颁布奖惩规定:此次突袭石家庄有功部队重奖,所有参战的将领均晋升一级。散会!"

华北土路　外　日

一条弯曲的土路直通远方。

数辆美式卡车载着国民党军队沿土路前行。

突然,一声巨响,土路变成了猝然升起的烟尘,罩住了前行载兵的卡车。

被炸车后面的卡车相继停止前进,车上的士兵一个个前俯后仰,吓得不知如何是好。

烟尘渐渐散去,卡车的轮胎报废,车上的士兵搞得灰头土脸,一个个吓得失魂落魄。

司机从驾驶舱中跳下，对着后面的卡车大声喊道："对不起了！我的车被地雷炸坏了，你们绕开大路继续前进吧！"

卡车上的士兵六神无主地问："司机！我们怎么办呢?"

司机："简单！怕死的，给我待在车上；想立功的，就跳下车来，跟着绕道前进的卡车小跑。"

"我们绝不跟着其他的卡车走！"车上的士兵说。

司机："那就听我的命令，全都下车，帮着我把车修好，然后我们再追赶他们！"

司机的话音一停，车上的士兵纷纷跳下车来。

这时，司机取出了备用轮胎："来！选两个身强力壮的士兵给我打下手，尽快地把轮胎换上。"

这时，后边载人的卡车按响喇叭缓慢绕行。

初冬村外的大路　外　日

一条通向远方的大路，与往日没有什么不同。

鄂友三坐在一辆美式吉普车上，叼着一支雪茄得意地抽着，看着身旁那一队队骑兵背着马枪、拿着马刀行进的样子忍不住地笑了。

鄂友三看了看手表，对着步话机大声命令："全旅骑兵注意！加鞭催马，向前飞驰，中午以前到达清风店！"

瞬间，一队队骑兵向前飞驰。

镜头顺着马队急速地向前摇去。特写：

打头的两匹白色骏马并排向前行进，好不威风。

骑在两匹白色骏马上的骑兵挥舞着马刀，吹着口哨，直视正前方。

突然，两匹白色骏马踏上了铺着土层的壕沟，瞬间马失前蹄，两个骑兵从马头上向前飞去。

后边的战马和骑兵前仆后继，叠起了战马和骑兵的罗汉。

突然之间，四周响起了枪声，只见：

扑倒在地的战马中枪死去，后边乱了阵脚的战马和骑兵相继倒在了尘埃里。

镜头化入吉普车内，只见鄂友三对着步话机大声命令："全旅将士请注意，我们中了共匪的埋伏，立即掉转马头，逃出共匪的包围圈！"

顿时，骑兵的阵形乱了，一个个大吼大叫，十分混乱地沿着原路逃回。

大山下的土路　外　夜

大山深处的夜晚是很瘆人的，远山不时传来野狼的叫声。

杨罗耿兵团第三纵队指战员轻装简从，近似小跑地行进在山路中。

李正、来鹰每人举着一支火把站在大路的旁边，大声地叫喊着："同志们！前边有一段难行的山路，请同志们高抬双脚，快步前进。"

有顷，从队伍的后边驶来一辆吉普车，不停地按着喇叭，很快就在李正、来鹰的身旁停下。

李正、来鹰转身一看：

吉普车的后门打开了，郑维山纵身跳下。

李正、来鹰行军礼。异口同声地："郑司令！"

郑维山走到跟前，命令地："你们二人停止这项工作，立即接受一项更为重要的任务！"

李正："请郑司令下令吧，我们保证完成任务。"

郑维山："山前不远处，有一条不太宽的河，上面已经结了薄薄的一层冰，工兵同志经过反复试验，很难在一个小时内架好一座桥。怎么办呢，为保卫党中央、毛主席，全体指战员只有蹚着冰冷的河水过去。"

来鹰："请郑司令放心，我们一定能蹚着冰水过河！"

郑维山："我相信是没有问题的！不过，你们想过没有，这样多的指战员穿着冬装涉过冰河以后，他们穿着这湿透了的棉衣怎么行军呢？"

李正："郑司令！您就说吧，需要我们二人做什么？"

郑维山："你们二人立即坐上我的吉普车赶到河边，穿着棉衣渡过冰河，然后再赶到前边的一个村庄，请老百姓点燃柴火，给同志烤干衣服！"

来鹰："绝无问题！"

李正："郑司令，恐怕还得请老百姓多烧一些姜水，每个指战员在烤棉衣的期间，多喝几碗热姜水！"

郑维山："很好！你带着药箱了吗？"

李正拍了拍挎在身边的药箱："在！请首长放心，我会给负伤的同志们包扎的。"

郑维山："好！赶快上车。"

河边 外 夜

这是一条不算宽的河，一层薄薄的白冰盖住了下面流淌的河水。

不远处，一些赶到河边的指战员二话不说，相继跳下冰河中，一边用枪托、身体破冰，一边奋力涉水走向对岸。

一辆美式吉普车停在河边，李正、来鹰飞快跳下。

李正说道："谢谢司机同志！"

司机："不用谢！我还要赶回去接郑司令。"

"再见！"李正、来鹰摆着手大声说。

司机熟练地掉头，按了一声喇叭，吉普车沿着原路，擦着近似小跑的行军队伍驶去。

李正转身一看：

指战员们不顾天寒地冻破冰过河。

来鹰看着一动不动的李正上去就是一拳："李正同志！看什么？你怕了！"

李正："我怕什么？我是在想，像这样大规模的队伍涉渡冰河，将会发生什么意外的情况。"

来鹰："不要忘了我们的任务，成千上万的指战员在等着我们为他们烤棉衣、喝姜汤水呢！"她说罢扑通一声跳进了冰河，险些摔倒在冰河里，她向前一趴，双手按在薄冰上，只听咔嚓一声，她又差点全身趴在冰河里。

恰在这时，李正也跳下冰河，一把抓住了来鹰，批评地说："你干什么都这样毛手毛脚的，这怎么行呢？来！我扶着你一块过冰河。"

来鹰："不用！我自己行。"她推开李正，一个人好强地边破冰边渡河。

李正一手高举着药箱，一手破冰，紧贴着来鹰艰难地涉渡冰河。

来鹰突然"哎哟"地叫了一声。

李正一把抓住来鹰，关切地问："发生了什么情况？"

来鹰强忍着疼痛说道："没什么，我被鹅卵石硌了一下。"她一把推开李正，继续渡河。

李正无可奈何地摇了摇头，紧贴着来鹰的身体继续渡河。

黑乎乎的山道　外　夜

山风似刀，冻得身穿湿棉衣的指战员只有快步向前，希冀这小跑似的行军能给自己带来热量。

李正、来鹰跟在指战员的旁边也近似小跑地赶路。

来鹰行军的特写：

来鹰行军的速度越来越慢了，她不停地骂自己："没用的身子，关键时刻顶不上去。"

从来鹰行军的样子明显地看出：她的腿瘸了，一拐一拐地向前走着，但她依然咬牙坚持着。

李正全都看在眼里，二话不说，一手挽着来鹰向前走去。

来鹰感动地："谢谢你李正，你不要管我，快些赶到前边村子里，完成我们的任务！"

李正严厉地："不！我就是背也要把你背到村子里，我们一块完成首长交给的任务。"

来鹰哭了："谢谢你李正！"

李正："谢什么，我们是战友、同志！"他说罢搀扶着来鹰吃力地向前走去。

一座很大的院落　外　夜

大院的中央生着一堆柴火，把院中的一切照得如同白昼。

二三十个农村大嫂、大妈，还有姑娘们围着火堆一边唱着《子弟兵和老百姓》，一边为指战员烘烤湿棉衣。

来鹰站在一口冒着热气的大铁锅旁边，一边拿着一把铜勺子给战士盛姜汤水，一边乐观地喊着："战友们！先来我这里盛一碗滚开的姜汤水，再到屋里脱下湿棉衣，交由乡亲们烤干！"

身穿湿棉衣的指战员排队等着盛姜汤水，然后再走进正房里。

李正坐在正屋里的椅子里，一边帮着腿部负了伤且又赤身裸体的指战员疗伤，一边问道："你的腿部是怎么负伤的？"

负伤战士："我在过冰河的时候被冰碴划破的。"

李正边上药边说："你怎么不先用枪托把冰砸开，然后再小心地过河呢！"

负伤战士："当时，我心里只有一个想法，赶快过河，去保卫党中央和毛主席！"

李正包扎完毕："赶快回里屋，躺在热被窝里暖和一下身子，再穿上烤干的棉衣去赶部队。"

负伤的战士站起身来，本能地捂着下半身走进里屋。

李正："下一个！"

有顷，一个光着身子有些害羞的战士捂着下半身从里屋走出。

李正指着对面的椅子命令道："把双手放开，有什么可害臊的，从周口店开始，人类就知道这个秘密了！"

赤身负伤的战士坐在对面椅子上，好奇地问："什么叫周口店啊？"

李正微微地摇了摇头："现在不是解答这个问题的时候！"他看着负

伤战士的腿流着鲜血，问道，"是在过冰河的时候被冰碴划破的吧？"

负伤的战士："对！没错。"

李正叹了口气，用心地处理负伤战士的腿。

还是那座很大的院落　外　夜

大院中的柴火烧得更旺，妇女们的歌声越唱越响亮。

来鹰的喊声依然清脆、明亮。

这时，院外传来汽车刹车的声音。

来鹰一怔，画外音：

"说不定是郑司令到了……"

有顷，郑维山带着几名一瘸一拐的战士走进院中，他一眼看见来鹰，大声地："来鹰！李正躲到什么地方去了？"

来鹰："先不要问李正躲在什么地方，你和这几名战士先到我这里领碗姜汤水喝！"

郑维山："不行！这几名战士腿部的伤很重，是坐我的车来的，必须先让李正给他们紧急处理。"

来鹰："那好吧！他在正屋里给负伤的战士包扎呢。一会儿，我让同志们把他们送进屋去。"

郑维山："不行！你要亲自帮我把这几位负伤的战士送到屋里去。"

来鹰倔强地："我才不给你送呢！"

郑维山："什么，你敢违抗我的命令？"

来鹰："我让他们给你送进屋里不行吗？"

郑维山："不行！我还要亲自向你和李正交代任务呢。"

来鹰："那……我也不进去。"

这时，烘烤湿衣服的妇女们忍不住地笑了。

郑维山愕然地："她们为什么笑我？"

来鹰："首长进去看看就知道了。"

郑维山沉吟片时："好！跟着我进屋找李正去。"

正房堂屋　内　夜

李正依然坐在椅子上为光着身子挂彩的战士包扎。

郑维山带着四位负伤的战士走进来，一看赤条条接受包扎的战士大声笑了："难怪来鹰不带我来找你了！"

李正严肃地："郑司令！你没有被冰碴划伤腿吧？"

郑维山："没有！"他指着身后的四位战士说，"不过，他们四个伤得可不轻！我就把他们交给你了。"

李正："没问题！不过，你先让他们进里屋，把湿棉衣脱了，躺在热炕上休息，等着我给他们包扎。"

郑维山："行！"他指着赤裸着身子接受治疗的伤员命令地，"听从我的命令，你们要像他一样，立即把湿棉衣脱掉，进里屋休息，等着李正同志给你们包扎。"

一个负伤的士兵："首长，当着这么多人的面脱光了，这太难为情了！"

郑维山："这有什么难为情的？你就是十八岁的大姑娘，也得服从命令脱衣服！"

李正："让他们进屋里看看，就全都不害羞了！"

郑维山："好！你们四个要听从命令，现在就把湿衣服给我脱下来，我好把它带到院子里，让那些大姑娘、小媳妇们帮着把它烤干！"

一个受伤的战士说："首长，我们进屋里脱不行吗？"

郑维山："行！不过。一个字：快！"

这时，突然院子里传来惊叫声："不好了！来鹰同志流血太多，晕倒在地上了！"

郑维山："李正！停止包扎，跟着我救来鹰同志去。"

李正："是！"

院中铁锅旁边　外　夜

来鹰倒在地上，轻声地喊着："不要紧，我躺在这里休息一会儿就好了，你们快帮着我给同志们分发姜汤水。"

李正背着药箱跑过来，十分着急地问道："她哪里负伤流血了？"

一个大娘指着来鹰染红了的右腿，说道："你看，就是这条右腿，现在还止不住地流血呢！"

李正震怒地："你为什么不告诉我？"

来鹰："我以为没有什么了不起的，过一会儿就好了！"

李正责问地："你为什么不把这湿棉衣脱下来？"

来鹰生气地："你不用管！"

郑维山："他是医生，你知不知道？立即脱下这湿乎乎的棉衣，由李正给你包扎！"

来鹰挣扎着说："郑司令，我不脱衣服……"

郑维山："那就把她抬到房子里去，换完衣服进行治疗！"

李正为难地："首长，没有房子了，再说我们也没有女同志的军装。"

郑维山转身从烤干的棉衣堆中拿来一身棉衣："赶快让来鹰换上这身烤干的棉衣，先把血止住！"

李正："首长，来鹰在什么地方换衣服呢？"

来鹰："我不当众换衣服……"

李正："首长！你说怎么办呢？"

郑维山："拉屎还能叫那尿憋死！"他转身对着烘烤衣服的女同志，大声命令，"停止烘烤棉衣，全都到我这里来！"

二十几个妇女同志闻声跑了过来。

郑维山严肃地命令："你们手挽着手地把来鹰同志圈起来，不准男同志来这里，由一个手脚麻利的女同志把来鹰的湿棉衣换下来，然后抬到火堆旁边，由李正同志帮她治疗！"

"是！"

二十几个妇女同志迅速地把来鹰围起来，一个大娘拿着一身烤干的棉衣走进人围的圈中。

郑维山、李正回身向外，警觉地察看来往的行人。

很快，这围成的人墙散开了，来鹰穿着一身又宽又大的棉衣站起来。

郑维山命令道："你们来两个年轻的姑娘，把来鹰这位'女道长'扶到火堆旁边去！"

两位身强力壮的姑娘扶着来鹰，近似架着把她扶到火堆旁边，让她坐在已经烤干的棉衣上。

李正挽起宽大的裤脚管，凭着火光一看：

来鹰的腿上划了一道又长又深的伤口，还在向外渗血。

李正生气地："你呀，早晚会吃亏在争强好胜上！"

来鹰生气地说："你瞎说些什么，这给首长会留下多么坏的印象！"

郑维山："不！你会给我留下不怕死、拼命干的好印象！"

来鹰："谢首长！"

郑维山："妇女同志们，你们各就各位干活去，我要向他们二位交代任务！"

妇女同志散去，回到各自的地方工作起来。

郑维山："李正同志，你留在这里当收留队长，来鹰当副队长，不仅要收留我们三纵的同志，还要准备收留随后赶来的其他部队的伤员。"

来鹰好奇地问："还有哪个纵队的同志呢？"

郑维山："我们第二兵团杨司令、罗政委、耿参谋长很快率主力部队跟上来，他们很可能也要过冰河啊！"

李正："请首长放心，来一个救一个，保证我们受伤的指战员全都健康地回到部队去。"

郑维山："我三纵距离目的地只有两天时间了，为了赶在敌人前边，我们必须轻装，除了作战用的武器弹药，还有够两天吃的口粮，所有东西都甩在这里，你们二人还要带着这些伤病员，当然还有村里的民兵、老百姓一同看守好这些军需物品。"

来鹰抢先答说："请首长放心，保证完成任务！"

郑维山："还有一件令我不放心的事，这里离山近，土匪多，还有打散的敌人——也就是散兵游勇，经常下山来骚扰百姓，你们二人有责任保护村民的生命财产，还有我们纵队留下的军需物资。"

李正："是！"

郑维山："记住，打得赢就打，打不赢就跑。往哪儿跑呢？深山老林。一句话，一定要确保同志们的安全。"

李正："请首长放心，我和来鹰同志一定完成任务！"

这时，作战参谋拿着一份密电走来："报告！军区聂司令发来的急电。"

郑维山拆电阅毕，自语地："蒋介石又到了北平……"

北平　圆恩寺行营官邸　内　夜

蒋介石一边咳嗽一边蹙着眉头写日记。

画外音："……东北全军，似将陷于尽墨之命运。寸中焦虑，诚不知所止矣！……"

蒋介石大声咳嗽不止，他只好放下毛笔，双手扶桌，低着头任其咳声不息。

罗参军端着一杯参汤走进，低声地："校长，我请他们为您热了一杯高丽参汤，趁热喝下去，既补气，又补身子。"

蒋介石微微地摇了摇头，无力地说："我喝不下去啊！"他小声咳嗽几下，问道，"东北战况如何？"

罗参军把这杯高丽参汤放在桌上，一边为蒋介石捶背一边说道："我只知道连沈阳的卫立煌司令也失去了联系。"

蒋介石抬起头，企盼地问："傅作义偷袭石家庄的计划还顺利吧？"

罗参军："顺利！傅老总打来电话说，前方报告援晋兵团已经从保定向南疾进，沿途遇到不少麻烦，他说明天来晋见您的时候再详说。"

蒋介石突然震怒了，大声说："立即给我接通傅作义的电话，我要亲自给他下达命令！"

罗参军："是！"他拿起电话，"请接通傅作义总司令的电话。"他说罢放下电话。

有顷，电话铃声响了。

罗参军拿起电话："喂！你是傅总司令吗？"

远方显出傅作义接电话的画面："是啊，你是谁啊？"

罗参军："请等一下，总统要和您讲话。"他说罢将话筒交给了蒋介石。

蒋介石和缓地说道："宜生，援晋兵团偷袭石家庄的计划还顺利吧？"

傅作义："总统，很是不顺利啊！"

蒋介石："有什么不顺利的？"

傅作义："据前方总指挥郑挺锋的报告，沿途的道路全部被破坏，还经常有成建制的共军阻击我部前进……"

蒋介石有些愤怒了："这不就是当年八路军打鬼子的那一套嘛，我堂堂美式装备的国军竟然打不过他们，我真是百思不得其解啊！"

傅作义："我也是啊！"

蒋介石："你亲自训练的骑兵呢？"

傅作义："还好，据鄂友三报告，他们骑兵旅绕道偷袭了共匪的部队，还收到了不小的战果！"

蒋介石："这就好嘛，电告第九十四军军长郑挺锋，他率部偷袭石家庄成功之后，我不仅要亲自给他颁发青天白日大勋章，而且还要破例为他晋级！"

傅作义："是！"

蒋介石严厉地命令道："为督促郑挺锋勇往直前，你要加派李世杰参谋长去前线督军！"他再也忍不住了，大声咳嗽起来。

傅作义急忙挂上电话。

蒋介石打电话的画面消失。

傅作义气得在室内快速踱着步子。

李世杰走进，一看傅作义的样子，忙问道："总司令，发生了什么情况？"

傅作义："蒋总统要你去前线督战！"

李世杰焦急地说："总司令！据来自前方的情报，第二兵团第三纵队奉命赶回，他们将于明天——10月30号杀回望都。随后，杨得志的第二兵团主力全部回到清风店一线，到那时，郑挺锋一定会是第二个罗历戎！"

傅作义长叹一声："随他去吧！"

保定　前线总指挥部　内　夜

郑挺锋在室内走来走去，似在想些什么。

鄂友三快步走进："郑军长！据我骑兵得到的消息，华北军区杨得志第二兵团第三纵队已经奉命赶回。"

郑挺锋大惊："有多大准确性？"

鄂友三："百分之百！据报今天傍晚到达，他们现在正吃晚饭，准备明天向我部发起突然袭击。"

郑挺锋惊得不知所措，加快了踱步的速度。

鄂友三："郑军长，你说我们该如何应敌？"

郑挺锋不作回答，继续在室内快速踱步。

鄂友三看着六神无主的郑挺锋也失去了主意。

这时，桌上的电话铃声响了。

郑挺锋紧走两步，拿起话筒："喂！你是谁啊？"

远方显出李世杰打电话的画面："我是华北剿总参谋长李世杰！请郑挺锋接电话。"

郑挺锋换了一种口吻："我就是郑挺锋！李参谋长，您有什么命令吗？"

李世杰："据可靠情报，郑维山亲率第三纵队奉命赶回，明天就要向你们发起总攻。"

郑挺锋："李参谋长，我们业已知道这条消息，但不知有多少可信性？"

李参谋长："绝对可信！"

郑挺锋："可他们是从哪儿冒出来的呢？我算过了，从郑维山的驻地到这里有三百多公里，还有几条虽已结冰但不能行走的河流，他们是——"

李世杰严厉地："不要再说了！下面，接听蒋总统和傅总司令的命令！"

郑挺锋："是！"

李世杰："你接听命令之后，立即下令步兵和骑兵准备出发，趁共匪立足未稳，向他们发起全面的夜袭，一定要把他们全部消灭！"

郑挺锋："是！"

李世杰："蒋总统再次承诺，夜袭成功之后，他要亲自授你一枚青天白日勋章，并晋升一级！"

郑挺锋："谢蒋总统！"

李世杰："蒋总统指示，千万保密，不要让毛泽东获悉！"

郑挺锋："是！"

西柏坡　毛泽东驻地　内　夜

毛泽东拿着一摞手稿在潜心地审阅。

周恩来、朱德匆匆走进。

毛泽东转身一看抖了抖手中的文稿，笑着说："你们二位又是不请自来，我刚刚为傅作义突袭石家庄这出闹剧写了一篇严厉的郑告书：《东北我军全线进攻，辽西蒋军五个军被我军包围击溃》的消息，你们二位就到了！"

周恩来严肃地："主席！先放下这篇文稿另外再议，咱们三人还是看一看这出《空城计》如何往下唱。"

毛泽东一怔："发生了什么意外的情况？"

朱德："一喜一忧，我先说一喜，据杨罗耿来电说，郑维山率三纵队准时到达望都地区，接着，他们将率第二兵团主力随三纵队跟进。"

毛泽东："好啊！当代救驾的赵子龙准时赶到了，恩来这《空城计》唱得就更有底气了！"

周恩来严肃地："可是，据北平内线电告，傅作义已经电告郑挺锋，让他亲率步兵、骑兵倾巢出动，于今夜突袭郑维山的三纵队。"

毛泽东："更是好啊！那就让第三纵队的指战员再辛苦一次，吃饱晚饭，开赴战场，在易守难攻之地布下一个口袋，等他们钻进预设的口袋，就全力开火。恩来，我看你就以军委副主席、代总参谋长的名义给郑维山下达作战命令！"

周恩来："好！我这就去下达作战命令。"他转身快步走出屋去。

毛泽东："老总，你还有什么遗憾吗？"

朱德："有啊！可惜杨罗耿兵团的主力赶不到，不然的话，我们就可以把傅作义突袭石家庄的步兵、骑兵全都给他报销了！"

毛泽东："哪有这样十全十美的事情！"他拿起桌上的文稿，笑着说，"你看看，我写的这篇文字能不能把蒋某人气得半死不活？"

朱德接过文稿很快阅罢，用力把右手一挥："好！今天夜里，先打蒋某人、傅作义一记响亮的耳光；明天上午再播发你写的这篇雄文，老蒋听后一定会气得吐血！"

保定南土路　外　夜

一队国民党军队沿着土路近似小跑地走来。

一辆美式吉普车沿着土路、擦着行军队伍缓慢地爬行，司机在不停地按着喇叭，希望军队让路。化入吉普车内：

郑挺锋、鄂友三并排坐在后排座位上，低沉地聊天。

郑挺锋："鄂旅长！傅老总这着棋有多少胜算？"

鄂友三："据我跟随傅司令多年的经验，我认为至少八成胜算是有的。"

郑挺锋："根据呢？"

鄂友三："他经常引经据典地说，没有十成胜算就不要轻易地出兵。"

郑挺锋微微地点了点头："请问，我们突袭石家庄的作战计划是高度保密的，为什么毛泽东他们能获悉呢？"

鄂友三："我也存疑！如果今晚如此机密的军事行动毛泽东又知道了，我也要怀疑剿总内部有共匪的间谍。"

郑挺锋："这想今晚这次军事行动，泄密的可能性很小！"

突然，一路小跑的国军停止前进，从前边传来乱哄哄的吵架声。

吉普车突然也停在了路边。

郑挺锋命令地："下车！"

司机打开车门，郑挺锋、鄂友三相继走下吉普车。

鄂友三转眼看见不远处停着两匹白色的战马，向郑挺锋行军礼，说道："郑军长！前来接我的战马到了，等我们在庆功宴会上再见！"

郑挺锋："祝你马到成功！"

鄂友三骑上战马，两腿一夹马腹，如离弦之箭，与警卫很快消失在黑夜中。

郑挺锋在警卫的护卫下快步走到出事的地方，举目一看：

土路上有一条宽两米、深一米多的长沟挡住了去路，十多个工程兵拿着铁锹铲土填沟。

郑挺锋大声质问："发生了什么情况？"

一个军官大声说："报告郑军长！为阻止国军前进，当地的老百姓把这条土路挖了很多条又宽又深的沟。"

郑挺锋严厉地命令："全体将士听令，你们跳下土路，从农田里绕过去！"

"是！"

这个军官大声喊道："根据军座的命令，跟着我前进！"他说罢带头跳下土路，快步走进农田。

接着，十多个国军快步跟上。

"轰！轰……"农田里响起了地雷的爆炸声。

硝烟散去，那个军官和十多个士兵倒在了农田里。

郑挺锋大骂："好一个毛泽东！你他娘的把对付小鬼子的办法都拿出来了！"

一座小山包　外　夜

一条土路穿过这座小山包，劈成了两座小山包，掩映在夜色之中。

三纵队的指战员趴在山坡的地上，长枪摆在每个战士的面前，手榴弹放在身旁。

郑维山蹲在山包的背面，拿着望远镜向远方一看：

国民党军队快步走进伏击圈内。

郑维山小声地命令："司号员，信号员，注意！一定要听候我的命令。"他说罢又举起望远镜，只见：

国民党军队大部进入伏击圈内。

郑维山大声命令："开始！"

五名信号员站起，举着信号枪对着夜空放了五发信号弹，空中出现各种颜色的信号。

接着，十名司号员站起，吹响了冲锋号。

埋伏在两个小山包上的指战员一起向山下土路上射击，手榴弹一个接一个甩在土路上爆炸。

凭借枪林弹雨织成的火网可见：

山包下土路上的国军人喊马嘶，四处奔逃。

《中国人民解放军进行曲》轰然响起，与战场上的枪声、炮声、人喊、马叫……共同组成了一曲战争交响乐。同时，叠印出一组战斗的画面：

我指战员一个个奋力杀敌。

敌军将士横尸遍野，活着的争相奔逃……

北平　傅作义官邸客厅　内　晨

傅作义表情肃穆地站在窗前，隔窗遥望南天。

李世杰十分紧张地闯进客厅，慌张地："总司令！大事不好了，我援晋兵团在偷袭石家庄的路上，遭到了共军的伏击，据郑挺锋报告，死伤一千多人啊！"

傅作义一惊："这会是真的吗？"

李世杰："千真万确！如果杨罗耿兵团主力赶到，郑挺锋的九十四军就全都被他们包了饺子了！"

傅作义："如此绝密的消息，是谁泄露给共军的呢？"

李世杰："现在不是查内奸的时候，为保存实力，我们应该立即下令撤退！"

傅作义："属于我们的第三十五军立即撤退到安全地带。属于中央系统的军队，应视蒋总统的态度再说！"

这时，傅冬菊从内室走出："爸！毛泽东对国家大势发表评论了！"

傅作义惊得"啊"了一声，些许惊慌地说："冬菊，快打开收音机！"

傅冬菊打开收音机，传出男播音员的声音：

"……闻蒋、傅进扰石家庄一带的兵力，除九十四军外，尚有新骑四师及骑十二旅，并附属爆破队及汽车百余辆，企图捣毁我后方机关、仓库、学校、发电厂、建筑物。据悉，该敌由28日开始由保定南进……此间首长指示地方各界切勿惊慌，诱敌深入，聚而歼之。"

圆恩寺行营官邸　内　晨

蒋介石轻声咳嗽着，蹙着眉头听广播：

"蒋介石最近在两个星期内，由他经手送掉了范汉杰、郑洞国、廖耀湘三支大军……他还想弄一点儿花样去刺激一下已经离散的军心和人心。亏他挖空心思，想出了偷袭石家庄这样一条妙计。这里发生了一个问题，究竟他们要不要北平？现在北平是这样的空虚，只有一个青年军第二○八师在那里。通州也空了，平绥东段也只有稀稀拉拉的几个兵了……整个蒋介石北方战线，整个傅作义系统，大概只有几个月就要完蛋，他们却还在那里做石家庄的梦。"

蒋介石听到最后大咳不止。

蒋介石边咳嗽边自语："毛泽东啊毛泽东……"

罗参军快步走进，慌张地："校长！据来自各方的报告，林彪的先头部队已经入关，直奔通州、北平而来！"

蒋介石惊得"啊"了一声，张嘴吐出一口鲜血。

罗参军边喊"校长！校长……"边取出一方手帕为蒋介石擦拭鲜血。他近似哀求地说，"校长！北平不安全，我们还是回南京吧。"

蒋介石："回南京……"他一张嘴，又喷出一口鲜血。

定格　叠印字幕：第二十七集终

第二十八集

西柏坡　中央军委作战室　内　日

毛泽东坐在桌前审看一份电报。

有顷，周恩来、朱德相继走进作战室。

毛泽东站起身来，指着桌上的茶杯，笑着说："今天请二位来喝茶，遗憾的是，我这里既无恩来故乡的龙井，也无老总家乡的蒙顶山上茶，只有北平人爱喝的茉莉花茶。等到我们湖南解放了，我再请二位喝君山银针。"

朱德端起茶杯小饮了一口："不错！味道清香，沁人心脾，好茶！"

周恩来："今天，主席请我和老总来，不单单是来品茶的吧？"

毛泽东："那是自然！今天请二位来，还是研究军事问题。据可靠的消息，卫立煌已经逃离沈阳，飞抵葫芦岛。这标志着，我东北野战军虽然尚未开进城池，但沈阳解放已是指日可待了！"

朱德笑着说："依我看啊，最多还有三到五天。"

毛泽东："鉴于解放战争发展的需要，中央决定发布《关于统一解放军全军组织和部队番号的规定》。下面，由老总先宣读他领导起草的文稿。"

朱德从书包中取出一本文稿念道："该决议将原各大战略区的部队划分为野战部队、地方部队和游击队三类。部队番号旅改为师，纵队改为军，军以上设兵团。全军野战部队按其所在地区分为西北、中原、华东、华北、东北五个野战军，共有二十个兵团。全国分为五大军区，与中央局同级并受其领导。"

毛泽东："我完全同意。"

周恩来："我也没有不同的意见！"

毛泽东："即刻下发，照此执行！另外，《惩办战争罪犯命令》，书记处已经讨论通过，我建议也于今日以总司令朱德、副总司令彭德怀的名义发出，利用报纸、电台广为宣传。"

周恩来："可以！"

毛泽东："时下的军事重心是什么呢？具体地说，辽沈战役即将结束，淮海战役行将开始，我们必须取得即将开始的淮海战役的胜利，以及不久将来平津战役的胜利。"

这时，叶子龙手持一份电报走进："报告！粟裕同志发来急电。"

毛泽东接过电文阅毕，说道："粟裕同志已经返抵前方，他认为此次淮海战役的规模很大，请陈毅军长、邓小平政委统一指挥。你们看，我们的粟裕同志不仅有大局意识，而且还想到我们前边去了。"

周恩来："我同意粟裕同志的建议。"

朱德："我也同意！"

毛泽东看着一动不动的叶子龙，开玩笑地说："你留在这里是不是也想表态啊？"

叶子龙惶恐地："不！不！"他又取出两份电报，笑着说，"我这里还有两份特大的喜讯呢！"

毛泽东："好啊！那你就赶快说吧。"

叶子龙："第一条喜讯，据来自北平地下党的消息，傅作义取消了偷袭石家庄的作战计划。"

朱德："恩来同志唱的《空城计》也等于说落幕了。"

周恩来："准确地说，这出《空城计》是主席唱的。"

毛泽东："谁唱的，不重要，结果是我们唱赢了！再说，一出小小《空城计》，不足挂齿。恩来，你说对吧？"

周恩来："对！对！"

毛泽东："子龙，第二条喜讯是什么呢？"

叶子龙："蒋介石气得吐血之后就飞离了北平。"

毛泽东笑了："蒋某人的胸怀也太小了点吧！"

朱德："从某种意义说，还不如当年周郎的气性大呢！"

周恩来："叫我说啊，蒋某人回到南京之后，他的日子就更不好过了！"

朱德："首先，他不得不考虑的头等大事，如何输掉即将爆发的所谓徐蚌会战。"

周恩来："他还得考虑，因金融改革失败而导致的物价狂涨。当然，他更得考虑美国人对他的态度。"

毛泽东："把话说白了，他更想知道美国人利用他军事、经济方面的失败，如何导演以李宗仁取代他蒋某人！"

南京　蒋介石的官邸客室　内　夜

蒋介石身穿睡衣，边踽踽蹀步边低沉地自语："东北完了，几十万国军完了，范汉杰、郑洞国、廖耀湘也全都完了！华北、徐蚌……"他说不下去了，微微地摇首叹气，不时还忍不住地咳嗽两声。

宋美龄端着一杯西洋参汤从内室走出："达令！这是用美国威斯康辛州产的洋参煎的汤，喝下去可以补气。"

蒋介石："谢夫人！"他接过这杯洋参汤喝完之后又说，"夫人！时下，只有美国才能帮着我们改变在军事上、经济上的颓势啊！"

宋美龄："是啊！美国只要给我们军援和经援，一切都会好起来的。"

蒋介石："时在美国的立夫有消息吗？"

宋美龄："有！他带着你写给杜威州长的信到了美国，当面交给了杜威州长，表示我们支持他竞选总统成功。"

蒋介石："很好！杜威州长能打败现任总统杜鲁门吧？"

宋美龄取出一封信："能！这是立夫从美国写回来的信，你看吧！"

蒋介石："夫人读给我听就是了。"

宋美龄展信捧读："立夫来信说：杜威之当选为美国总统，几乎系一定不移者。如果杜威当选，对于以军事援助中国，将会采取一种非常的办法。"

蒋介石听罢在胸前划了一个十字，极其虔诚地说："美国竞选就要投票了，愿上帝保佑杜威州长当选吧！"

宋美龄："俗话说得好，远水解不了近渴，你打算从何处筹措这笔庞大的军费呢？"

蒋介石："我想好了，决定向跟随我革命多年的老同志募捐，再让他们动员亲属捐款。"

这时，蒋经国快步走进："父亲！李宗仁今晚又去拜会美国驻华大使司徒雷登。"

蒋介石沉吟片时，恶狠狠地自语："司徒老儿，等杜威州长当选美国总统以后，我看你如何下台！"

蒋经国："父亲！我们不能把中国的命运交给美国人啊！"

宋美龄："那你说交给谁？"

蒋介石："不要吵了！经儿，为了争取上海的闻人、江浙财团支持父亲，你就代父背过，明天就发表这篇《告上海人民书》吧？"

蒋经国微微地转过头去，两眼慢慢地淌出悲愤的泪水。

美国驻华大使馆　内　夜

司徒雷登坐在桌前审读一份英文文件。

李宗仁走进："大使阁下，我应邀前来，悉听大使阁下的意见。"

司徒雷登热情地说："副总统阁下，请坐！"

李宗仁坐在沙发上。

一位仆役送上一杯咖啡，放在李宗仁面前的茶几上。

司徒雷登："副总统阁下，我于10月23日向我们的国务卿马歇尔将军提了五条请示，现遵照我国政府的指示，向你做一通报。"

李宗仁："谢谢！"

司徒雷登："第一条，倘若国民政府由于屡次之军事失败，被迫迁至中国的其他地区，美国是否对之仍然承认，并予以支持？"

李宗仁："这条请示似嫌过早。"

司徒雷登："第二条，是否建议委员长退休，让位于李宗仁，或其他较有希望组成一非共产党之共和政府与较能有效与共产党作战之政治领袖？"

李宗仁："难矣！"

司徒雷登："第三条，是否赞同委员长退休，让位于其他与国军及非共产党相交甚好，又能使内战停止之领袖？"

李宗仁："蒋总统绝不会轻易退休的！"他沉吟片时，"后两条我似乎也听大使阁下讲过。我想知道，贵国国务卿马歇尔将军做何答复的呢？"

司徒雷登："美国政府不应转身于建议委员长退休或其他华人为中国领袖的地位。"

李宗仁笑了："这是外交辞令。"

司徒雷登微微地点了点头。

李宗仁："那大使阁下的初衷呢？"

司徒雷登："依然不改，坚决支持由你取代蒋总统！"

李宗仁："谢谢！蒋总统就要到山穷水尽的地步了，看他还能坚持多长时间。"

陈布雷公馆客室　内　夜

陈琏和母亲王允默边收拾晚餐边亲切交谈。

王允默："陈琏，从小爸爸、妈妈是宠着你的。我怎么也不相信，你会背叛国民党加入共产党。可蒋总统呢……"

陈琏："他就认定你女儿是共产党。"

王允默："对！给妈说句老实话，你是共产党吗？"

陈琏："我给你说过一百遍了！妈，我也再问您一句，城市的工人，农村的农民，大中学校的师生为什么都反对国民党，拥护共产党呢？"

王允默："反对国民党是真的，拥护共产党我可没有见到。"她叹了口气，"咳！时下的国民党和蒋总统，和当年北伐的时候可大不一样了！"

这时，陈布雷弱不禁风地走进，往椅子上一躺，似乎再也坐不起来了。

王允默："陈琏，快上晚饭，让你爸爸好好吃一餐，睡上一觉，就有精神了！"

陈布雷欠起身子："先不忙吃饭。"

王允默："你是不是有什么官家的事啊？"

陈布雷："对！"

王允默生气地："我和你订过家庭条约的，在家言家，不许把官场的事情带到家里来。"

陈布雷坐起："今天特殊，今天可是关乎国家存亡的大事，我不能不说。"

陈琏："妈！你就让爸爸说吧。"

王允默生气地往椅子上一坐："说吧！"

陈布雷："今天下午，蒋总统召开常委会议，几乎是淌着泪对大家说，东北就要丢了，徐蚌地区又要爆发战争，可是我们的国库空了，拿不出钱来买武器；时下物价飞涨，又拿不出钱来给前线的将士买粮食、送军衣……"他哽咽了，说不下去了。

王允默心疼地看着多年的丈夫。

陈琏送上一些餐巾纸。

陈布雷把头一昂："当时，我起身说道，国是我们的，家也是大家的，我们这些达官要人不挺身而出，又有谁还能挽救这座将倾的大厦呢！"

王允默："在座的这些国民党的常委们说什么了？"

陈布雷突然失声地哭了："令我悲哀的是，竟然无一人发言，更不用说为国家慷慨解囊了！"

王允默："他们不说话，就是不为国难拿一分钱！"

陈琏："蒋、宋、孔、陈这四大家族呢？"

陈布雷无限悲哀地摇了摇头。

王允默动情地："谁都知道，你只会为蒋总统写文章，不知写秃了多少支毛笔，可有谁多给你一分月钱呢！你环视一遍我们这个家，都快到了家徒四壁一贫如洗的地步了，你还有什么可捐的呢？"

陈布雷："有！"

王允默："你有什么可捐？"

陈布雷："我想……把你嫁给我的时候，你们王家陪送的嫁妆捐献给国家。"

王允默大惊："什么？你再给我说一遍！"

陈布雷："我想把你们王家陪送的嫁妆捐给国家！"

王允默："不行！这嫁妆是我的，陈琏结婚，我都没舍得送给她，如今你……"她放声地哭了。

陈布雷起身走到王允默的身边，哀求地说："夫人！是女儿重要，还是国家重要？"

王允默："女儿是你我的骨肉，国家是你们打下来的，又被你们败坏了的，对我而言，女儿对我重要，这样的国家对你重要！"她说罢忍不住地失声痛哭。

陈布雷："让我真伤心啊！陈布雷啊陈布雷，连你自己的夫人都不爱你为之献身的国家啊！"他边说边禁不住地失声抽泣了。

陈琏看看爸爸陈布雷，再看看母亲王允默，最后，她把心一狠，说道："爸！妈！都听我说几句好不好？"

陈布雷、王允默闻声一怔，两双泪眼射向了陈琏。

陈琏十分冷静地说道："古人说得好，道不同，不相为谋。爸爸早就想好了，这个国家就是亡了，他也会为他献身的，这就是中国士的本质。妈妈呢，不想和这个被四大家族操控的——且又风雨飘摇的所谓国家沾边，这也就是我国千千万万个老百姓的想法。怎么办？妈的嫁妆让爸爸拿去好了，我陪着妈妈去上海，过我们想过的日子去！"

王允默叫了一声"陈琏！"母女二人紧紧地抱在一起了。

陈布雷看着自己的妻子和女儿微微地摇了摇头。

蒋介石官邸客室　内　夜

蒋介石无力地在室内缓缓踱步。

宋美龄情绪不高地从内室走出，遂坐在沙发上。

蒋介石急不可耐地问道："夫人，美国总统大选有结果了吗？"

宋美龄："我给你说过多少次了，美国的总统大选到11月3日才会尘埃落定。"

蒋介石："杜威州长的选票如何？"

宋美龄："稍微落后于现任总统杜鲁门。"

蒋介石愕然一怔，遂又在胸前画了一个十字，虔诚地自语："保佑杜威州长获胜吧！"

这时，蒋经国陪着陈布雷走进："父亲，布雷叔叔让我陪着他来见您。"

蒋介石分外热情地说："陈先生！你我共事二十多年了，我的家不就是你的家嘛，今天为何让经儿陪着你来呢？"

陈布雷双手捧着许多金银首饰，说道："蒋先生！这是我夫人嫁给我的时候，她父亲陪送的嫁妆。我和夫人深知国家有难，最缺钱用，决定把这些金银首饰捐给国家。"

蒋介石激动地说道："陈先生！真是国难出英雄啊！不过……"

陈布雷："没有什么，我对蒋先生的忠心，除去我手中的毛笔外，就只有这一点儿可以换钱支援国难的东西了，蒋先生你一定要收下啊!"

蒋介石双手接过这不多的金银首饰,十分感动地说:"这不是一般的金银首饰,这是陈先生的一颗爱国之心啊!"

宋美龄:"达令!你要宣传陈先生以国家为重的忠心,让全体国民、党员向陈先生学习。"

蒋介石捧着金银首饰怆然地说:"这些不肖的党国干臣学得了吗?"他把首饰放在茶几上,"陈先生,你还有什么话对我说吗?"

陈布雷取出一纸文稿:"蒋先生,是你让经国写的这份《告上海人民书》的吗?"

蒋介石:"是!也是我让他请你帮着润色的。"

陈布雷猝然来了气:"经国有什么错?是那些官宦子弟、与外国相勾结的闻人们的错嘛!"

蒋介石叹了口气:"我当然清楚!"

陈布雷:"蒋先生,你还记得前几年我向你进谏的事吗?"

蒋介石:"记得!你说孔祥熙部长获罪于人民,他应该离职,最好是离开中国,我听了你的意见,让他去了美国。"

陈布雷:"蒋先生,这次我还要向您进谏。"

蒋介石:"请讲!"

陈布雷:"孔令侃这个少爷,比他老子还坏!经国处置他是正确的。"

宋美龄:"陈先生,话不能这样说吧?"

陈布雷把头一昂:"夫人,请让我把话讲完,蒋先生打下来的天下,就是让孔令侃这些少爷们一点一点地断送了!"

宋美龄也来了火气:"陈先生,你……"

毛人凤快步走进:"校长,有重要的敌情向您报告。"

蒋介石忙说:"陈先生,我们改日再谈好吗?"

陈布雷:"好!"转身走出客厅。

宋美龄气呼呼地站起,走进内室。

蒋介石:"毛局长,请讲!"

毛人凤："据来自北平的内线报告，傅作义的女儿傅冬菊有共党的嫌疑。"

蒋介石："有准确的消息吗？"

毛人凤："目前还没有。"

蒋介石："就是目前有，也不准动她，因她是傅作义的女儿，懂吗？"

毛人凤："懂！另外，据来自太原的内线报告，守卫太原的部队不稳，有投向共军的可能。"

蒋介石："记住，阎锡山和傅作义不一样。太原，是阎锡山的发祥地；北平，不是傅作义的根据地，时下的华北剿总一职，是我送给他的。因此，他绝不会像阎锡山保卫太原那样保卫北平。就这个意义上讲，有关太原的情报，可直接转给阎锡山处理。"

毛人凤："是！"

太原　阎锡山官邸客室　内　夜

夜空中传来忽紧忽松的枪炮声。

阎锡山身着便装，走到窗前侧耳细听，遂微微地摇了摇头，又在室内踽踽踱步，似在思索什么。

全身戎装、肩扛上将军阶的孙楚走进："阎主任！我奉命前来，听从您的训示。"

叠印字幕：太原绥靖公署副主任　孙楚

阎锡山："事到如今，我们是一家人不说两家话，用咱们老家的话说：我们是一根绳上拴的两个蚂蚱，跑不了我，也蹦不了你。把敌我双方的实情说一说吧！"

孙楚走到作战地图下面，说道："共军第七纵队等部由太原东北揳入东山纵深，袭击要塞据点牛驼寨，并以炮火控制北机场；另一部袭击大北尖，与南面的共匪向大窑头方向攻击的十五纵队相连接，妄图切断罕山、孟家井我军的归路，并歼灭之；共匪十三纵队向我城东南角进击；其他共匪各部位于太原南一线，对我各据点作牵制性攻击。

简而言之，由于徐向前对太原实在太熟悉了，把我们的命脉全�死了！"

阎锡山叹了口气："这就是家贼带来的祸害啊！"

孙楚悲凄地说："阎主任！自太原保卫战开始以来，我们又损失了上万人枪啊！"

阎锡山："你认为最大的危险是什么呢？"

孙楚："我们的将士哗变！"

阎锡山："对！东北没有曾泽生的六十军降共，长春就不会一枪不发变成林彪的了！山东没有吴化文的所谓起义，济南也不会轻易地落入许世友之手。为了太原固守不变，我们必须谨防出个曾泽生或吴化文。"

孙楚："是！"

阎锡山："要特别防范老蒋给我们派来的部队——如三十军等有意外发生。"

孙楚："我一定加强情治部门的工作，调动我们派到像三十军的内线，死死地盯住他们的师长以上的军官。"

阎锡山："还要和毛人凤他们配合，适时地掌握西柏坡毛泽东的动向。"

孙楚："是！"

西柏坡　毛泽东的办公室　内　日

一张作战地图铺在桌上，毛泽东站在一旁在审视地图。

叶子龙引高树勋走进："主席！你看谁到了？"

毛泽东欣喜地："老朋友，高树勋将军！"他笑着迎上去，紧紧地握住高树勋的双手。

高树勋摇了摇头，说道："我已经脱离了国民党军队，在主席的领导下就不是将军了！"

毛泽东："你现在仍然带兵嘛，还是我们解放军的将军！"他扶着高树勋坐下，送上一碗热茶，"你可不知道啊，两年多以前，你在邯郸率部起义，对蒋某人的打击是很大的，至今还影响国军的军心。"

高树勋："也正是出于这个原因，我这个老西北军，还想为解放太原出把力。"

毛泽东："我听恩来说，你在西北军中享有很高的威望，很多军长、师长是非常尊重你的。据说守太原的第三十军军长黄樵松军长和你有着不错的私谊。"

高树勋："是的！事前，我接到徐向前将军的来信，希望我为太原的三十万父老免于生灵涂炭，能为策动黄樵松起义再立新功。我历经深思熟虑，遂给黄樵松写了一封信。不久，收到黄樵松的回音，他表示同意我的意见。为促黄樵松早日起义，我来西柏坡晋见主席，听从你的意见，我可否去太原前线一趟？"

毛泽东沉思一会儿："一、我对你再立新功表示赞赏；二、去太原前线也是可以的，但应先听听向前同志的想法；三、阎锡山自清末到今天，他长以谋略，善以数术。因此，你无论做任何决定，都要先听听向前同志的意见。"

高树勋："是！"

太原前线指挥部大院　　内　日

徐向前因身体不适倒在躺椅上："高将军，首先向你报告一个好消息，黄樵松军长不仅接受你的劝导，而且还于 10 月 31 日派出随身参谋兼谍报队长王正廷出城，与我们有关同志接洽起义。"

高树勋高兴地："这很好嘛，他们谈判结束之后，我随这位王正廷进城，协助黄樵松部署和平起义。"

徐向前断然地："不行！"

高树勋："为什么？"

徐向前："你的安全没有保障。"

高树勋："你有什么凭据吗？"

徐向前："为策动或劝说阎锡山和平起义，中央军委派来了以王世英为首的工作组组长，想利用他一些旧的关系，亲自潜入太原，与阎锡山谈判。"

高树勋："王世英同志进到太原城里了吗？"

徐向前："我没有同意他潜入太原城里。"

高树勋："你的理由呢？"

徐向前："有两个。一、虽然时下兵临太原城下，但阎锡山尚有十万人马，同时还幻想第三次世界大战爆发，要他放弃抵抗是不可能的，他也绝不会和共产党谈判。"

高树勋："那第二个理由呢？"

徐向前："王世英为了测试阎锡山的态度，他请来了一位阎锡山的老师，问他愿不愿意进太原见阎锡山。这位老秀才年过八旬，表示愿意进城说服弟子阎锡山。接着，他带着我们写给阎锡山的信就进城了，没想到阎锡山不但不听先生的劝告，而且还把年过八旬的先生杀害了！"

高树勋："禽兽不如的阎锡山！"

徐向前："骂是没有用的！今天下午，黄樵松再次派出他的亲信出城，与我们有关的同志会谈。不要急，先看看他们会谈的结果如何，好吗？"

高树勋："好！"

这时，通信参谋手持一纸电文走进，高兴地："徐司令！好消息，好消息……"

徐向前："先别激动，有什么好消息啊？"

通信参谋："11 月 2 日——也就是今天，沈阳解放了，伟大的辽沈战役胜利结束了！"

徐向前接过电文看罢笑着说："高将军，辽沈战役的结束，对困守太原的阎锡山是个不小的打击。"

高树勋："对黄樵松领导第三十军起义也是有促进的。"

徐向前："这是不言而喻的！"

太原城郊　三十军军部　内　日

城外传来攻城的枪炮声。

黄樵松站在作战地图前面讲道："东北九省，有着近六十万美式装备的国军，为什么不到两个月就被中共林彪所部消灭了呢？这是一个人心向背的问题。"

在黄樵松讲话中摇出：

肩扛中校军阶的联络参谋王正中。

黄樵松："你王正中是我一手栽培的，跟着我不会有错的。再说，我的顶头上司高树勋将军先于我等起义，毛泽东、朱德等都给予了很高的荣誉。"

王正中："对此，我是有亲身感受的。就说两天前吧，我第一次携带您的亲笔信出城去见解放军，我的心里啊，真的就像十五个吊桶打水——七上八下的。没想到，出面见我的竟然是第八纵队司令员兼政委王新亭。当时，我真是有点受宠若惊啊！"

黄樵松："明天，也就是 11 月 3 日，你再去见解放军代表，规格可就更高了！"

王正中："军长！有谁啊？"

黄樵松："据说有我们的老上级，这次和平起义的牵线人高树勋老将军！"

王正中惊喜地："啊！中共方面有谁出席啊？"

突然，桌上的电话铃声响了。

黄樵松伸手示意暂停说话，他拿起电话："喂！你是哪一位啊！"

远方显出阎锡山打电话的画面："我是绥署主任！你是黄军长吗？"

黄樵松有点惶恐地："阎主任，我是黄樵松。"

阎锡山："你知道国军弃守沈阳了吗？"

黄樵松："我天天忙于坚守太原，与共匪作战，没有听说沈阳失守的事。"

阎锡山："很好！你放下电话之后，立即赶到绥署，由我传达蒋总统的指示，统一共识，坚守太原。"

黄樵松："是！"他啪的一声放下电话。

远方阎锡山打电话的画面消失。

黄樵松自语地："时下的蒋总统还能下达什么指示呢？"

南京　蒋介石官邸客室　内　日

蒋介石身着便装，在室内边踱踱踱步边不停地咳嗽。

蒋经国走进："父亲！您找我？"

蒋介石转过身来，严肃地："出了这样大的事情，你为什么不来陪陪我？"

蒋经国："是孩儿不孝！不过，我正在部署有关情治人员，有重点地观察一些军政要人在这特殊时期的变化。"

蒋介石："这很重要！但你要有底气。一、明天，美国总统大选就尘埃落定了，杜威州长一旦变成杜威总统，我们的军援问题就解决了；二、今天一早，我和桂系的小诸葛谈过话，他同意接任新职，实现他的'守江必守淮'的梦想，由他从旁帮助光亭镇守徐州，这场被毛泽东称之为的垓下决战就有底气了！"

蒋经国："父亲，据我派去的人员报告，白崇禧离开总统府后就去李宗仁的官邸了。"

蒋介石一怔，自语地："难道他会变卦……"

蒋经国："不得不防，因为他多变，素有再嫁的寡妇之称谓嘛！"

蒋介石微微地点了点头："爹死娘嫁人，我们管不了这许多了！"

蒋经国："父亲，你打算怎么办呢？"

蒋介石："我正在计划召开全国作战会议！下午，你亲自给外地与会人员打电话！"

蒋经国："是！"他说罢快速走出客室。

蒋介石怆然地叹了口气，遂走到作战地图下面又望图苦思了。

傅厚岗　李宗仁官邸客室　内　日

李宗仁坐在沙发上默默地看着报纸。

白崇禧十分得意地说着："天意！一切安排都是天意。"大步走进官邸客室。

李宗仁一怔："健生，什么天意啊？"

白崇禧："当年，我提出'守江必守淮'，蒋某人怕军权旁落，逼我去武汉就任华中剿总司令。今天，沈阳解放了，东北会战结束了，他又高调请我出任高位，这岂不是天意吗？"

李宗仁叹了口气："健生！你上了蒋某人的当了。"

白崇禧："为什么？"

李宗仁："这不是明摆着的事嘛！"他走到作战地图前指着地图说道，"当初，我们提出'守江必守淮'是有条件的，那就是将国军主力部署在淮河以南；现在呢，济南丢了，辽沈会战失败了，所谓的徐蚌会战就要开始了，请问，你能调动、指挥以徐州为中心的那几个兵团吗？"

白崇禧微微地摇了摇头。

李宗仁指着与陇海交叉的津浦线和平汉线，问道："你看这三条铁路线构成一个什么样图形？"

白崇禧："是廿字。"

李宗仁："不对！是三把宝剑构成的两个十字架。据说，毛泽东要把信奉基督教的蒋介石，死死地钉在平行摆在中原大地上的两个十字架上。还有一个传说，毛泽东打完当今的垓下决战之后，连当代霸王蒋介石投乌江自刎的机会都不给他留了。"

白崇禧："看来，他蒋某人让我代他受过啊！德公，我们该怎么办呢？"

李宗仁："一、拒绝赴任；二、我们要利用蒋某人走麦城的机会，达到我们的政治目的。"

白崇禧："那就是取蒋而代！"

李宗仁微微地点了点头。

南京　蒋介石官邸客室　内　日

蒋介石在室内坐立不安地走动着。

蒋经国引毛人凤走进："父亲！白崇禧突然决定，拒绝出任徐蚌会战的最高指挥长官，刚刚坐专机回武汉了！"

蒋介石震怒地："毛人凤！你必须立即给我查出原因。"

毛人凤："据我们派驻李宗仁官邸的内线报告，这主意是李宗仁副总统出的！"

蒋介石近似自语地："又是这个李德邻！他前天去见了司徒老儿，今天又让白崇禧溜之大吉，看我的笑话！"

蒋经国："父亲！我们该怎么办呢？"

蒋介石凝思良久，恶狠狠地说："毛人凤！"

毛人凤："学生在！"

蒋介石："立即在傅厚岗周围加派专门人员，接到我的命令后，立刻干掉他！"

毛人凤："是！我立即交叶翔之去办。"

蒋介石："叶翔之是个文人出身，只会动笔写报告，要选一位训练有素的专门人才去办。"

毛人凤："是！"

蒋介石："沈醉在什么地方？"

毛人凤："现在昆明任云南站站长。"

蒋介石："立刻把沈醉调回南京，执行这一特殊的任务！"

毛人凤："是！"

蒋介石："辽沈会战失败了，但卫立煌作为败军之帅却失踪了，你必须给我弄清他的去向，把他解到南京来！"

毛人凤："是!"他行过军礼，转身走去。

蒋介石："经儿，要记住11月2日这个日子，辽沈决战以父亲的失败结束了。为了能打赢即将开始的徐蚌会战，我决定明天——也就是11月3日召开全国的作战会议。从现在开始，你要随我参与军事。"

蒋经国："是!"

蒋介石："你帮我接通华北剿总傅作义的电话。"

蒋经国："父亲，像这种通知开会的事情，交由参谋总长他们去办就行了。"

蒋介石叹了口气："你还不知道傅作义这枚棋子，在未来全国这盘大棋上的地位啊!"

蒋经国："是!"他走到桌前，拿起电话，"立即给总统接通北平傅作义的电话。"他随手挂上电话。

有顷，桌上的电话铃声响了。

蒋介石拿走电话："喂!你是宜生吗?"

远方显出傅作义接电话的画面："蒋总统，我就是啊!您有什么重要的国事要给我说啊?"

蒋介石："辽沈会战结束了，我想受到影响最大的莫过于你了。为此，我决定明天——也就是11月3日召开全国作战会议。空隙期间，我想单独和你谈谈平津未来的形势问题。你可以莅临大会吧?"

傅作义："绝无问题!今天，我处理一些急切要办的军务，明天乘飞机准时飞抵南京。"

蒋介石叹了口气，故作感情状地说："真是国难出英雄啊!明天南京见。"挂上电话。

远方傅作义接电话的画面消失。

蒋介石："经国，学着我的样子，给太原的阎锡山打电话，告之我请他来南京开全国作战会议。"

蒋经国："是!"他拿起桌上的电话，"请接通太原绥署阎主任的电话。"遂挂上电话。

有顷，桌上的电话铃声响了。

蒋经国拿起电话，客气地："您是阎主任吗？"

远方显出阎锡山接电话的画面："我就是阎主任！你是哪一位啊？"

蒋经国越发客气地："我是小侄经国！"

阎锡山笑着说："是大公子啊，有什么事情吗？"

蒋经国："时下，国势艰危，为统一思想，我父亲决定召开全国作战会议，让我亲自给您打电话，请您明天赶来南京，以献高明的救国之策。"

阎锡山："请转告你的父亲——全国人民的总统，我一定坐专机飞来南京与会。"他说罢挂上电话。

远方阎锡山打电话的画面消失。

蒋经国挂上电话，转身看父亲。

蒋介石微微地点了点头。

这时，桌上的电话铃声响了。

蒋经国拿起电话："喂！你是哪一位？"

远方显出毛人凤打电话的画面："我是毛人凤！刚刚接到北平站的电话，卫立煌已经降落在西郊机场。"

蒋经国："我知道了！"他挂上电话。

远方毛人凤打电话的画面消失。

蒋经国："父亲！卫立煌已经到达北平西郊机场。"

蒋介石满腔怒火地："立即以我的名义给傅作义发密电，秘密逮捕卫立煌！"

蒋经国："是！"

北平剿总司令部客室　内　日

傅作义心事苍茫地坐在沙发上，心不在焉地品茶。

王克俊引卫立煌走进："总司令！卫老总到了。"

叠印字幕：北平剿总政工处处长　王克俊

傅作义急忙站起，大有惺惺相惜的样子走过去，紧紧握住卫立煌的双手，说道："卫总！一夜之间就老成这个样子了，真是情何以堪啊！"

　　卫立煌："傅总！我虽然不是一夜愁白了头发的伍员伍子胥，可我这一败再败……"

　　傅作义："不去说了！快坐下，你我再深谈。"他亲自把卫立煌扶到沙发上坐下，旋即又回到自己的座位上坐下。

　　王克俊给卫立煌献上一杯热茶，转身退下。

　　卫立煌："傅总，东北完了，五十多万的国军被林彪他们打光了，我真是无脸见江东父老啊！"

　　傅作义："放心，请相信我傅作义，是绝不会相信是卫总一人输掉的东北！"

　　卫立煌："这就够了！这也说明我来投靠傅总投对了。"

　　傅作义："不要这样说，此时此刻，你我更懂得唇亡齿寒的道理了。"

　　卫立煌："懂！懂！"他感慨地说道，"你如此厚待于我，就不怕老蒋拿你是问吗？"

　　傅作义："我相信他不敢！再说，明天我就飞赴南京参加作战会议去了，他绝不会因为我而一枪不发地丢掉华北。"

　　卫立煌："我此次来平，还想对你讲讲我的教训。"

　　傅作义："请讲！"

　　卫立煌："你们都知道，我这个剿总是被蒋某人赶着鸭子上架当上的，因此是个有名无实的傀儡，一切指挥大权都操于他和他的黄埔弟子们……"

　　傅作义："这我都清楚！"

　　卫立煌："时下，东北丢了，华北怎么办？华东又怎么办？这是蒋某人必须要面对的问题。我以为你的真实出路就一条，是率部南下，还是坚守平津，望你要慎重对待啊！"

傅作义:"谢谢你的提醒! 卫总,北平不是久留之地,你想去什么地方呢?"

卫立煌:"香港!"

傅作义:"好! 我请人给你办好飞广州的机票,然后你再请朋友给你买去香港的车票。"

卫立煌:"谢谢!"

傅作义:"王处长!"

王克俊走进:"总司令!"

傅作义:"请带卫总去休息,并办好一张飞广州的机票。"

王克俊:"是!"他陪着卫立煌走出客室。

傅作义:"李参谋长!"

李世杰走进:"总司令!"

傅作义:"立即召开军事会议,请郭景云少数军事将领参加,研究我去南京参加作战会议的大事!"

定格　叠印字幕:第二十八集终

第 二 十 九 集

北平剿总作战室　内　日

傅作义表情肃穆地说："今天，东北以林彪为首的共军大获全胜，换句话说，国军大败于东北。为此，蒋总统亲自打电话通知我，明天飞赴南京，出席他召开的作战会议。"

在傅作义的讲话中摇出：李世杰、郭景云等少数亲信将领那复杂的表情。

傅作义："我以为他召开此次作战会议的主要目的是我们华北。时下，东北丢了，我们华北怎么办？行前，我想听听你们的意见。"

李世杰："在辽沈会战开始以后，我们曾经提出三种方案：一、适时放弃热、察、冀，转进绥远等地；二、适时放弃承德、张家口、保定，我们绥远的军队控制北平，蒋系主力部队控制天津、塘沽；三……"

傅作义："时过境迁了，不去谈它了！"

郭景云："我以为此次作战会议就一个目的，调我们华北部队南下，与华东、华中的国军合兵一处，与毛泽东的部队在古时的垓下打一场关系国之命运的决战。"

傅作义："据我对蒋的了解，他心里就是这样想，也不敢做此决定。因为华北不战而弃，军心、民心就散了，国民党的政权随之也就分崩离析了！"

李世杰："总司令多次说过，我们真的南下了，徐州以南的地区多是蒋记嫡系，会有我们的好果子吃吗！"

郭景云："总司令，您就和盘托出自己的战略构想吧！"

傅作义："据我的判断，国共在徐蚌的会战近期就会爆发，战况也会很快明朗，此时率部南撤，谈何容易。我们西撤绥远吗？也有很多困难。我们的老家很穷，养不起这么多的部队；交通落后，调动兵力也非常困难。怎么办呢？"他沉思良久，说道，"时下的作战方针是，暂守平津，扩充实力，争取美援，以观时局的变化。"

李世杰："好！就按总司令说的办。"

郭景云："同意！"

傅作义："这只是一个战略设想，等我听取了蒋总统的意见，还有困守太原阎主任的意见后再定。"

太原郊区　第一兵团第八纵队指挥部　内　日

远方传来攻城的枪炮声。

黄樵松将军的联络官王正中及随员王玉甲站在指挥部中央，很是不安地等待着。

有顷，我军联络代表晋夫引胡耀邦、高树勋、王新亭等走进作战室。

王新亭指着胡耀邦介绍道："这是我兵团领导胡主任！"

王正中慌忙行军礼："胡主任！谢谢您在百忙之中接见我等。"

胡耀邦："不必客气！我是代表兵团领导，前来和你商签黄樵松将军起义的。"

晋夫指着高树勋："这位就不用我介绍了，他就是你们的老上峰高树勋将军。"

王正中行军礼："高老将军，我们的黄军长让我向您致意，第三十军一定会按照您的希望和平起义！"

高树勋笑着说："告诉黄军长，毛主席在西柏坡还等着为他开欢迎会呢！"

王正中激动地："谢谢！"

晋夫指着王新亭，介绍道："他是我们八纵司令王新亭，双方都认识，就不用介绍了。"他指着简单的会议室，说道，"下面，请首长入座，正式开会！"

胡耀邦、高树勋、王新亭、晋夫、王正中及随员王玉甲等分主宾落座。

王正中："我受黄军长派遣，向贵军领导报告，我们的黄军长已经就起义之事安排就绪，要我把他的意愿向贵军转达，并带来了他准备起义的方案与贵军商谈。"接着，他把起义方案转交给胡耀邦。

胡耀邦接过起义方案："很好！你接着谈吧。"

王正中指着一张太原城防图，说道："黄军长决定先以原二线部队轮换休整为名，将第一线阵地上的部队留一小部分，为贵军布置进出城关走廊。第二线部队向大东关附近移动，全军集结于城北享堂一带，准备届时控制大小北门和大小东门，接应贵军进东关与北关，切断阎军的外围各点。"

胡耀邦："很好！你们三十军的任务呢？"

王正中指着太原城防图讲道："同时，我三十军与贵军并肩入城后，一部占据东北城角，主力部队包围阎锡山的绥署，隔断阎的城内部署，进而用兵谏方式，逼着阎下令停止战斗，放下武器，和平解放太原。"

胡耀邦："首先，请联络官先生回去向黄军长转达，他的这种爱国热情我们表示钦佩，人民对于他的这种爱国举动是不会忘记的。我们只希望黄军长迎进我军入城，至于入城后的作战任务，全由我军承担。"

王新亭："我们详细研究了阎锡山的情况，他会否缴械投降，还要看战斗结果如何。"

高树勋："回去转告黄军长，一切听解放军的。"

王正中："是！胡主任，我何时可以返回太原城内？"

胡耀邦："我们决定马上派出联络官和你一起入城，与黄军长具体协商起义。"他指着晋夫，"晋夫同志就是我们的联络官，他是我们的宣传部长。"

王新亭："你联系入城的信号了吗？"

王正中："联系过了！11 月 4 号凌晨。"

胡耀邦："明天不行吗？"

王正中："黄军长说，他要做些具体的部署，等双方认同起义的方案，即刻就宣布起义。"

城外三十军指挥部　内　夜

城外传来攻城的枪炮声。

黄樵松身着戎装，表情严肃，在指挥部内焦急地踱步。

"报告！"

黄樵松驻足原地："请进来！"

第三十军第二十七师师长戴炳南走进："黄军长！第二十七师师长戴炳南奉命前来晋见。"

黄樵松客气地："请坐！"

戴炳南："谢谢！"遂坐在对面的木椅上。

黄樵松："戴师长，我黄某人待你不薄吧？"

戴炳南："岂止不薄，犹如我戴炳南的再生父母！我们奉命换防来到太原，是你把我提拔为师长，并加升少将衔。"

黄樵松："这些年来，我一直把你当作亲信，对吧？"

戴炳南站起行军礼："对！我也以此感到自豪！"

黄樵松："我要做一件重大的决策，你会跟着我走吗？"

戴炳南："赴汤蹈火，在所不辞！"

黄樵松示意落座，然后严肃地说道："东北丢了，华北的日子还能长吗？"

戴炳南一怔："我想有阎主任、黄军长的指挥，还不至于像东北那样快地落于共军之手。"

黄樵松："是真心话吗？"

戴炳南尴尬地："这……"

黄樵松："不敢说，对吗？"

戴炳南犹豫片时："军长就不要逼我了，你说怎么办，我就怎么办！"

黄樵松："我要是宣布第三十军阵前起义呢？"

戴炳南一惊："这……怎么可能呢？"

黄樵松肃然变色："这怎么不可能呢！你说怎么办吧？"

戴炳南："我……"他一挥手，"军长果真要阵前起义，我戴某人绝不说二话，跟着军长干！"

黄樵松取出一纸文稿："你先认真地看看，然后我们再一起密商阵前起义这件大事。"

戴炳南："是！"遂接过文稿。

第二十七师指挥部 内 夜

太原的夜空不时传来枪炮声。

戴炳南坐立不安，在室内快速踱着步子。

顷许，警卫员走进，卑微地说："戴师长，我替您值班，您该休息了。"

戴炳南："不！方才阎主任来电话，命我赶到他的住处，说是有要事相商。因此，你给我叫一辆吉普车来。"

警卫员："是！"

太原 绥署主任卧室 内 夜

室外的夜空依然传来稀疏的枪炮声。

阎锡山身着睡衣躺在床上，一位中年妇女为他点泡，供他不时小吸几口。

这时，室外传来警卫人员的声音："阎主任！第二十七师戴师长有要事求见！"

中年妇女："阎主任休息了，有什么要事明天再说。"

戴炳南在室外："阎主任！您要今晚不见，天就要塌了！"

阎锡山："好！到会客厅等我。"

绥署会客室　内　夜

戴炳南在室内焦急地等待着。

有顷，阎锡山依然穿着睡衣走进会客室："戴师长！有什么天要塌的大事向我报告啊？"

戴炳南："第三十军军长黄樵松要阵前起义，投共！"

阎锡山愕然大惊，许久没有说话。

戴炳南取出那张文稿："阎主任，这是千真万确的，你看看他亲自交给我的起义计划！"

阎锡山看过文稿，严厉地命令："你给我待在这间客室里，没有我的命令，不许动！"

戴炳南："阎主任！我可以不动，可不能让黄樵松军长获知我告发他啊！"

阎锡山冷笑："小事一桩，还用你提醒我吗！"

南京　蒋介石官邸客室　内　晨

蒋介石身着长袍马褂，微微地弓着腰在室内边踱步边凄然自语："上帝啊，保佑你这个中国的信徒吧！"

宋美龄穿着睡衣，含着泪水，近似哽咽地说："达令，达令……"

蒋介石闻声转身一看宋美龄的表情，震愕地："夫人，夫人！不会吧……"

宋美龄："会！杜鲁门连任了……"她失声地哭了。

蒋介石瞠目结舌，许久没有说出一句话来。

宋美龄望着蒋介石那失态的样子，情不自禁地扑到蒋介石的怀抱里，越发凄凄然地抽泣着。

蒋介石抚摸着宋美龄的发丝，忘情地自语："万能的上帝啊，你为什么不保佑我这个中国的信徒呢……"

宋美龄仰起泪脸，小声地问道："达令，我们的赌注押错了，下面的棋该怎么走呢？"

蒋介石沉吟片时，无奈地说："只能例行公文了，首先请陈先生代我写一篇祝贺杜鲁门连任总统的电文。"

宋美龄："再下面的文章呢？"

蒋介石："那……只有请夫人来做了。"

宋美龄："我懂的，不过，我得认真地想一想。"

这时，桌上的电话铃响了。

蒋介石拿起电话："喂！你是谁啊，这么早来电话。"

远方显出蒋经国打电话的画面："父亲，我是经国啊！"

蒋介石："经儿，你知道了？"

蒋经国："父亲，我全都知道了。"

蒋介石："昨天，我曾对你说，要记住 11 月 2 日这一天，你知道是什么意思吗？"

蒋经国："知道！11 月 2 日对我的启示是，毛泽东的军队是有信仰的，是为信仰而献身。而我们的军队呢，已经丢掉了父亲创建的黄埔精神，诚如你所说，一听见枪炮声，一个师、一个军不出两天，就会全军覆没！"

蒋介石："这是为什么呢？"

蒋经国："我们军队的中、高级军官为钱、为色卖力，渐渐变成了有钱人的工具！"

蒋介石："说得好！今天，我还要你记住 11 月 3 日这一天，我要召开作战会议，争取能得到一些成效。"

蒋经国："同时，我们父子还要接受这样的现实：美国为了逼父亲下台，很可能断绝美援。"

蒋介石："这是一定的！军队的堕落是很容易的，但要重新恢复当年的黄埔精神，难啊！"

蒋经国："对此，我也想过很久了。"

蒋介石叹了口气："很好！我不知为什么，突然觉得阎锡山那边会出事。"

蒋经国："这是父亲思虑太过的原因。"

太原绥署办公室　内　日

阎锡山坐在桌前，有些得意地品着八宝茶。

一声"黄樵松带到！"

阎锡山无比愤怒地站起来，看着被缚的黄樵松走进。

黄樵松高傲地直视阎锡山，一言不发。

阎锡山严厉地质问："黄樵松，蒋总统和我待你不薄，你为何还要反叛？"

黄樵松："我不愿打内战，事已至此，随你办吧！"

阎锡山："哼！我可没有看出，你黄樵松竟然是一个不怕死的鬼！"

黄樵松冷笑："怕死，那还当什么兵？当年，在抗日的战场上我冲锋陷阵，从来不怕掉脑袋。如今，你不仅养着日本战俘帮你打内战，你还疯狂地屠杀解放军。因此，我要掉转枪口，逼你交出太原。"

阎锡山："既然话已经说到这个份上了，我就对你以军法从事了！"

黄樵松大笑："这更加证明我走的这条路是对了！唯一的遗憾，就是我的联络官王正中处长、解放军的联络官晋夫宣传部长，都要死于你的手下了！"

阎锡山："那是自然！"

黄樵松愤怒地："请你记住我说的这句话，出卖革命同志的叛徒戴炳南是绝无好下场的！"

阎锡山："恰恰相反，他一定会拿着你的头颅升官发财的！"

黄樵松："无耻！蒋介石和你会很快垮台的，到那时，解放军一定会审判你们的！"

阎锡山大笑："我要先审判你！"

南京　总统府会议室　内　日

蒋介石顿时苍老了许多，他拄着文明手杖在室内缓缓踱步，蹙着眉宇似在想些什么。

蒋经国快步走进："父亲！沈醉已经抵达南京，你何时召见他？"

蒋介石："等此次作战会议结束之后，我再召见他。"

蒋经国："是！"

蒋介石："告诉毛人凤，没有我的命令，不得轻易对他这个副总统动手。否则，司徒老儿就更会给美国国务卿马歇尔打报告，中断对父亲的美援。"

蒋经国："是！另外，华北剿总司令傅作义打来电话，说北平的军务很重，推迟到明天——也就是11月4日飞来南京出席军事作战会议。"

蒋介石不悦地："事到如今，也只好随他傅作义去吧！"

蒋经国："父亲！阎锡山也没有告知，他何时飞抵南京，我好派人到机场接他。"

蒋介石无可奈何地叹了口气，遂又摇了摇头。

这时，毛人凤手持电文走进："校长！阎锡山发来万分紧急的电报。"

蒋介石："有那么重要吗？念给我听。"

毛人凤："是！"他展开电报念道，"今日，第二十七师师长戴炳南来部告密……"

蒋介石命令地："停！我要亲自审阅这份告密的电报。"

毛人凤："是！"双手呈上这份密电。

蒋介石接电阅毕，自语地："好险啊！……"他凝思有顷，"毛人凤！"

毛人凤："学生在！"

蒋介石："电告阎锡山，黄樵松被捕之后不得在太原处理，要派专人送到南京来，交由南京审判。"

蒋经国："对！一定要严防阎锡山排斥异己。"

蒋介石："同时电告阎主任，要重奖立功者戴炳南师长：一、由他接任第三十军军长之职；二、赏银洋三万元；三、请阎主任把那个叫哈德门的女人赏给他做小老婆。"

毛人凤："是！"

蒋经国："父亲，三万银洋可是个不小的数字啊！"

蒋介石："我当然知道！在电告阎主任的时候特别说明，这三万银洋由太原绥署解决。"

毛人凤："是！"

蒋介石："鉴于黄樵松反叛事件的发生，阎主任就不要来南京出席作战会议了！"

毛人凤："是！"

郭汝瑰走进："校长！傅作义到达南京之后，是您先单独和他谈话，还是与会者一块参加？"

蒋介石断然地："不！先由我与何部长和他谈。"

南京　国际部作战厅　内　日
傅作义、何应钦坐在沙发上静静地品茶。

蒋介石在蒋经国的陪同下走进。

傅作义、何应钦站起，异口同声地："总统！"

蒋介石客气地伸出双手："坐下，坐下。"

傅作义、何应钦应声落座。

蒋介石坐下之后，说道："国防部开了几天会议，主要是商讨华北未来的作战方针。下面，先请何部长谈一下他们商议的作战方针。"

何应钦："关于华北作战方针，国防部提出了两个方案。第一方案是乘华东共匪正集中兵力进行淮海战役、济南地区防守薄弱的有利时机，傅总率部南下袭取济南。"

傅作义严厉地反驳道："何部长，你想过没有？我率近五十万大军自平津地区南下济南，经过近千里的共匪统治区，沿途必遭重大损失。再说，我这五十万人马到了山东以后，谁能保证给养和弹药呢？"

何应钦："所以我们又想到了第二个方案，请你率部径行南撤，第一步海运青岛，第二步再海运江南。蒋总统明示：委你负责东南军政之全权。"

蒋介石："守护长江，拱卫京沪，非宜生莫属。"

傅作义："何部长，我们的海运有这样大的运输能力吗？再说，渤海湾很快就到了冰冻期，时间上来得及吗？"

何应钦尴尬地："那你说该怎么办呢？"

傅作义："我认为，固守华北是大局，退守江南是偏安，非不得已时，不应南撤。"

何应钦："如东北、华北两大共匪联手进攻平津呢？"

傅作义："首先，东北共匪历经辽沈会战，没有三到五个月的休整，是不可能入关的；其次，华北共匪只有三个兵团二十多万人枪，如果再去掉包围太原的徐向前兵团，华北共匪就不足二十万人枪了。因此，共匪不大可能对华北的国军构成威胁！一句话，我早就抱定固守平津唐依海作战的方针，与华北的共匪一决雌雄！"

蒋介石："很好！我的意见是，应采取暂守平津，控制出海口的方针。以一部分兵力守备北平，以主力确保津沽，一旦华北不能支持时，就经海上南撤！"

傅作义："我同意总统的意见。"

何应钦很不高兴地："请问，我们将何以支撑即将爆发的徐蚌会战呢？"

蒋介石："为解决即将爆发的徐蚌会战兵力不足的问题，我决定将东北战场上剩下的三个军十一个师，全部转运到华东。宜生，你自应同意吧?"

傅作义:"总统,您是知道的,华北国军的兵力远不及徐蚌地区。再说,就近用兵是兵家的惯例,因此,理应将这三个军十一个师全部转运到平津地区。"

蒋介石极力控制自己的情绪,以命令的口吻说道:"那就这样吧,原属于华北的国军,立即归建;属于中央的国军,也立即归建!"

傅作义听后愕然,不知该如何作答。

郭汝瑰走进:"校长!有紧急的军情报告。"

蒋介石:"讲!"

郭汝瑰:"据内线报告,毛泽东于近期就要下达发起淮海战役的命令!"

与会者大惊。

西柏坡　中央军委作战室　内　日

一幅人工绘制的淮海战役地图悬挂在大墙上面。

毛泽东驻足墙下,用心地看着不同颜色的作战符号。

周恩来、朱德走进,一看毛泽东专心致志观看作战地图的样子,二人相视会意地点了点头。

周恩来:"主席!先停一下,有几件大事需要向你通报。"

毛泽东转过身来:"那就说吧!"

周恩来:"由于戴炳南叛变,黄樵松军长被阎锡山逮捕,现关押在太原。"

毛泽东:"我们的同志呢?"

朱德:"随黄军长属下进入太原的晋夫等同志,也被阎锡山逮捕关押。"

毛泽东怆然长叹一声:"凶多吉少!幸好没有同意胡耀邦、高树勋二人进入太原策反,不然损失就大了!"

周恩来:"蒋介石在南京召开作战会议的同时,他在夫人宋美龄的参谋下，把竞选总统的宝押错了。据报，继续留任的杜鲁门十分生气，公开拒绝给蒋介石军援！"

毛泽东漠然一笑："我早就讲过，蒋介石所代表的官僚资产阶级的通病，那就是一个个都得了软骨病，把自己的政权，甚至个人的命运全都交给美国人。"

朱德："可以断言，他们还要把自己的骨头埋在美国的土地上！"

毛泽东："这我们管不着！但是，我们必须从现在起，要给党内、党外以及某些知识分子打预防针，第一，不要怕美国，他们都是纸老虎！第二，要把胸脯挺起来，只有自力更生，才能建设一个属于中华民族的新中国！"

周恩来："主席说得对！我们就是要挺直腰板，做一个堂堂正正的中国人。"

朱德："主席，老蒋在南京召开的所谓作战会议吵了四天，于今日——11月6日结束，傅作义舌战群儒，拒绝率兵南下，参加所谓的徐蚌会战。"

毛泽东："这在所料之中！接下来，我们还得准备和傅作义较量一番。"

周恩来："这恐怕是一场特殊的决战，我们需要同时在文武两个战场上作战！"

毛泽东："这是不言而喻的，也是我们的共识。"

朱德："就武场戏而言，华北第二、第三兵团是完不成这么重大的任务的，必须急调林彪所部入关。"

毛泽东："是啊！也只有在大军压境或兵临城下的态势中，我们的文场戏才会唱得有声有色。因此，要我们潜伏在北平的地下党组织，要全面地掌控傅作义的一举一动。"

周恩来："是！"

毛泽东："陈毅、粟裕同志准备好了吗？"

周恩来："就等着主席下命令了！"

毛泽东："好！明天——也就是 11 月 7 日，淮海战役正式打响！"

蒋介石官邸客室　内　日

蒋介石越发地苍老了，他独自一人在室内缓慢踱步，不时地微微摇头。

郭汝瑰慌张地走进："校长！毛泽东突然下达了徐蚌会战的命令，战斗一开始……"

蒋介石震怒地："不要慌张！这是在所料中事，只是他毛泽东早了几天下达作战命令！"

郭汝瑰："是！不过……"

蒋介石："不过什么？讲！"

郭汝瑰："今天——11 月 8 日，第三绥靖区之第五十九、第七十七军大部，约两万余人，在副司令何基沣、张克侠率领下投共，这就等于把徐蚌会战的北大门给打开了！"

蒋介石愕然不语，遂又昂起头，以命令的口气说道："电令前线负指挥之责的杜聿明，要严查西北军有通共嫌疑的将领，不要再出现率部投共的事情发生。"

郭汝瑰："是！"

蒋介石："你们要和毛人凤合作，谨防傅作义属下在关键时刻通共！"

郭汝瑰："是！"转身走出客室。

蒋介石怅然叹了一口气，自语地："苍天啊！你难道不知道初战的重要吗？"

有顷，陈布雷拿着一纸文稿走进："蒋先生！致杜鲁门总统的贺电写完了，请您审定。"

蒋介石接过贺电文稿很快阅毕，不高兴地："陈先生，今天是几号了？"

陈布雷："8 号！等您审定以后明天发，所以我写的是 11 月 9 号。"

蒋介石不悦地："你忙晕了吧？行书国家公文，应该写中华民国三十八年十一月九日。"

陈布雷："是，是！蒋先生，最近我寝食不安，神经衰弱，恐怕很难再为您草拟文电了。"

蒋介石："我知道你身体不好，要多休息几天，我离不开陈先生，党国更离不开陈先生啊！"

这时，宋美龄从内室走出："陈先生，你应当把夫人、女儿陈琏接回南京，要有点家庭的温暖嘛。"

陈布雷摇了摇头："谢夫人！她们母女是不会再回来了！"

宋美龄："放心，我亲自请她母女回南京。"

陈布雷："谢夫人！"转身走出客室。

蒋介石拿着手中的贺电："夫人，杜鲁门总统还会相信这封贺电吗？"

宋美龄："信不信由他，发不发在你。"她沉吟片时，自信地，"达令！为了和杜鲁门总统领导下的政府修好，我愿视机再度访美。"

蒋介石："谢谢夫人！"他说罢走到窗前眺望长空。

宋美龄惊诧地："达令！你在想什么？"

蒋介石："我在想毛泽东的下一步棋出什么……"

西柏坡作战室　内　日

朱德激动地说："老毛！何基沣、张克侠率部起义，对战局影响极大，使敌人原来的部署大为混乱。这是兵家大忌！特别是对大部队而言，更是难以马上调整好。"

毛泽东："何、张二人战场起义，可称是淮海战役的第一大胜利！"他看了看朱德、周恩来兴奋的表情，"可惜啊，像我们这些人只能建功立业，而不能立功受奖。不然，我就建议中央给恩来记特等功！"

周恩来："主席不是说过吗？为了新中国，我们什么都可以舍弃！事实上，主席已经为新中国献出五位亲人了！"

毛泽东动感情地说："不讲这些事了，我建议新中国成立以后，在适当的时候公布他们的党员身份，让我们的后人永远记住，他们为新中国做出的特殊功勋！"

朱德："我同意！老毛，我提议为淮海战役初战告捷，由你请我和恩来吃点什么？"

毛泽东："我早想好了，中午，请你们二位吃碗热汤面。"

周恩来："好啊！如果能加一个鸡蛋就更好了。"

毛泽东笑着说："放心！"

西柏坡小餐厅　内　日

毛泽东一边吃热汤面一边说："淮海战役初战胜利，应该是文武场戏相结合的成果。再说，刘伯承、邓小平很快就会率部东指，与陈粟合兵一处。因此，我们三人关注的战场应该转向平津了！"

朱德："对！只有谋在先，才能战必胜。"

毛泽东："今天，我们三个人先研究未来平津战役的文场戏。换句话说，先请恩来谈谈北平地下党是如何做傅作义的工作的。"

朱德："好！恩来谈，我和老毛边吃边听。"

周恩来："据我所知，中共北平地下党组织，主要通过三条渠道去做傅作义的工作。第一条，是通过傅作义的女儿，中共地下党员傅冬菊。"

朱德："了不起，连傅作义的女儿都是我们的同志。"

周恩来："傅冬菊的公开身份是天津《大公报》的记者，为了开展对傅作义的工作，中共中央北方局城工部刘仁同志指示天津地下党组织，把她和爱人周毅之同志调驻北平当记者。前些天，傅冬菊又根据组织的决定，以照顾傅作义生活为由，调回傅身边工作。"

毛泽东："她的爱人周毅之也是党员吧？"

周恩来："是的！"

毛泽东："傅冬菊向她父亲谈起和我们合作的事了吗？"

周恩来："谈了，傅作义表示可以考虑合作。"

朱德："有希望！那第二条渠道呢？"

周恩来："第二条渠道是通过傅作义的老师、少将参议刘厚同老先生。"

毛泽东："我知道这位刘厚同老先生，他参加过辛亥革命，具有民主思想。"

周恩来："更为重要的是，他与傅作义私交很深，他的女儿刘杭生是中共外围组织的成员，由崔月犁等同志负责做工作，再由其父去影响傅作义。"

毛泽东："也有希望！"

周恩来："第三条渠道是通过中共地下党员李炳泉的堂兄李腾九做傅作义的工作。"

朱德："这个李腾九就是傅作义的联络处长吧？"

周恩来："对！他是与傅作义能说上话的少数几个人之一，先是由李炳泉做李腾九的工作，然后再由李腾九做傅作义的工作，据说很有成效。"

毛泽东："恩来，你怎么忘了，我们还有一条隐性的渠道嘛，那就是我的老师符定一，燕京大学教授、民盟北平负责人张东荪先生，他们表示愿意做傅作义的工作。"

朱德："很好！"

毛泽东："四管齐下，必有成效。恩来，立即电告相关组织和人员，首先让他们摸到傅作义真实的政治态度。"

北平　傅作义官邸客室　内　夜

傅作义身着便装，驻足窗前，痴然地望着沉沉长空，似陷入痛苦的凝思。

傅冬菊端着一碗红枣小米粥走进客室，关心地说道："爸！这是用家乡的小米和红枣煮的粥，快趁着热喝吧。"

傅作义淡然地："冬菊，先放在桌上吧！"

傅冬菊把这碗小米红枣粥放在桌上，噘着个嘴说道："爸！您心里有天大的事，也得吃饭啊！"

傅作义转过身来，叹了口气说道："冬菊，先不谈吃饭的事，好吗？"

傅冬菊生气地："不好！因为我的任务是照顾您的生活。"

傅作义微微地摇了摇头，遂又轻声地叹了口气。

傅冬菊："爸！别唉声叹气的，世上哪有女儿不听爸爸的。有什么不便向别人说的，您就对着女儿说！"

傅作义："冬菊，你对蒋总统是怎么看的？"

傅冬菊："他呀，是一个只爱美人不爱江山的人！"

傅作义："你怎么能这样说呢？"

傅冬菊："这是事实嘛！蒋经国秉承他的旨意在上海'打老虎'，他赞扬自己的经儿雷厉风行，有自己当年北伐的气魄。可是，当打到蒋夫人的心肝宝贝孔令侃的时候，他就只好向这位宋家小妹投降，命令他的经儿停止'打老虎'，搞得物价就像是断了线的风筝，一个劲儿向上攀升！"

傅作义感叹地："你真不愧是当记者的！"

傅冬菊撒娇地："爸！我说的不是事实吗？"

傅作义："是事实！可惜啊，如今敢在我面前说实话的人越来越少了。"

傅冬菊："因为他们都是你的部属，想当官，不敢在您的面前讲实话。女儿是记者，而记者的天职就是为老百姓说话，所以女儿就得说实话。"

傅作义："那你也把父亲当成老百姓，给我也说点实话，行吗？"

傅冬菊："不敢！"

傅作义："为什么？"

傅冬菊："怕您说我通共。"

傅作义再次怆然地叹了口气："时下的父亲，真希望你通共，最好还能通毛泽东啊！"

傅冬菊："真的？"

傅作义深沉地点了点头。

傅冬菊："爸！我给你说心里话，女儿不通共，可我认识通共的人，我没见过毛泽东，可我认识的人中有认识毛泽东的人。"

傅作义："谁？"

傅冬菊："请爸爸原谅，碍于职业的操守，我不能告诉您。"

傅作义："那你能告诉我什么呢？"

傅冬菊："我可以如实地告诉您，南京的那位总统的日子啊实在是不好过，内外交困，分崩离析，徐蚌会战的战场上的黄百韬——"

傅作义生气地："不要说了！"他看着委屈的傅冬菊，说道，"冬菊，不要生气，这些事我都知道。"

傅冬菊生气地："你不知道！南京日前通过《修正金圆券发行办法》等所谓规章，结果，一夜之间金圆券对银元的比率由二比一降为十比一——"

傅作义再次生气地："不要说了，我们北平还不是一个样嘛！"

傅冬菊生气地转身走去。

傅作义沉思良顷，自语地："气数已尽了啊……"

南京大街　外　日

南京大街两旁商店的门前，百姓们在哄抢食品。

一辆黑色的轿车艰难地行驶在街道上。化入车内：

陈布雷手里拿着一张报纸，伤心地看着车外百姓抢购物品的情景，遂无比伤感地摇了摇头。

画外音："真是百无一用是书生啊，我还能做些什么呢？我只能再为党国、再为蒋先生尽一次忠了……"

蒋介石官邸客室　内　日

蒋介石坐在沙发上，一点精气神都没有了！

宋美龄从内室走出，沮丧地："达令！杜鲁门总统回信了，他、他……"

蒋介石："夫人，坚强些，我早就料到他会拒绝我的请求。但是，他领导的美国政府会一步一步地失去中国。"

宋美龄："可来自美国的朋友说，杜鲁门此举是逼你下台，让李宗仁当代总统。"

蒋介石冷然作笑："这更是一大笑话！李宗仁……"

毛人凤走进，双手捧着一纸文稿："校长！这是沈醉起草的刺杀李宗仁的计划，请您裁夺。"

蒋介石接过文稿，用心审阅。

毛人凤转身离去。

宋美龄："达令，方才陈布雷先生打来电话，说是有重要的话和你谈。"

蒋介石："他不是身体不好吗？"

宋美龄："他说再向你进一次逆耳的良言就休息。"

蒋介石一怔，自语地："什么，他再向我进一次逆耳的良言就休息……"

总统官邸会客室　内　日

陈布雷拿着一份《文汇报》在室内无力地踱着步子。

蒋介石款步走进，关切地说："陈先生，有什么逆耳的良言啊，值得你拖着病躯找我说！"

陈布雷双手展开《文汇报》，一幅漫画的特写：

杀气腾腾的武松，抡起斗大的拳头往下打，打的却是一只咪咪叫的猫。标题：新武松。

陈布雷："蒋先生，你看到这幅漫画了吗？"

蒋介石猝然拉下脸来："看了！"

陈布雷："这是在讽刺经国在上海'打老虎'啊！"

蒋介石沉默不语。

陈布雷激动地："蒋先生！党国正处在艰难危厄中，你要告诫所有的党国要人，都要明白这样一个道理：覆巢之下，安有完卵？"

蒋介石："是的，是的……"

陈布雷："金圆券发行失败了，东北会战业以我方失败而告终，时下徐蚌会战开局不利，很快又会陷入逆境……"

蒋介石猝然大怒："好了！好了！等到中政会上再说，好吗？"

陈布雷停下了，当他再一看蒋介石的表情，遂又鼓足勇气说道："我的夫人曾对我说过这样一句牢骚：'我们为了守法，牺牲了国家利益，牺牲了个人利益，却便宜了不法的金融家。'我想您……比我更清楚吧？"

蒋介石无奈地点了点头。

陈布雷："我的意思是很简单的，国家处于危难之中，平抑物价，需要大量的钱财；支撑这样大的军事会战，也需要大量的钱财。可是，我们的国库入不敷出，只有请党国中最有钱的四大家族——"

蒋介石震怒地："停！什么四大家族、五大家族的！"

陈布雷从激情中醒来，愕然地看着蒋介石。

定格　叠印字幕：第二十九集终

第三十集

南京　总统官邸会客室　内　日

陈布雷愕然地看着蒋介石。

蒋介石："你怎么和共产党说一样的话？"

陈布雷："这……"

蒋介石："这就不要再往下说了！"

陈布雷："是……"

蒋介石："你呀，是不是脑力衰弱得不够用了，怎么老是和我唱对台戏？！真是书生误事，你去休息吧！"

陈布雷无限悲凉地："我这就去休息，我这就去休息……"他摇晃着清瘦的身躯呆呆地走去了。

蒋介石看着陈布雷的背影，五味杂陈地叹了口气。

陈布雷的书房　内　夜

陈布雷坐在书桌前，吃力地写着。画外音：

"介石总裁钧鉴：布雷追随二十年，受知深切，任何痛苦，均应承当，以期无负教诲。但今春以来，目睹耳闻，饱受刺激，入夏秋后，病象日增，神经极度衰弱，实已不堪勉强支持……"

陈布雷放下毛笔，吃力地站起，望着窗外夜空，泪如雨下。抽泣的画外音：

"值此党国最艰危之时期，而自验近来身心已毫无可以效命之能力，与其偷生尸位，使公误以为尚有一可供驱使之部下，因而贻误公务，何如坦白承认自身已无能为役，而结束其无价值之一生……"

陈布雷终于平静下来，用衣袖擦拭泪痕，然后打开抽屉，取出一瓶安眠药片，打开瓶塞，倒在手中。

陈布雷越发地平静了，他把手中的药片放入口中，然后端起盛满白水的茶杯，把药片送入腹中。

陈布雷一步一步地走到床前，倒在床上，微微地合上双眼。传出越来越弱的画外音：

"回忆许身麾下，本置生死于度外，岂料今日，乃以毕生尽瘁之初衷，而蹈此极不负责之结局。书生无用，负国负公，真不知何词以能解也。夫人前并致意。部属布雷负罪，谨上……"

南京街头　外　晨

南京大街，朔风吹得地上零星片纸忽上忽下，好不惨然。

一辆黑色的轿车疾驶而来，化入车内：

王允默、陈琏母女坐在后排座位上，高兴地交谈着。

陈琏："妈！回到家以后，我们给父亲做什么早餐？"

王允默："西餐！你是知道的，你爸爸的名字布雷，就是英文面包。"

陈琏："咳！走得匆匆，我忘了给父亲买一瓶美国产的花生酱了。"

王允默："你只要有这份心，你爸就高兴了。"

陈布雷家的客厅　内　晨

偌大的客厅空空如也，好不凄凉。

随着屋门咣当一声打开，陈琏高兴地喊道："爸！我和妈妈从上海回来了！"

屋中无人回答。

陈琏："妈！怎么没人啊？"

王允默："他可能还睡觉呢！"

王允默、陈琏放下手中简便的行囊，走进卧室一看：

陈布雷十分安详地躺在床上。

陈琏边喊"爸！"边扑到床边一摸陈布雷的嘴鼻，惊愕地哭喊："妈！我爸没有气了！"

王允默惊叫了一声："布雷！"遂扑到陈布雷的遗体上失声地哭了。

蒋介石官邸客室　内　晨

官邸客厅静悄悄的，因窗幔挡光，显得有些昏暗。

蒋经国快步走进这昏暗的客厅，举着陈布雷的遗书说道："父亲！布雷先生突然在家病逝了。"

蒋介石一边说着"不可能！不可能……"一边穿着睡衣走出卧室。

蒋经国："父亲！这是布雷先生写给您的遗书。"

蒋介石接过遗书一看，近似啜泣地说道："陈先生！陈先生！你不能在这种时候舍我而去啊……"

蒋经国："父亲，节哀。"

宋美龄穿着睡衣从内室走出："经国！你知道陈先生病逝的原因吗？"

蒋经国指着蒋介石手中的遗书："陈家没有说明，只有给父亲留下了一封遗书。"

蒋介石："经儿，等父亲换好衣服，陪着父亲向陈先生的遗体告别去。"

陈布雷的书房　内　日

陈布雷依然是安详地躺在床上，只是遗体上罩了一件白色的床单。

王允默跪在床头失声痛哭。

陈琏扶着母亲泪如雨下，只是凄然地叫着"父亲……"

蒋经国挽着蒋介石走进书房。

蒋经国低声地说道："王阿姨，我父亲向陈先生的遗体告别来了。"

王允默慌忙站起，边擦拭泪水边说："谢谢蒋先生！"遂又忍不住地哭了。

蒋介石走到床前，悲痛地看着陈布雷的遗体，禁不住地潸然泪下。他摘掉黑色礼帽，向陈布雷的遗体深深地鞠了一躬。

接着，蒋经国也向陈布雷的遗体深深地鞠了一躬。

蒋介石怆然地："嫂夫人，好好地料理后事。我派军务局长俞济时和政务局长陈方来帮助你们。"

王允默："谢谢蒋先生！"

蒋介石转身看见了陈琏："听话，向你爸爸学习，好好地照顾你母亲。"

陈琏："我会的。"

蒋经国挽着蒋介石缓缓地走去。

陈布雷的大门前　外　日

一辆黑色轿车驶来，戛然停在门前。

侍卫跳下轿车，打开后门。

宋美龄身着黑色的礼服，胸前别着一朵白花步出轿车，很有气质地走进大门。

陈布雷书房　内　日

王允默仍然跪在床头前，失声地哭喊着："啊！布雷，布雷，我跟你去，人生总有一死，我的心已经死了……"

陈琏依然泪眼模糊地看着陈布雷的遗体，同时双手扶着母亲王允默。

宋美龄悄然走进书房，看着这悲惨的情景，听着这撕裂心肺的哭声，忍不住地落下泪水。

陈琏看见了前来吊唁的宋美龄，哽咽地："母亲！蒋夫人来看你了。"

王允默急忙站起，边擦拭泪水边抽泣着说："谢夫人！"

宋美龄低沉地说："陈先生不幸逝世我是很悲哀的！我代表总统向你们全家表示慰问。"

王允默："谢谢夫人，谢谢总统！"

宋美龄："总统说了，对陈先生拟举行国葬。"

王允默："先生不幸逝世，允默哀痛昏迷，方寸已乱。唯思先生一生尽瘁国是，衷心恳求惟以国家人民为念，而立身处世，尤向崇俭朴淡泊，故丧葬诸事，深望能体其遗志，力求节约……"

宋美龄不悦地："这是总统的意思，有什么困难，我们会帮着解决的。"

王允默："先生生前因爱杭州山水之秀，曾于范庄附近购地一方，并有终老故乡之想。故长眠之地，拟宜择定杭州，并在该地筑造一普通平民之简单墓穴，碑刻'慈溪陈布雷先生之墓'，不必镌刻职衔，以遂其平生淡泊之志。"

宋美龄："可以。"

王允默："先生生前遗言谓，书生报国，恨无建树，且今日国家变乱，人民流离失所，故国葬公葬之议，务请夫人及诸先生婉为解释辞谢。"

宋美龄动容地："我会向总统说的！"她转身看见陈琏，操着长辈的口吻说，"陈琏，你应守家尽孝，有什么困难，就来找阿姨。"

陈琏："谢谢夫人。"

宋美龄转过身去，轻轻地擦拭泪痕，遂款步离去。

蒋介石官邸　内　夜

蒋介石在室内边踱步边凝思，远方不时地显现出陈布雷的不同画面。

蒋介石突然停在书桌前，展纸挥毫，特写：

当代完人

郭汝瑰突然闯进，惊恐地说道："校长！刘邓共匪于 15 日突然发起对宿县的进攻！"

蒋介石闻之大惊："黄百韬兵团呢？"

郭汝瑰："完全被陈粟共匪包围在碾庄圩地区。"

蒋介石："邱清泉和李弥的两个兵团呢？"

郭汝瑰："被共匪阻止在徐州以东地区！"

蒋介石发疯似的怒吼："立即命令空军、炮兵向共匪阵地猛烈轰炸！"

郭汝瑰："是！"转身快步离去。

蒋介石驻足原地，气得说不出一句话来。许久，他恶狠狠地自语："毛泽东啊毛泽东……"

西柏坡　中央驻地大院　外　晨

毛泽东在院中打着简易的太极拳，似在想着天下事。

警卫员小高、小李抬着一架美式收音机走出屋门，放在一张椅子上，遂又打开开关，送出肖邦的《葬礼进行曲》的钢琴声。

毛泽东停止打太极拳，转过身来，静听收音机传出的男播音员的话声：

"陈先生的遗体当日移入中国殡仪馆。15 日申时大殓。故中委陈布雷先生遗体即入四壁素联、鲜花丛之灵堂内举行大殓。蒋总统偕夫人于上午 11 时步入灵堂，亲临吊唁。总统在陈委员遗像，为其二十多年来之知己，默念约一分钟，始缓缓退出。总统并挽'当代完人'横匾一幅，悬挂灵堂上端，蒋夫人献鲜花两束……"

周恩来缓步走进："主席！听后有何感想啊？"

毛泽东随手关掉收音机，无限感慨地说："陈布雷先生之死，使我想起了中国数千年为士的命运。当年，诸葛亮终其一生践行了八个字：鞠躬尽瘁，死而后已！而这八个字却影响了一代又一代的大儒、中儒，甚至小儒。"

周恩来："布雷先生终其一生，对蒋介石也践行了八个字：知遇之恩，从一而终。"

毛泽东："你说的很对！我知道布雷先生是很早的，建党初期，我在上海协助陈独秀总书记工作，那时他好像是《天铎报》的大笔杆子，他的文章写得不仅立论严谨，而且文风秀美，影响了很多人。"

周恩来："他就是到了晚年也保持了这些风格。"

毛泽东："北伐攻下武昌不久，蒋介石需要一位能和汪精卫打擂台的笔杆子，就找到了郭沫若，希望他能辞去政治部主任之职，给他当文胆、写手。这时，郭沫若对蒋有了看法，坚辞不就，遂推荐了陈布雷。"

周恩来："主席说的是对的！当年，我在重庆为郭老操办五十大寿的时候，陈布雷破例送了一份厚礼。事后，听郭老说，他可能还记得当年我向蒋某人荐贤一事吧！"

毛泽东："从性格即命运来说，这就是陈布雷啊！"

周恩来："还有两件事主席可能不知道：一、重庆谈判结束之后，主席回到了延安。你送给老友柳亚子先生的词《沁园春·雪》在报刊上发表了，蒋看后十分生气，声言要杀杀主席的威风。那些反共的文人闻风而动，发表了上百首和诗，最后，以无声无息而结束。那时，陈布雷说了一句话：润之先生的《沁园春·雪》是千古绝唱啊！"

毛泽东："谢谢布雷先生的夸奖！那第二件事呢？"

周恩来："当年，我奉命自南京梅园新村回延安的时候，陈布雷先生突然赶来送行。"

毛泽东笑了："他会说些什么呢？"

周恩来："他对我说，令他不安的是，听说他的儿子陈远、女儿陈琏和我党关系亲密。对此，我也没有办法，就像我当年那样，我的父亲反对我追随孙中山闹革命，可我呢，依然按照自己的意愿走到今天。"

毛泽东："目的是什么呢？"

周恩来："他说，事情的本相果如斯，希望周公能多多关照。"

毛泽东笑了："大有托孤之意啊！"

小高走出屋来："主席！周副主席！你们二位不怕冷，可早饭是冷不得啊！"

毛泽东："好！恩来，吃早饭去。"

毛泽东的办公室　内　日

毛泽东、周恩来分坐在办公桌两边，每人端着一碗红薯粥边吃边谈。

毛泽东："当时，你对这位陈布雷先生讲了什么呢？"

周恩来："简单，我说，世人皆知布雷先生是蒋先生的文胆，我也很欣赏陈先生的才气，我以浙江同乡的身份想对先生说句话：如果先生的笔不是为一人而用，而为更多的人用那该有多好啊！"

毛泽东："说得好！我相信你这位乡兄只能喟叹不已！"

周恩来："不幸被主席言中！追根溯源，恐怕还是出在知遇之恩，从一而终上。"

毛泽东："因为这是儒家学说的最高境界！但是在我看来，这是极其害人的！举例说，他们的道德标准，为了报答知遇之恩就要鞠躬尽瘁，死而后已；而我们共产党人与之相反，是看你的行为是推动了历史，还是阻碍了历史，这才是我们最高的行为规范！"

周恩来："我赞成主席的意见！"

毛泽东："当然，我也很看重知遇之恩的！比方说，我的恩师符定一先生受傅作义之托来到了石家庄，想探听我们的态度，我真的很想去石家庄，执弟子之礼。"

周恩来："但是，他这次石家庄之行是负有政治使命的，更何况和他同来的彭泽湘打着李任潮先生的旗号，又大谈第三条道路，所以主席是不能前去执弟子之礼的！"

毛泽东："这恰好说明，感念知遇之恩是对的，从一而终是错误的。"

周恩来："但是，我相信不仅蒋介石会把布雷先生奉为当代完人，而且我国那些为士者还会赞美布雷先生的品格。"

毛泽东："这就是中国传统知识分子的一大悲剧啊！我们是政治家，只能按照政治家的方式行事！"

周恩来："等荣臻同志和他们见面之后，我一定给主席安排好执弟子礼的机会。"

西柏坡　毛泽东的院中　外　日

警卫员小高拿着扫帚轻轻地扫院子。

周恩来快步走进大门，有些着急地问："小高，主席起床了吗？"

小高："早起了！他一个人跑到伙房去做饭了。"

周恩来一怔："什么，去伙房做饭了？"

小高："对！"

周恩来生气地："胡闹！你快去替主席做饭，我有要紧的事和他谈。"

小高："主席说了，就是老天爷来了，也不能让他停下来做这顿饭。"

周恩来："为什么？"

小高："主席说了，他的第一位恩师到了，要执什么弟子礼，非要下伙房做饭、炒菜，招待他的恩师符定一。"

周恩来："你呀，就不怕主席把饭做烟了、把菜炒老了？"

小高用手一摸脑袋："我真没想这些。"

简易的伙房 内 晨

毛泽东穿着一件便装，围着一条破旧的围裙，弯着腰用扇子扇火炉，可见火苗一起一起地向上蹿。

另一个火炉上坐着一只砂锅，冒着热气。

火炉旁边有一张案板，上边放着切好的肉丝和红红的辣椒丝，旁边还放着几个烤好的烧饼。

周恩来走进伙房，笑着说："主席！我认识你二十多年了，可从来就没有见过你炒菜、做饭啊！"

毛泽东："这一次不就让你赶上了吗？"

周恩来："可我有最紧要的事和你商谈。"

毛泽东站起身来，把扇子递上，说道："来！你一边给炉火加氧一边说，我一边炒菜一边听，等这盘辣椒炒肉丝炒成了，我们就一块再议！"

周恩来接过扇子看了看火势，说道："炉中的火很好嘛，我看就不用扇了。"

毛泽东："不行！按照我们湖南的规矩，肉丝炒辣椒非得爆炒才好吃！不要怕累，扇！"他边说边把锅放在炉火上，然后又向锅中倒了许多麻油。

周恩来蹲在地上，拿着扇子有节奏地扇了起来。

毛泽东："讲啊！"

周恩来："好，我讲。"他抬起头说道，"方才，我收到南京地下党发来的绝密电，报告美国为了策动傅作义南下，特派驻华大使司徒雷登偕胡适于近期秘密飞赴北平，会晤傅作义。"

毛泽东立即蹙起了眉头，沉吟片时，果断地说："立即电令林彪、罗荣桓，要他们停止休整，于 23 日以前率东北野战军秘密入关！"

周恩来："唯有如此，才能把傅作义集团抑留在华北！"他抬头一看，特写：

炒锅中的油已经燃烧起来。

周恩来着急地说："主席！快把肉丝放进炒锅里。"

毛泽东急忙用双手捧起肉丝往锅里一扔，只听"唰"的一声，炒锅中的火苗熄灭了。

周恩来笑着说："主席啊，这回可谓是爆炒了！"

毛泽东叹了口气，说道："好什么，应该先放葱花。"

周恩来："没关系，接着再把葱花放进去一块炒！"

毛泽东无奈地用菜刀把葱花放进炒锅里，一边拿着铲子炒一边说："程序错了，这盘辣椒炒肉丝保证变了味！"接着，他又把切好的辣椒丝放进锅里，有些得意地炒起来。

周恩来被辣椒呛得大咳不止，遂取出手帕擦拭眼泪。

毛泽东笑着说："看起来，江浙人不如湖南人能吃辣吧？"他突然也被辣椒呛得流出了眼泪，但依然炒下去。

周恩来看着毛泽东难受的样子："主席，算了吧，还是让小高他们来炒吧！"

毛泽东倔强地："这是招待我符定一恩师吃的，怎么能让别人代劳呢！"

毛泽东的大门外　晨

东方的朝晖渐次染红了长空，显得是那样地壮美。

毛泽东围着黑色的毛织围巾站在门口，任凭朔风吹乱自己的头发。

周恩来身着黑色的大衣，不畏劲吹的朔风站在毛泽东的身边，二人严肃地交谈着。

毛泽东："太行山的北风还是蛮厉害的。当年，我们过雪山的时候也未觉得有这样冷啊！"

周恩来："那时，你刚刚四十开外，我还不到四十，身体是很健壮的时候，当然抗冷。"

毛泽东："恐怕还有其他的因素，不然像我党的五老怎么也没说过雪山有多冷啊！"

周恩来："心理作用也是一个因素。"

毛泽东："这需要我们的心理学家做出结论。"他喟然长叹了一口气，感慨地说道，"他日我们进了北平，在为人民执掌天下的时候，还能不能像今天这样，迎着北风等待昔日的恩师和友人的到来呢？"

周恩来："主席触景生情，想得很远啊！"

毛泽东："这两天，发生了三起和知识分子有关的事情，也让我想了许多。"

周恩来沉重地："如果我没猜错的话，一起是陈布雷的自杀，一起是符定一来西柏坡，还有一起那就是胡适陪着司徒雷登北来会见傅作义。"

毛泽东："知我者，恩来也！我们入主北平之后，还有为数不少的高级知识分子，虽然做不到像陈布雷先生那样为所谓党国、为他们的蒋公尽忠，但也会拿着蒋某人某些局部的长处和我们相比，得出今不如昔的结论！"

周恩来："这是一定的！"

毛泽东："还有不少像胡适那样买办阶级的代言人，千方百计地——说不定还是顽固地让我们按照他们的意愿走美国的道路！"

周恩来："恐怕还会发展到要我们改变我们党的方针、路线——甚至是明火执仗地和我们斗争。"

毛泽东："那我们不怕！当然，更多的是像我的老师符定一这样爱国的知识分子……"

远处传来汽车的马达声。

周恩来："主席！符老到了。"

毛泽东："欢迎！欢迎！"遂走下台阶。

一辆吉普车戛然停在大门前。

毛泽东急忙打开吉普车后门，边说："符老师好！学生毛润之偕恩来同志欢迎您了。"边把符定一扶下车来。

符定一："润之！我们是师生相见，你还把周公请来，我实在受用不起啊！"

周恩来："符老为国、为民，从北平跑到西柏坡来，我还不应该前来欢迎你吗？"

毛泽东转身指着大门："符老，请！"旋即搀扶着符定一走进大门。

简朴的餐厅　内　日

毛泽东双手把砂锅放在餐桌的中央，然后又把那盘肉丝炒辣椒放在靠近上座的一边。

周恩来把三个粗瓷大碗摆在餐桌的三边，并放好筷子。

小高端着一个用柳条编的小篮走进，往桌上一放，大声说："这不是我们家乡吃羊肉泡馍的馍，是西柏坡卖的缸炉烧饼！"

毛泽东一摆手："去，去！不准瞎说，没有人把你当哑巴给卖了！"

小高噘着个嘴说道："我说的是实话嘛！"转身走了出去。

恰在这时，叶子龙引符定一老先生走进，他半开玩笑地说道："符师爷驾到！"

毛泽东急忙迎过去，搀着符定一走到餐桌的主座前，客气地："符老师，请上座。"

符定一："不！不……你是主席，你坐上座。"

毛泽东："长者为上，这是中华民族的光荣传统！"

周恩来："符老，您就安心地坐吧。"

符定一："那我就倚老卖老了！"遂坐在上座。

毛泽东："符老师，您还记得当年访问延安临别时对我说过的话吗？"

符定一："记得！我说延安的羊肉泡馍好吃。您说，下次见面的时候，要亲手给我做一餐羊肉泡馍。"

毛泽东打开砂锅："看！这就是我亲手做的泡馍用的羊肉汤，可惜没有延安的馍，只有西柏坡的缸炉烧饼。"他边说边为符定一盛了大半碗羊肉汤。

符定一："你还像过去当学生的样子，言而有信。好！我就在西柏坡吃你做的羊肉泡缸炉烧饼！"他拿起一个缸炉烧饼边掰边往碗中放。

周恩来有意地："符老，您先看看这盘肉丝炒辣椒，也是主席专为您炒的。"

符定一看了看，诧异地："润之，西柏坡也有咱们湘西的腊肉啊？"

毛泽东："没有！"

符定一："可这肉丝的颜色很像是湘西的腊肉呀！"

毛泽东："老师，真不好意思，当时啊——"

周恩来忙接过话茬说："我和主席光谈工作了，把肉丝炒老了。"

毛泽东："对！是炒老了。"

符定一用筷子夹了一箸肉丝炒辣椒放在嘴里一尝："不过，这盘炒老了的肉丝炒辣椒还别有风味。"

毛泽东和周恩来相视，遂禁不住地笑了。

毛泽东："老师，您此次西柏坡之行，是替傅作义探听我们虚实的，对吧？"

符定一："对！"

毛泽东："他的和平意愿有多大可信度呢？"

符定一："难说！不过，我的整体感觉是，他在军事上没有输光，幻想美国给他武器的梦也没有醒，蒋介石在长江以北的地盘还没有变成红色，他就不会最后下决心和谈。"

周恩来："我赞成符老的分析。"

毛泽东："您说我们该怎么办呢？"

符定一："先礼后兵！"

毛泽东："何为先礼呢？"

符定一："调动一切有利因素，促他放弃幻想，为了保住古都北平，为了北平百万人民的生命和财产，放下武器，用和平手段解放北平。"

周恩来："这也是我们的想法。"

毛泽东："何为后兵呢？"

符定一："他若是想凭借手中那点实力负隅顽抗，那你们就先攻天津，再夺北平。"

毛泽东："好，好！我们想到一块去了。接着说！"

符定一："天津是北平的门户，攻克天津后，北平就有可能不攻自破。"

毛泽东："善之善也！恩来，我们可以把我符老师的意见提交书记处讨论。你说可以吧？"

周恩来："可以！符老，您还回北平吗？"

符定一："只要润之不赶我走，我是决计不回北平了！"

毛泽东："那就先在西柏坡找个安静的地方住下，然后我们再一块进北平。"

符定一笑着说："我是求之不得啊！润之，还得等多少时间啊？"

毛泽东笑着答说："快了！至于符老师如何向傅作义交差，我们给他写了封信，请您的同行者彭泽湘带给他。"

毛泽东住处的大门外　日

一辆吉普车停在大门前，小高全副戎装地站在车门前。

毛泽东、周恩来一左一右地搀扶着符定一走出大门。

符定一客气地说道："润之，周公，虽说至亲不言谢，可我……"

毛泽东："那就更不用言谢了！俗话说得好，他乡遇故知，不亲也是亲嘛！"

周恩来客气地："主席说得对，更何况您还是主席的老师呢。请上车吧！"他抢先扶着符定一登上吉普车。

毛泽东摆着手说道："符老师！等您安定下来，我会去看您的。"

符定一大声地："不要！不要……"

小高纵身跳上吉普车，对司机："开车！"

吉普车启动了，缓缓地驶向远方。

毛泽东、周恩来摆着手目送吉普车远去。

这时，叶子龙走到跟前，严肃地报告："主席！周副主席！据来自北平的情报，傅作义和他的将军们天天开会，研究未来华北——尤其是平津作战的战略问题！"

毛泽东："好哇！我也正在思索未来平津战役的战略问题！恩来，告诉有关的同志，尽快搞到傅作义这一重要的战略计划，我们再最后确定平津战役的战略问题。"

周恩来微微地点了点头："绝无问题！"

北平　华北剿总司令部作战室　内　日

华北剿总所属部队的高级将领郭景云等正襟危坐，似等待会议的召开。

有顷，李世杰参谋长陪同全身戎装的傅作义走进作战室。

与会的将领整齐划一地站起。

李世杰陪同傅作义走到总司令的座位前，伸出双手示意落座："请坐！"

与会的高级将领唰的一声坐下。

傅作义严肃地："近期真可谓是瞬息万变啊！共军继辽沈会战大获全胜之后，仅过了五天，毛泽东就突然发起了徐蚌会战；又过了十多天，看来黄百韬兵团这十多万人马就会变成陈粟共军的战利品！战争态势变了，我们也必须变。下面，请李参谋长把我最新的战略构想讲给你们，有什么意见，都可畅所欲言。下面，请李参谋长讲话！"

李世杰走到作战地图前拿起教鞭，指着作战地图讲道："诚如总司令所说，蒋总统定的'暂守平津，控制海口'的方针业已过时，必须改变战略部署。总司令认为，面对林彪共军入关的态势，必须调整部署，缩短战线。"

傅作义客气地说："公平地说，调整部署，缩短战线的提出，是综合了诸位的意见。"

李世杰指着作战地图继续讲道:"原绥远部队十七个师或旅置于平绥路东段和北平以西地区,以确保西撤绥远的退路;将原中央系部队二十五个师配置于北宁线平津唐和北平以东地区,以阻挡林彪共军入关,并保持海上通道,以便形势逆转,可各奔西东。鉴于目前战线过长、兵力分散的不利态势,重新调整部署,缩短战线。"他转身看着傅作义,"总司令,具体的方案还要讲吗?"

傅作义:"讲!不过,要简单地讲。"

李世杰指着作战地图讲道:"第十三军撤出承德、第一〇一军撤出保定,向北平靠拢;第八十六军撤出山海关、秦皇岛,第八十七军一部撤出滦县,向塘沽、唐山地区集中。原绥远军队撤到平绥线沿路宣化、张家口、集宁、归绥、包头。"他放下教鞭,又说道,"下面,请总司令讲话!"

与会的高级将领鼓掌。

傅作义起身走到作战地图前面,讲道:"我华北剿总共有四个兵团、十二个军、四十二师或旅,共五十余万兵力,部署在东起唐山,西至柴沟堡长达五百多公里狭长的地带,形成了一字长蛇阵,共军打头,我身、尾可快速收缩增援;共军击尾,我平、津之身可掉头增援。一句话,就看他毛泽东有无破这一字长蛇阵的妙计了!"他说罢有些得意地笑了,大声说,"散会!"

阜平西柏坡 中央军委作战室 内 日

一幅平津战役作战地图,自张家口、宣化、北平、天津、塘沽用一条鲜红的红线标出。

毛泽东指着作战地图说道:"傅作义五十余万人马全都部署在这条红线的两边。仔细一看,不难发现,又是一个一字长蛇阵。塘沽是蛇头,张家口是蛇尾,天津是蛇的脖子,北平则是蛇的身子。"

朱德指着作战地图感慨地说道:"这与辽沈战役前夕实在是太像了!我们只要攻陷塘沽,抓住蛇头,属于蒋介石嫡系的二十五个师就无法从海上逃走了！"

周恩来指着作战地图说道："但是，属于傅作义的十七个师就有可能掉头走西口，回到他们的发祥地绥远去。"

毛泽东指着作战地图断然地说："因此，在东北野战军尚未完成秘密入关之前，将战役首突方向选在平张线，立即电令杨成武率第三兵团迅速秘密东进，协同冀热察部队切断平张线，包围张家口，吸引北平地区国民党军西进救援，以迟滞北平、天津地区的敌军向南逃跑。"

朱德指着作战地图说道："好！我们先用棍子敲蛇的尾部，让蛇头、蛇身突然回身相救。待东北野战军秘密入关之后，再相机攻击它的蛇头！"

周恩来："与此同时，华北野战军第三兵团出其不意地包围张家口，实出傅作义的意料之外，东北野战军神不知鬼不晓地提前入关，更出傅作义、蒋介石所料。等我们完成了整体部署之后，南逃之路和北撤之门均被我们堵住了。"

毛泽东："到那时，傅作义不举手缴械，那就只有死路一条了！"

"对！那就只有死路一条了。"朱德、周恩来附和地说。

毛泽东伸手指向平山、阜平一带，说道："恩来牵头唱完《空城计》之后，杨罗耿兵团就留在平山、阜平一带休整，我看他们保卫党中央的任务已经完成，应该挥兵北上，参加到即将爆发的平津战役中去！"

朱德："那是自然！杨罗耿兵团是华北野战军的主力，应该让他们和傅作义的看家的本钱三十五军再较量一下。"

毛泽东："消灭了三十五军，就等于斩断了傅作义摆的一字长蛇阵的蛇尾，堵上了傅作义回西口的大门。结果，必然会促使傅作义由战转为和，至少会对和平解放北平起到积极的作用。"

朱德："这是一定的！为此，中央军委应电令杨罗耿兵团立即起兵北上，在紫荆关外待命。"

周恩来："同时，还应告诉郑维山同志，三纵在回援阜平的时候，不少同志负伤掉队，其中还有荣臻同志的掌上明珠——歌唱家来鹰、李正等同志还留在老乡家养伤，要他们赶忙归队，为平津战役再立新功！"

毛泽东："好！我也喜欢抗敌剧社的演出。告诉杨得志、罗瑞卿，不要让他们上火线打仗，打扫战场了，开庆功会了，他们才是主角！"

曲阳　杨罗耿兵团指挥部　内　日

这是一座小学课室，正面墙上挂着一幅作战地图，中间是由四张课桌拼成的会议桌，上面摆着简易的茶具。

杨得志、罗瑞卿、耿飚、郑维山、王宗槐、曾思玉、邱蔚等相继走进。

杨得志严肃地："现在开会！毛主席于11月18日直接发给我和罗政委、耿参谋长一份电报，大意谓：平、津、张、唐，蒋、傅两系军队在我淮海战役胜利进展下，有分别向西、南两方向撤退或集中向南撤退的可能。为了稳住傅作义，毛主席已经电令一兵团停止攻击太原，三兵团停止攻击绥远，我二兵团准备随时向张家口附近出动，阻止敌人向西逃跑。为此，你们必须立即起兵，赶到紫荆关待命。诸位，听明白了吗？"

"听明白了！"与会者答说。

杨得志："下面，请罗政委讲话！"

罗瑞卿指着作战地图讲道："自打辽沈战役结束之后，蒋介石、傅作义、美国这个三角联盟出现了巨大的分歧！蒋介石想要华北近六十万的军队南下，参加他们的徐蚌会战；傅作义绝不同意南下，意在平津等地失陷之后，逃回他们的发祥地绥远，靠着富饶的河套地区东山再起；美国出于在华北的利益，既反对蒋系南逃，又力阻傅系西窜，主张保住华北，固守平津。我华北野战军的任务就是阻击老冤家傅作义集团向西逃窜，和老对头三十五军在此决战！大家有信心吧？"

"有！"

罗瑞卿："我们想不想挺着胸膛进张家口啊？"

"想！"

罗瑞卿："好！我们兵团全体指战员要高声唱着'我们的队伍向太阳'的战歌，去夺取胜利！"

与会指挥员情不自禁地鼓掌。

耿飚："郑维山同志，滞留在老乡家养病的伤员做好回队的准备了吗？"

郑维山："做好了！等一下再通知他们到紫荆关外集合就是了！"

杨得志："聂司令亲自打电话通知我，一定要把我们的歌唱家来鹰，还有李正同志找到！"

郑维山："已经找到了！他们接到命令以后，由李正、来鹰带队返回部队！"

罗瑞卿："告诉他们二位，毛主席、总司令，还有周副主席都很关心他们，一定要他们平安回到部队！"

郑维山："请放心，我一定完成任务！"

定格　叠印字幕：第三十集终

第三十一集

胡各庄大街　外　晨

一声集合军号声划破寂静的山村，渐渐化成李正身着棉军装站在街道的中央，对着长空吹响军号。

集合号声中叠印一组画面：

十多个养好伤的指战员身着戎装、背着长枪从四面八方跑步赶来，云集在李正的前面，站成一列横队。

胡各庄的父老乡亲、男女孩子们跑来，把这十多名伤好归队的指战员包围在中央。

李正停止吹号，站在队前喊着口令："立正！"

伤好的指战员整齐划一地立正。

李正："报数！"

指战员："一、二、三……十一、十二！"

李正："都到齐了吧？"

一位战士："报告！除了来鹰同志因伤需要留下继续养伤以外，全部指战员都到齐了！"

一声"李正同志，请等我一下！"李正以及全体归队的指战员、乡亲们循声一看：

来鹰拄着一根拐棍，背着李正的药箱，在胡大娘的搀扶下走来。

李正："来鹰同志！你赶来是为我们送行的吗？"

来鹰："不！我是赶来和你们一起归队的。"

全体指战员听后愕然。

李正："这怎么行呢？"

来鹰："怎么就不行呢？"

李正："我们是以急行军的速度赶到紫荆关外待命，你怎么行呢？"

"是啊！你怎么行呢？"指战员说道。

胡大娘走到队伍前，一拍胸脯："行！有我胡大娘在，来鹰就能和你们一块归队！"

李正："胡大娘！您都年过半百了，怎么能让来鹰同志跟着我们归队呢？"

胡大娘伸手一指："你们看！"

特写：在通往村外的大道上停着一辆牛拉大车，上面铺着农村土布做的棉被。

李正："这怎么行呢？"

胡大娘："行！"她走到战士们前面，十分动情地说，"你们知道吗？当来鹰听说她不能归队以后，哭得像个泪人似的，半夜里拄着这个拐杖逃出了我家，谢天谢地，没等她跑多远，我就把她追回来了。当时，我就对她说，孩子，你知道吗？我唯一的小儿子为了打鬼子，就是这样偷跑出家门参加八路军的。他光荣地牺牲在了打鬼子的战场上。我对她说，你放心，我这个胡大娘一定赶着大车把你送回部队去！她当时哭着跪在了地上，抱着我的双腿叫了我一声娘……"她哭了。

来鹰也忍不住地哭了。

李正等指战员们也相继落下了眼泪。

胡大娘把头一昂，大声地："乡亲们！敲起锣，打起鼓，放鞭炮，欢送我们的亲人子弟兵归队！"

李正的军号声响了，遂引来敲锣打鼓声和鞭炮声。

胡大娘搀扶着来鹰走到大车前面。

突然，村外传来零星的枪声。

李正警惕地："胡大娘！这是谁打的枪？"

胡大娘听了听："一定是还乡团打回村来了，是进行反攻倒算的！"

李正把军号斜挎在腰间，遂又拔出手枪，大声命令："乡亲们！都不要慌，有我们在，十个八个的还乡团成不了气候！"

送行的乡亲们稳定下来，有秩序地散去。

李正："胡大娘，你带着来鹰向大山深处跑，等我们消灭了还乡团再去找你们。"

胡大娘指着大山："记住，我带着来鹰逃到山里，那里有一个不小的山洞，你一吹号，我和来鹰就出来了！"

李正："好！你带着来鹰向那个方向跑！"

来鹰："你和同志们呢？"

李正："向相反的方向迎敌。"

来鹰："敌人要是不去呢？"

李正拍了拍军号："我有它呢！你快和胡大娘走吧！"

胡大娘扶着来鹰向着大山深处走去。

这时，村外的枪声似乎越发地响了。

李正："同志们！子弹上膛，跟着我冲出去！"他第一个向着相反的方向跑去。

十多个指战员背着长枪跟着李正跑去。

山村郊外　日

在军号吹奏的冲锋号声中时而枪声紧，时而枪声稀，渐渐化出：

胡各庄的老人、孩子向太行山里逃跑。

胡大娘搀扶着伤未痊愈且拄着拐棍的来鹰向前走着。

胡大娘停下脚步，警觉地听了听，问道："来鹰！军号声怎么停了？"

来鹰听了听："大娘，你听，这枪声是不是更密了？"

胡大娘听了听："是！"

来鹰："我认为李正同志把还乡团引开了，乡亲们安全了，他们就可以放心地消灭还乡团了。"

胡大娘微微地点了点头："是这么个理。"她指着不远的大山，说道，"我们藏身的地方就要到了，只要到了那里，漫说是还乡团，就说当年的小鬼子搜山也没找着。走！"她说罢搀扶着来鹰向前走去。

一个山包的后边　外　日

在短兵相接的枪声中叠印出：

小山包的前面是一片比较宽阔的平地，二十几个还乡团就像是一伙土匪，他们十分笨拙地拿着大枪向着这个小山包胡乱射击。

小山包的后边趴着已经养好伤的十多个指战员。

李正斜挎着药箱，肩背着军号，拿着手枪边打边说："同志们！停止射击。"

十来个伤病员立即停止射击，惊诧地看着李正。

李正严肃地说道："这伙妄图夺回他们土地的还乡团，根本不会打仗，等他们走到这座山包的下面再打，保证能消灭他们一大半人员。"

"是！"

瞬间，山包后边停止了射击，没有了枪声。

李正趴在山包隐蔽处向山前一看：

山包前面的还乡团也停止了射击，乱糟糟地说道：

"怎么他娘的不打了？"

"可能是怕死向后边逃跑了吧！"

"也可能是枪子打光了！"

"对！对！上去抓活的。"

二十几个还乡团成员站起身来向小山包跑去。

李正拿着手枪死死地盯着小山包前面还乡团的变化。

还乡团们业已跑到小山包下面，举着枪边向山包上爬边喊道："缴枪吧！你们跑不了了……"

李正大喊一声："打！"他带头打出第一发子弹。

接着，十多个指战员一起开火，向山包下面射击。

向上爬山包的还乡团成员急忙向山包下滚，除留下数具尸体外，还有一些负伤的还乡团成员拼命地向后逃跑。

小山包的后边，指战员们禁不住地笑了。

李正严肃地："同志们！我们要利用还乡团不懂战术、担心再次上当的心理。我决定，由我一个人利用军号的特殊作用，把敌人引向山里，你们立即沿着山下的树林做掩护，立即归队，参加消灭第三十五军的战斗！"

"你怎么办呢？"全体指战员焦急地问。

李正："不要管我！等我把这些还乡团引开后，找到来鹰同志，和胡大娘一起归队！"他指着右前方，"快！"

十多个指战员提着枪、弯着腰向右前方撤退。

李正右手拿着手枪，左手拿着军号向左前方撤退。

山包前方一条土沟里　外　日

负伤的还乡团员疼得叫声不止。

没有负伤的还乡团员小声骂道："叫什么？等共匪杀到跟前来，看有谁管你们！"

"你们可不要扔下我们不管啊！我家的土地被他们分了，我家的浮产也被他们给抢了！这仇……"

"你们死了，什么也报不了了！"

"那我们怎么办呢？"

"等天一黑，我们就把这个小山包给围起来，到时，他们一个也跑不了！"

悬崖边一座山洞　内　日

胡大娘引来鹰走进黑乎乎的山洞，只有一缕夕阳射进山洞，带来一缕光亮。

胡大娘指着洞边的一堆干柴，说道："你先坐在上边休息，我来安排咱母女俩的生活。"

来鹰："谢大娘！"遂坐在干柴上。

胡大娘掏出洋火擦着，点燃一盏麻油灯，猝然间山洞里亮了起来。可见：

一座有一间屋子大的山洞，靠北面的洞边放着一堆干草，对面有一个简易的石头垒的灶膛。

胡大娘取来一束干草在灯上点燃，放在灶膛里，说道："来鹰，你过来往灶膛里添柴，不要让火灭了，我到外边弄点泉水，烧开了，就吃晚饭。"她说罢提起灶边的一把被烟熏得黑黑的铜壶走出山洞。

来鹰起身走到灶前，一边往灶里添柴，一边好奇地打量山洞里的物景。

有顷，胡大娘提着一铜壶泉水走回山洞，往灶上一放，长长地叹了口气："放心吧！这个山洞是最安全的。"转身取来一小布袋干粮，"看！够咱娘儿俩吃几天的了。"

来鹰好奇地："大娘！这个山洞里怎么要什么有什么啊？"

胡大娘："孩子！这是我们上辈人留下来的，那时候进山打柴，遇上下雨刮风，或碰上外地的土匪，我们就躲到这里边来。一辈一辈地传下去，我们胡家就把这里当山里的家，准备一些吃的喝的。后来，小鬼子来了，我们就把这里当临时医院，给伤病员养伤治病。"

来鹰："我听首长们说过，太行山里还有个戎妈妈，就是利用这种办法救活了一个伤员。"

这时，洞外突然传来军号声，接着又传来稀疏的枪声。

来鹰惊喜地："听！李正同志把还乡团引到山上来了。"说罢走出山洞，循声一指，"大娘！李正同志在那个方向吹冲锋号。"

胡大娘："对！可吹号有什么用？"

来鹰："有啊！还乡团听到军号声，就认为同志们跑到那里了，等还乡团走到近前，他们就再利用地形、地物消灭他们。"

胡大娘："行！当年我们打鬼子要是有把军号就好了，还可以多打死几个小鬼子。"

顷许，军号声停了，枪声也熄了。

胡大娘："怎么又停了呢？"

来鹰有些担心地："我想……李正同志又转到另外一个地方去了，等军号再响就清楚了。"

胡大娘："好！咱们进洞里等军号再次吹响。"

来鹰："不！我在这里等。"

胡大娘："不行！这里的山风就像是刀子，厉害极了，万一把你吹病了，不就更归不了队嘛！"

来鹰很不情愿地跟着胡大娘走回山洞。

胡大娘给灶里添了把柴，拿来两个陶瓷大碗放在地上，提起铜壶倒满两碗水，遂又从布袋里掏出两个馍，放在灶上烤，说道："先喝两口热水，暖暖身子，等馍烤好了再吃。"

来鹰边喝水边问："大娘，这些搞反攻倒算的还乡团知道这个山洞吗？"

胡大娘："不知道。"

来鹰："他们不也是当地人吗，为什么不知道？"

胡大娘："还乡团那些黑了心的坏蛋，他们都是山下有钱有势的地主，认为上山打柴是穷人干的活，所以他们很少有人上山。另外，山上像这种山洞有好多座，生怕洞里有吃人的野兽，所以从不让他们的孩子进山里玩。"

来鹰微微地点了点头。

胡大娘看着心神不定的来鹰，问道："你还有什么不放心的呢？"

来鹰："我就担心李正和同志们。"

恰在这时，在山洞的另外一个方向又响起了军号声，接着又响起了枪声。

来鹰放下碗就跑出山洞，用心地听着。

胡大娘跟出了山洞，一听军号响起的方向，自语地："李正怎么带着同志们往这个方向跑呢？"

来鹰一惊："大娘，这又是为什么呢？"

胡大娘："吹号的方向是一个如刀劈的悬崖，他们没有办法再往后边退了。"

来鹰大惊："大娘！李正他们可怎么办呢？"

胡大娘："当年打小鬼子的时候，有八路军战士为了不当俘虏，最后就只有选择跳崖。"

来鹰惊得"啊"了一声，随之又叫了一声"李正同志！"禁不住地哽咽了。

胡大娘生气地："不准哭！要哭进山洞里哭去！"她强行拉着来鹰走回山洞里，拿起一个烤好的馍，"吃！"

来鹰抽泣着："我吃不下去！"

胡大娘生气地："吃不下去就能救活李正他们的命吗？"

来鹰停止了抽泣，但泪水依旧潸然滚下。

突然，山洞外边死一样地寂静。

胡大娘："听！李正的军号声不响了，双方的枪声也停止了，猜猜看，是谁胜了？"

来鹰："我……我不想猜。"

胡大娘："根据我的经验，无论是谁胜了，也不会再有军号声了。"

来鹰："为什么？为什么？"

胡大娘："想想看，我们的同志胜了，他们就赶着归队；还乡团胜了，他们就会杀回村去报仇。"

来鹰："那我们怎么办呢？"

胡大娘："等到天亮就有结果了！"

来鹰："不行！再等半个时辰，如果没有了军号声和枪声，我就去找李正他们。"

胡大娘叹了口气："咳！我可以陪着你去找，可怎么让李正他们知道我们在找他呢？"

来鹰："我有办法！"

胡大娘一怔："真的？"

来鹰微微地点了点头。

大山深处　外　黎明

晨曦微明，阵阵朔风吹得大山林木发出那特有的涛声。

女声演唱《走西口》的歌风随声飘荡，显得是那样地凄凉动听。

在《走西口》的歌声中渐渐化出：

来鹰吃力地拄着拐杖迎着朔风放声歌唱，两眼潸然泪下，无限悲情。

胡大娘不理解地望着来鹰的表情，听着那自己都能唱的《走西口》，甚是不理解地摇着头。

胡大娘："来鹰！我们是来找李正他们的，你怎么唱起《走西口》来了？"

来鹰不理胡大娘的问话，继续放声歌唱。

来鹰唱完了《走西口》，大山的长空只有来鹰歌唱的回声，却没有李正应答的军号声。

胡大娘："来鹰！我们是来找李正同志的，你怎么没完没了地唱起《走西口》来了？"

来鹰："大娘！这首《走西口》的唱词是李正改的，他一听见我的歌声，就会知道我们在找他。"

胡大娘恍然醒悟："原来是这么回事啊，那你就放开嗓子唱吧！"

来鹰想了想，说道："大娘！你带着我去那悬崖边吧，快到的时候我再唱。"

胡大娘："好！听你的。"她大步向前走去。

悬崖前边不远处　　外　晨

东方的朝暾渐渐染红的长空，风声似乎也小了许多。

胡大娘突然停下脚步，回身说道："来鹰！你就站在这里唱《走西口》吧，但愿李正他们能听见。"

来鹰："大娘！我站在前面悬崖边唱不好吗？"

胡大娘："不行！太危险了，一阵山风吹来，搞不好就把你吹到悬崖下面去了。"

来鹰无奈地酝酿了一下情绪，放声唱起了《五哥放羊》。

胡大娘愕然一怔："这曲子好听。"

来鹰越唱越动感情，她的眼眶又溢满了泪水。

胡大娘很快从歌声中醒来，失望地摇了摇头。

来鹰唱完了《五哥放羊》，大山之巅依然没有反响。她听了听，扑到胡大娘的怀抱里失声地哭了。

这时，突然从悬崖下面传来轻轻的军号声。

来鹰蓦地抬起头，用心地听了听，激动地说："大娘！找着了，这是李正吹的军号声！"她说罢扔下手中的拐杖向前跑去。

胡大娘大声喊道："停下！停下！"她上去一把抓住了来鹰的棉衣。

来鹰焦急地："放开我！放开我……"

胡大娘紧紧抓住来鹰的棉衣："你给我站住！"旋即抓住来鹰的胳膊向悬崖边走去。

来鹰、胡大娘循着号声往悬崖下一看：

茂密的树木，遮住了悬崖下的大地，只见李正挂在树枝之间，十分危险，又没有力气地吹军号。

来鹰大声喊道："李正同志！坚持住，我和胡大娘救你来了！"

李正突然失去了知觉，军号失手掉在大树底下。

胡大娘："李正同志！我请山里人救你下来，然后我再赶着牛车送你和来鹰归队，打刮民党去！"

盘山大道　外　日

一驾牛车沿着盘山大道向北驶去。

胡大娘坐在车辕上边，她赶着牛车咯噔咯噔地向北走去。

李正躺在车厢里，身上盖着一床棉被，轻声说道："我用一把军号把还乡团吸引到一边，其他的同志借机向北跑去，不出什么问题，他们已经归队了。"

来鹰坐在李正的旁边："你怎么被卡在树杈上呢？"

李正："我用军号把他们吸引到这里来了，我手枪里的子弹也打光了，怎么办，我两眼一闭，纵身跳下了悬崖，失去了知觉。方才，是你的歌声把我唤醒，睁眼一看，我被树枝卡在半空中了。"

来鹰："真是好险啊！"

胡大娘转过身来："这只能说你的命大。要么就是毛主席在保佑你！"

李正："毛主席有那么多大事要管，他怎么会想着我李正的死活呢！"

来鹰："毛主席一定会的！"

胡大娘："来鹰说得对！"

李正："胡大娘！我们这老牛车得走多少天才能归队啊？"

胡大娘："甭问了，我尽量往前赶！"她说罢用手拍了牛屁股一下，牛车向前走去。

南京　总统府官邸　内　日

蒋介石驻足窗前，蹙着眉头在眺望远天长空。

蒋经国急忙走进："父亲！"

蒋介石转过身来："又有什么战败的事，说吧！"

蒋经国："河北保定失陷共军之手，国民党河北省第三专区兼保安司令朱占魁等人，在天津以西地区率部一千五百余人向共军投降——"

蒋介石不悦地："停！报告父亲最想知道的消息。"

蒋经国："是！"他沉吟片时，低沉地说，"黄百韬将军为国捐躯了。"

蒋介石一惊，遂又自语地："黄百韬也走了……"他终于恢复了常态，问道，"他留下什么遗言了吗？"

蒋经国："留下了！他说，国民党是斗不过共产党的。"

蒋介石又是一惊，自语地说道："国民党是斗不过共产党的……"

蒋经国："据报，黄百韬将军死得相当惨烈，父亲……"

蒋介石："不要讲了，为了激励其他将士英勇战斗，我决定追认他为上将。还有吗？"

蒋经国取出一纸公文："有！何应钦因痔疮犯了，提出请辞国防部长一职。"

蒋介石猝然震怒："混账！"他气得大咳不止。

蒋经国急忙趋前，轻轻地为蒋介石捶背。

蒋介石："还有吗？"

蒋经国："有！据来自美国大使馆的消息，胡适先生陪着司徒雷登飞赴北平，说是代表美国政府和傅作义会谈。"

蒋介石怆然一笑："经儿，记住，什么叫墙倒众人推，破鼓乱人捶，天天高喊民主的美国是靠不住的！"

蒋经国："是！另外，母亲自美龄宫打来电话，说她亲自为您做了西餐，希望能提起您的胃口。"

蒋介石感动地："还是夫人好啊！"

美龄宫餐厅　内　日

一张华贵的长条餐桌，摆设着英国银制餐具。

宋美龄就像是一位称职的家庭主妇那样，在餐桌两端摆好了亲手制作的西餐。接着，她又打开一瓶法国产的红葡萄酒，分倒在两只高脚酒杯里，精心摆在餐桌的两端。

宋美龄巡视一遍，满意地点了点头，遂又冲着门口不乏幽默地喊道："请总统用餐！"

蒋介石着中式便装微笑着走进餐厅，感动地说道："夫人连日来去电台录音，对美国听众发表演讲，真是功莫大焉！我看着这丰盛的西餐、美酒，使我想起一位友人曾经说过的两句话。"

宋美龄："你说给我听听。"

蒋介石："不过，那是我在政坛失意的时候讲的。"

宋美龄："现在讲也无妨嘛！"

蒋介石："政坛冷暖如四季，亲情永驻一日春。"

宋美龄动情地："讲得深刻！"她端起面前的酒杯，"来！为亲情永驻一日春，干杯！"

蒋介石端起面前的酒杯，感动地："夫人是知道的，我滴酒不沾。今天破例，为亲情永驻一日春，干杯！"他仍然像是一位军人，端起高脚酒杯，一饮而尽。

宋美龄："达令！你听说了吗？司徒雷登又对国民政府横加指责。"

蒋介石蔑视地："听说了，但不知详情。"

宋美龄："他公开讲，美国正面临着这样的选择，是继续支持一个不但失去民心，而且已承认军事形势恶化的领导人，或是其他。"

蒋介石猝然发怒："那他就公开说，要我蒋某人下野，让李宗仁上台好了！"

宋美龄："达令，息怒！根子出在杜鲁门政府。"

蒋介石："我当然清楚！"

宋美龄："看来，非我亲自赴美游说，方能改变杜鲁门政府对华的态度。"

蒋介石叹了口气："那就只好再辛苦夫人一趟了！"他沉思片刻，"夫人赴美出访的手续呢？"

宋美龄："我绝不麻烦这位司徒雷登阁下！"

蒋介石愕然一怔："那夫人……"

宋美龄："我要亲自给美国国务卿马歇尔将军打电话，正式提出以蒋总统夫人的身份赴美访问。"

毛人凤走进："校长！司徒雷登偕胡适先生于 11 月 22 日秘密飞赴北平。"

蒋介石："我知道了！看来，这个司徒老儿要对我来个双管齐下，南北夹击了！"

北平　中南海　傅作义官邸　内　日

傅作义紧紧握住司徒雷登的手，客气地说道："欢迎大使阁下飞来北平赐教。"

司徒雷登高傲地："没有什么赐教，只是向傅将军传达我们美国政府的意见。"他转身指着胡适，"这位是我们美国最好的朋友胡适先生。"

傅作义："不用介绍了，我们很熟悉。都请坐下谈吧！"

傅作义、司徒雷登、胡适分主宾落座。

司徒雷登迫不及待地："傅将军，你对政局有何看法？"

傅作义："既然大使阁下负责传达贵国政府意见的，那还是由大使阁下先谈为好。"

司徒雷登："好！日前我曾电告美国政府，鉴于中国当前的形势，过去一切努力都为时晚矣。"

傅作义："那应该怎么办呢？"

司徒雷登："这是你们中国将军们要考虑的事了！比方说吧，傅将军，你打算怎么办呢？"

傅作义教条地："坐镇北平，与共军作战到底！"

司徒雷登："我看这种作战到底是没有价值的。"

胡适："是的！一旦林彪率东北共匪入关，再加上华北聂荣臻的共匪，恐有百万人枪，傅将军有几成胜算？"

傅作义猝然变色，义正辞严地："胡博士，你是应该知道的，和共军是打还是降，这是我当军人的职责！至于能否取胜，则不是我傅某人考虑的。"

胡适听后不置可否，尴尬至极。

司徒雷登："我个人的意见，傅将军与其留在平津坐以待毙，还不如将华北五十多万人马退守山东沿海一带。"

傅作义沉默片时，问道："这是你个人的意见吗？"

司徒雷登："不！我们美国政府的意见。简而言之，希望傅将军以青岛为根据地，人员由傅将军解决，武器装备则由美国政府提供，但军需后勤由美国人监督。"

傅作义："做什么呢？"

司徒雷登："从战略上讲，作为中国一块复活的根据地；从近处看，作为在中国推行真正民主政治的后盾。"

傅作义："那我们的蒋总统呢？"

司徒雷登："傅将军不觉得他该休息了吗？"

傅作义义正辞严地："大使阁下，你不觉得这样的话题，超出了你当大使的身份了吗？"

司徒雷登："这就是我们美国政府公开的态度！"

胡适："是的，美国政府早就想在中国换马了！"

傅作义震怒地："胡博士，你是中国人吧？"

胡适："是！是……"

傅作义："我记得你很早就倡导民主，对吧？"

胡适："对！对……"

傅作义："那你说的美国政府早就想在中国换马了这句话，符合你倡导的民主精神吗？"

胡适："这、这……"

司徒雷登："我看就谈到这里吧！不过嘛……"

傅作义："你不必再说了，我知道什么是美国的民主了。"

司徒雷登："再见！"

傅作义："再见！恕不远送。"

司徒雷登、胡适快步走去。

美龄宫客室　　内　　日

蒋介石精神疲惫地走进空荡荡的客室，大有人去楼空之感，自己脱去戎装挂在衣架上。

突然，宋美龄穿着款式入时的高档旗袍像阵春风似的扑面而来，笑着说："达令！我穿这件旗袍，和总统夫人的身份还相吻合吧？"

蒋介石强作笑颜，上下打量一番："十分得体，好看，穿上它去美国访问，一定能为夫人增光添彩。"

宋美龄："那我就满意了！"她微微地叹了口气，"我就要出国访问了，不知何故，我又想起了那个难忘的12月1日了。"

蒋介石无限痛苦地说："二十一年了！你我自日本相偕归来，于12月1日在上海举行了隆重的婚礼。"

宋美龄："那时，你不是也以在野之身，和我结为伉俪的吗？"

蒋介石："但是那时，我自信能够重掌兵权，并把你送上第一夫人的宝座。"

宋美龄动感情地："你已经把我送上第一夫人的宝座，我也得偿所愿。二十一年后的12月1日，虽然我们身处逆境，但我此次美国之行决心为你——也为我们共同的事业游说来大笔美援！"

蒋介石忘情地："夫人！"紧紧地拥抱了宋美龄。

蒋介石一股凄凉涌上心头，禁不住地老泪纵横，滴在了宋美龄那黑黑的发丝上。

宋美龄轻轻地擦拭满面的泪痕，坚强地说："我走后，你一定要多多关注徐蚌会战，至于平津的事嘛……"

蒋介石："我已经无能为力，不得不交给傅作义了。"

北平剿总作战室　内　夜

书桌上那台收音机在播放解放区电台的广播："……中国军事形势现已进入一个新的转折点。即战争双方力量对比已经发生了根本变化。人民解放军不但在质量上早已占有优势，而且在数量上现在也已占有优势。这是中国革命的成功和中国和平的实现已经迫近的标志……"

傅作义在室内缓缓踱步，十分认真地听广播。

傅冬菊拿着一封信走进，轻轻关上收音机。

傅作义愕然一怔，转身一看是傅冬菊，轻轻地问道："冬菊，有什么事吗？"

傅冬菊递上手中的信："爸！彭泽湘回到了北平，带回了聂荣臻司令员写给您的一封信。"

傅作义接过来信拆阅，最后，他小声重复地念道："……既有志于和平事业，希派可靠代表至石家庄先作第一步之接洽……"他暗自沉思片刻，问道，"女儿，这封信是聂荣臻司令员写的吗？"

傅冬菊："彭泽湘说是。"

傅作义微微地摇了摇头："我看不是。"

傅冬菊："您有什么根据呢？"

傅作义："同行的符定一先生回到北平了吗？"

傅冬菊："据彭泽湘说，他被当年的弟子毛泽东留下了。"

傅作义："这就更证明我的推断是对的，这封信十有八九出于毛泽东之手。"

傅冬菊："那您就根据毛泽东说的派一个可靠代表，到石家庄先作第一步接洽。"

傅作义微微地摇了摇头。

傅冬菊："您怎么又变了呢？"

傅作义："我没有变，可我有我的难处啊！"

傅冬菊："能对我说吗？"

傅作义点了点头，说道："爸做这样的事，必须冒着'三个死'的危险去做。第一，几年来，我不断对部下讲戡乱、剿共的话，而今天突然秘密地来了一个一百八十度转弯，他们的思想若想不通，一定会打死我；其次，这件事如果做得不好，泄露出去，蒋介石会以叛变罪处死我；这第三、第三嘛……"他怅然叹了口气，遂中断了讲话，

傅冬菊："爸，这第三有什么难处吗？"

傅作义叹了一口气，说道："有啊！你还记得爸爸当年拿下集宁以后办的那件事吗？"

傅冬菊想了想："是给毛泽东写信劝降的事吧？"

傅作义沉重地点了点头，无比悲哀地说："时间刚刚过去两年零两个月啊，我傅作义就要给他毛泽东写信求降，这、这对我来说怎么下这个台阶啊！"

傅冬菊："那怎么办呢？"

傅作义："让爸爸再想想。"

这时，李世杰参谋长手持电文走进："报告！张家口的形势很不乐观，这是孙兰峰司令发来的求救电。"

傅作义接过电文，小声念道："……重兵包围，来势凶猛，十万火急，请派部队火速增援……"他凝思不语，遂又近似自语地，"杨成武的第三兵团突然来到张家口，恐怕围城是虚，断路是实。"

李世杰焦急地："就算围城是虚吧，那断掉我们的不归路就不好办了。"

傅作义："不急，慢慢说说你的想法。"

李世杰走到作战地图前指着地图说道："时下，华北杨成武第三兵团突然撤围归绥，奔袭张家口，先在平绥路中段发起攻击，很快包围柴沟堡、万全、张家口等地区的国军，这断路的目的达到了。一旦林彪所部入关，华北杨得志的第二兵团必然加入到攻打张家口的战役中来，到那时，不仅孙兰峰司令只有弃城，而且我们的平绥路就真的成了不归之路了！所以他孙兰峰抗不住了，就要求剿总派兵救急。"

傅作义沉默许久，以命令的口气说道："立即电告郭景云，明天亲

率第三十五军的两个师和怀来的一〇四军一个师分乘汽车、火车增援张家口！"

李世杰："是！"

傅作义："告诉郭景云，务必趁杨得志兵团和杨成武兵团分散之际，先将杨成武兵团击溃！"

李世杰："是！"

傅作义："切记，此役速战速决，快去快回，我们还要靠第三十五军应对林彪这只就要入关的'东北虎'呢！"

李世杰："是！"

西柏坡　中央军委作战室　内　日

毛泽东独自一人坐在桌前，审视一盘象棋，忽而动动这个棋子，忽而挪挪那个棋子，似举棋不定。

正在这时，朱德、周恩来走进，看着毛泽东独自下棋的样子，相视一笑，遂会意地继续看毛泽东一人下棋。

毛泽东又摆弄片时，突然举起一枚棋子用力往棋盘上一摔，得意地说道："赢了！"

朱德和周恩来有些茫然地问："什么赢了？"

毛泽东转身一看，幽默地说："你们二人在偷窥我的战略隐私，这不太好吧？"

朱德："好！不仅我和恩来要清楚你赢了的隐私，而且还要把这赢了的隐私化为具体赢了的战果！"

周恩来："老总说得对！你就先把赢了的隐私告诉我们二人吧？"

毛泽东："你们还记得吧？当时确定未来的平津战役是文武两台戏同时唱，可时至今日只是在打开场锣鼓，双方文武角色都未登场。"

朱德："对！我们三个人为此少睡了不少觉。最后，终于想出了一个钓鱼的办法，让杨成武的第三兵团突然挥兵东指，包围张家口，钓傅作义派重兵增援，然后我们再围城打援，消灭其增援部队。"

周恩来："真是马克思于冥冥之中保佑我们成功！傅作义终于放出了看家老本第三十五军西援张家口……"

毛泽东严肃地："先不要高兴得太早了，请问我们打援的部队在哪里？"

朱德："是啊！杨罗耿第二兵团远在河北驻地，就是接到我们的命令，恐怕也得五到六天才能赶到指定的作战地点。就说程子华所率东北先遣兵团远在平北、冀东一带，也得需要五到六天才能赶到。杨成武的第三兵团能撑得住吗？"

周恩来："对此，我算过了，守备张家口的孙兰峰第十一兵团辖四个师、四个骑兵旅、三个保安团，还有独立铁甲大队，约有六万余人。如果再加上西援的第三十五军等敌军，共有十余万部队，这对杨成武的第三兵团来说，无论如何是啃不下这两坨坨敌军的。"

毛泽东胸有成竹地点了点头。

朱德："老毛！快拿出你的战略隐私来吧。"

毛泽东："第一步，电令杨成武的第三兵团游而不击，拖住郭景云的第三十五军，等待我杨罗耿兵团、程子华兵团分从东面、南面压过来。"

朱德："万一狡猾的傅作义看破了我们这着棋怎么办？"

周恩来："是啊！第三十五军突然东归是可能的，要知他们是机械化部队，单是美国运兵的汽车就有四百辆之多。"

毛泽东："这些我都想到了！昨天夜里我和杨得志取得了联系，获知他们兵团第四纵队留下的第十二旅，依然由王昭政委率领活动在平绥路以北地区。"

朱德："好！杨罗耿似有先见之明！"

周恩来："我也和杨得志取得了联系，是歪打正着。"

毛泽东："是先见之明也好，是歪打正着也罢。一句话，只要郭景云率部东撤，电令王昭，要不惜牺牲一切，阻止他们过新保安。"

"很好！"朱德、周恩来沉重地说道。

毛泽东又拿起两个棋子说道："令杨罗耿兵团迅速开进，以主力包围宣化、下花园两处之敌。同时，以有力一部割断怀来、下花园之联系，阻止怀来及其以东地区之敌向西增援。"遂即把手中的一枚棋子摔在棋盘上。

朱德："好！同时还要电告杨罗耿兵团：由阜平、曲阳向下花园疾进，一定要把路途遥远、河流阻隔考虑进去。"

周恩来："还要明确电示：限 12 月 5 日或 6 日必须到达平张线预定的地点！"

毛泽东举起手中另一枚棋子："同时，电令程子华同志率领东北先遣兵团迅速取直径向怀来、南口之线疾进，到达后，相继歼灭该线之敌，隔断北平与怀来间敌之联系。"

周恩来："三个兵团第一次联合作战，最重要的是一定要听中央军委的命令。"

毛泽东："我还要严令这三个兵团，一是准时到达指定地点，再是不准各行其是！"他把手中的棋子摔在棋盘上。

定格 叠印字幕：第三十一集终

第三十二集

紫荆关外　日

天灰蒙蒙的，飘着零星雪花。

杨罗耿兵团的指战员快步行进在大道上。

杨罗耿兵团指挥部　内　日

耿飚指着作战地图说道："敌三十五军终于被毛主席从北平调出来了，估计今天就可到达张家口。"

罗瑞卿似仇恨在胸的样子："张家口啊张家口，两年零两个月了，我们终于打回来了！"

杨得志："是啊！指战员们听说要打张家口，劲就不打一处来！一个个瞪大了眼珠子，情不自禁地高呼：和三十五军算老账的时候到了。"

罗瑞卿："你们二位没有身临其境啊，两年零两个月前，聂司令带着我们从张家口撤出，很多同志都哭了。"

杨得志："我都听同志们说了！"他转身问道，"耿飚同志，现在敌我双方的态势如何？"

耿飚指着作战地图讲道："敌第三十五军准时到达张家口，现在正和守敌第十一兵团司令孙兰峰洽商击退我杨成武第三兵团的作战计划；同时，我东北野战军程子华先遣兵团已经秘密赶到密云，待命向张家口进发；现在嘛，我第二兵团是到了出征北上的时候了！"

罗瑞卿看着作战地图上的标识，说道："毛主席从北平调出敌第三十五军，目的是让我们第二兵团把敌军分开，隔断张家口与北平的联系，以便我们三个兵团分而歼灭之。这是一着十分英明的大棋啊！"

耿飚："这回啊，我们总算可以抓住傅作义的命根子第三十五军了！说不定啊，他一心疼自己的命根子，搞不好还要赶到张家口来呢！"

杨得志："我看这是一定的！"他看着作战地图笑着说，"如果再联系到东北野战军百万大军入关，我看毛主席的这篇文章大着呢！"

罗瑞卿："我赞成得志同志的意见！"他严肃地说道，"俗话说得好，饭要一口一口地吃，文章再大也得一句一句地写。耿参谋长，郭景云这个人怎么样？打仗有什么特点？"

耿飚幽默地说："据说，这个人有很多点子！"

杨得志："那是自然了！第三十五军是傅作义的心肝宝贝，一向由绥远人任军长，这次交由他这个西安人率领，没得一些点子行吗？"

耿飚笑着说："我说的点子不是这个意思！"

罗瑞卿："那是什么意思？"

耿飚："他是个麻子，满脸都是，外号叫郭大麻子。"

杨得志、罗瑞卿忍不住地笑了。

耿飚："据来自内部的消息说，郭大麻子狂妄至极，除了傅作义之外，谁都不放在眼里！"

罗瑞卿："好哇！骄兵必败，在接下来的交战中正好可被我利用。"

警卫员走进："报告！战马备好，请首长出发。"

杨得志："好！你们要把作战地图收好。"

兵团临时指挥部外　日

天依然灰蒙蒙的，雪花越飘越大。

第二兵团的指战员继续快步前进。

指挥部门外站着三位警卫员，他们分别牵着三匹咴咴直叫的战马，似有些焦急地等着出征。

杨得志、罗瑞卿、耿飚相继走出大门，从警卫员手中接过马鞭，欲要跃马北上。

一声"杨司令！罗政委！"只见：

胡大娘赶着牛车走来，李正、来鹰激动得忘了伤痛，从牛车上跳下来，一瘸一拐地跑到近前，行军礼，李正抢先说道："报告！我和来鹰同志前来向首长报到。"

杨得志、罗瑞卿、耿飚笑着打量李正和来鹰。

来鹰不好意思地："看什么？刚分开一个月不到，首长就不认识你们的小兵了！"

杨得志笑着说："不是这个意思！你们提前归队的同志报告，说来鹰伤未痊愈，又遇上还乡团，我们十分担心你们二人为革命献身了！"

李正："这怎么可能呢？革命尚未成功，不仅毛主席不签发死亡令，而且马克思也不会接受我们呢！"

来鹰："对！再说，首长也不同意啊！"

罗瑞卿："那是当然！说说看，你们怎么活下来的，又是怎么赶到这里来的呢？"

李正："要说就话长了。这一切的一切，"他转身指着胡大娘，"都是因为这位比亲娘还亲的胡大娘！"

来鹰感情地说道："杨司令！罗政委！她就是我们子弟兵的亲娘啊……"

罗瑞卿走到胡大娘跟前，深深地鞠了一躬，说道："我们就是有了像你这样的亲娘，革命才能取得胜利！请放心，告诉乡亲们，就是因为有了你们这些亲爹亲娘，我们一定能打败敌人，解放张家口！"

胡大娘："那我们就放心了！首长，我把李正、来鹰交给你们了，需要我们的时候，就下命令，我这个母亲不会给牺牲在战场上的儿子丢脸的！"

来鹰哭喊了一声："娘！"抱着胡大娘哭了。

胡大娘推开来鹰："记住，革命胜利了，来看看我和乡亲们，大家可喜欢你唱的歌呢！"她强作笑脸，"首长们，再见。"她跳上牛车，喊了一声"驾！"赶着牛车走了。

杨得志感情地说了一句："多好的百姓啊！"

耿飚："李正！来鹰！能跟着大部队出征吗？"

"能！"李正、来鹰说。

杨得志："好！给他们二人搞一匹战马轮换着骑。"他转身命令地，"耿参谋长！一定要留意张家口敌人的动静，还要时时报送毛主席的电令！"

耿飚："是！"

罗瑞卿："上马！"说罢第一个纵身上马，打马前行。

接着，杨得志、耿飚跃上战马，飞驰而去。

张家口孙兰峰司令部门口　外　日

孙兰峰属下的一干人等冒雪站在门前，一个个穿着冬季的戎装不停地跺着脚，似在等待什么要人。

不知是谁发了一句牢骚："他郭大麻子也太盛气凌人了，让我们的孙司令也冒雪挨冻等他。"

孙兰峰严厉地批评："不要破坏我们绥远军的团结！郭军长率部到达张垣一带，连进城和大家见个面都没顾上，就奉傅总司令的指令，在雪地上和共军作战。"

六位穿着将校戎装的军官有情绪地站在雪地上。

有顷，随着汽车的马达声，只见一辆美式吉普车驶来，戛然停在门前。

随从腾地一下打开吉普车的后门，伸出右手挡住上方。

郭景云身着冬季戎装，肩扛中将军阶，十分麻利地走下吉普车。

孙兰峰走上前去，紧紧握住郭景云的手，笑着说："郭军长！你率部到达张垣已有几日，天天忙于和共军作战，连我这个兵团司令想为你洗尘接风都没有机会啊！"

郭景云高傲地："孙司令，你是知道的，我们的傅总司令是离不开第三十五军的，行前再三对我说，快去快回，北平需要三十五军啊！"

孙兰峰不悦地："对！对……"转身指着大门，"请！"遂陪伴郭景云走进大门。

其他军官很有情绪地跟着走进大门。

孙兰峰司令的小餐厅　内　日

一张古香古色的八仙桌，四周配有八把雕花的椅子。

八仙桌上置有塞外特色的佳肴，还有两瓶杏花村酒。有意思的是，在椅子的后边站着八个着蒙古族服装的姑娘，似在等候为将军们唱歌跳舞助兴。

孙兰峰、郭景云相伴走进小餐厅，就座于主宾席位上。

其他六位部属相继走进小餐厅，依据军阶高低落座。

孙兰峰站起身来，客气地说："郭军长！根据我们绥远一带的习俗，开宴之前先请姑娘们高唱《祝酒歌》，然后我们再边喝边谈。"

郭景云："孙司令！我看今天就免了吧。"

孙兰峰尴尬地："这……可对郭军长是大不敬啊！"

郭景云分外严肃地说："今天主要是谈军事，等我三十五军得胜回师再喝庆功酒好不好？"

孙兰峰："好！好……"他指着那些伴唱起舞的蒙古族姑娘，很不高兴地说，"下去！下去！"

蒙古族姑娘慌忙走出小餐厅。

孙兰峰："下面，请郭军长讲一讲来到张垣这几天的战绩，借以鼓舞我兵团的杀敌士气！"

郭景云起身走到小餐厅墙下，指着一幅张垣地形图十分高傲地讲道："我第三十五军奉傅总司令的命令，与第二六七师开到宁远堡，没想到是座空城，遂在此安营扎寨。翌日，我命令前卫一〇一师直扑万全，以求攻其不备的奇效。没想到，我先头部队和共匪刚一接触，甚至连重武器还未展开，共匪就从万全逃走。从雪地上留下的脚印看，完全是慌乱奔逃。没想到，第二天共匪又对我宁远堡突然发起袭扰。为此，我准备集中优势兵力对共匪展开歼灭性的打击，又没想到刚刚接上火，还未及包抄，就又不见了！"

郭景云说罢走回主座前落座，异常生气地环视同桌一言不发的同仁。

孙兰峰冷笑一下，问道："郭军长，还有什么要讲的吗？"

郭景云："没了！"

孙兰峰："有什么需要我帮忙的吗？"

郭景云："没有！不过……"他停了片刻，似自言自语地说道，"时下，共匪采取的这个战术是什么意思？打不像个打的，围又不像个围的，我们这个机械化的三十五军，怎么可以和他们在雪地上玩捉迷藏呢！"

孙兰峰："郭军长，我守卫张垣的弟兄们啊，和共匪已经玩了很长时间的捉迷藏了！"

郭景云："就没有总结出一些经验来？"

孙兰峰："没有！"

郭景云迟疑地："孙司令，你看我如何才能完成傅总司令交给我的快打、快回的任务呢？"

孙兰峰有意奉承地："郭军长，智勇双全，或许再和共匪玩几天捉迷藏，就能识破共匪的计谋，待缓解了共匪包围张垣之危，你再回北平向傅总司令交差也不迟嘛！"

郭景云沉吟片时，把头一昂："好！我立即给傅总司令发电，再缓几天回北平！"

北平华北剿总司令部　内　傍晚

傅作义站在大墙下面，痴痴地望着华北作战地图，似在思索重大的战略决策。

室内渐渐地黑了下来，傅作义依然一动不动地望着作战地图，他的两眉之间渐渐蹙就了一个不小的包。

李世杰拿着一份电报走进，看了看傅作义专心致志观看地图的样子，遂打开电灯的开关。

傅作义本能地："谁？"

李世杰："总司令，是我。"

傅作义连头都没有回，说道："过来，我们共同研究一下张垣的战略形势。"

李世杰："是！"遂走到傅作义身旁。

傅作义："我以为时下的郭景云在张垣所遇到的情况，与当年鲁英麟失败前的战况十分相似。他们二人的脾气也都是点火就着，我真担心郭景云会步鲁英麟的后尘啊！"

李世杰："我也有此担心啊！经过这两年——尤其是毛泽东到达西柏坡之后，东北战场、济南战役、徐蚌会战消灭黄百韬兵团的经过，他把兵不厌诈的战法真是用到了极致！"

傅作义沉重地点了点头："是啊！我想杨成武的第三兵团采取近似游击战的打法，一是激怒郭景云，再是悄然把杨得志的第二兵团调到张垣附近，以突然出击的战法把我第三十五军歼灭在平绥线两边。"

李世杰："总司令！还有哪……"他递上手中的电报，"你看，林彪大军已经入关了！"

傅作义本能地："不可能！"遂接过电报迅速看罢，近似自语地，"毛泽东未等林彪所部休整，就又贸然入关且包围了密云，这太不合用兵之道了。"

李世杰："这封电报上写得清楚，穿着黄色冬装，戴着一色的狗皮帽子……"

傅作义微微地摇了摇头，疑惑地："林彪所部入关，绝对不应该攻打密云啊？"

李世杰沉默不语。

傅作义："密云有多少守城部队？"

李世杰："原密云守城部队只有一个保安团，不足两千人马。日前，驻守古北口、石匣镇的第十三军第一一五师四个团退守密云城内，合计有万人之多。"

傅作义："好！"他转身在室内快速踱着步子，顷许，他又突然停住脚步，命令道，"明天，多派几架侦察机飞赴阵地上空，掌控共匪变化的情况！"

李世杰："是！"

傅作义："同时，给我调一架运输机。"

李世杰一怔："总司令去什么地方？"

傅作义："直飞张家口。"

李世杰："做什么去？"

傅作义："为弃守张家口下最后决心！"

李世杰："我需要陪同总司令前往吗？"

傅作义："不需要！"

李世杰："是！"

傅作义："我飞赴张家口的行动一定要保密，绝不能让毛泽东事先知道！"

李世杰："请总司令放心！"

西柏坡　中央军委作战室　内　夜

毛泽东驻足大墙下面，表情肃穆地注视作战地图，不时地移动作战地图上边的红蓝符号。

朱德、周恩来走进作战室，他们一看毛泽东审视作战地图的样子，遂相视神会。

周恩来："主席！我和老总到了！"

毛泽东头也没回："来，来！我们三个人对着作战地图研判军情。"

朱德、周恩来分别走到毛泽东左右两边，遂聚精会神地审视作战地图上不同的作战符号。

毛泽东："时下张垣地区以及平绥线上，一共集结了国民党军队的四个军十六个师或旅。张垣地区两个军——也就是第一○五军、第三十五军，另还有两个骑兵旅；宣化第一○一军的两个师，怀来第一○四军的两个师。另外，在昌平、南口还驻有一个军。我个人认为，这种形势对我极为有利。怎么样，搞它一个惊天动地的大动作？"

朱德沉重地说："四个军近二十万敌军是个不小的军事实力，堪比攻打锦州、解放济南、消灭黄百韬兵团的规模了！"

周恩来："能否取得胜利，关键还是我们的部队能否形成消灭敌军的合力。"他指着作战地图讲道，"我杨成武第三兵团已经到达张垣地区，与敌郭景云的第三十五军玩捉迷藏，可以起到牵制敌军的作用。关键是杨罗耿第二兵团、程子华的东北野战军先遣兵团，他们能否赶到会战的指定地点。"

毛泽东："我已经给杨罗耿兵团连发了两份电报，要他们迅速行动，以主力包围宣化、下花园之敌，截断敌第三十五军退回北平之路；以有力一部隔断怀来、下花园，阻止怀来之敌向西增援。"

朱德："电令杨罗耿兵团迅速增强作战实力，准备打退敌人的多次进攻。"

周恩来："等待程子华的先遣兵团到达之后，以三个兵团分割、包围、消灭敌四个军……"

毛泽东忙说："不！不！第一步就消灭傅作义的看家本钱第三十五军！"

朱德乐观地："绝无问题！"

周恩来微微地摇了摇头："第一枚关键棋子是杨罗耿兵团能否准时赶到；第二枚关键棋子是程子华先遣兵团，能否穿过傅作义的地盘到达指定地点。"

朱德："必须把天寒地冻、头上飘雪的因素考虑进去。"

毛泽东不悦地："当初，杨罗耿回救西柏坡用了四天的时间，这次我给他们的时间是五天，至迟不得超过六天！"

叶子龙手持一份电报走进："主席，接到北平地下党的急电，明天——12月4日傅作义飞赴张家口。"

毛泽东接过电文迅速阅毕，转手交给周恩来。

周恩来阅毕又交给朱德。

朱德看完慎重地："看来，这是一个十分重要的情报，需要我们认真研究一下。"

毛泽东："我看，情况不明，很难得出准确的结论来。我的意见，老总年长，必须保证睡眠，由子龙送他回去休息。"

周恩来："同意！"

朱德："你们二位呢？"

毛泽东："值班！第一件大事，给杨罗耿他们再发第三次急电，要他们立即报告有关情况。"

太行山小道　外　夜

夜已经很深了，但漫天飘舞的鹅毛大雪把太行山映得黑白分明。

杨罗耿兵团的指战员迎着山风吹舞的大雪，十分艰难地跋涉在很深的雪路上。

杨得志、罗瑞卿、耿飚一边骑着马走在雪路上，一边迎着似刀的山风夹着的雪花大声地交谈着。

杨得志："罗政委！自从下起暴风雪以后，我们就没有收到中央军委和毛主席的电报了！"

罗瑞卿："我也正为此事着急呢！"他侧首大声问道，"耿参谋长！你和各纵队的联络还畅通吧？"

耿飚："不通。"

罗瑞卿："为什么？"

耿飚："我个人认为，一是收发报机出了问题，再是太行山下大雪信号不好。"

罗瑞卿震怒地："那你也必须把信号接通！"

耿飚："我只能尽力而为之！如果说是机械出了问题，我可以修，如果是山地气候的原因我就没有办法了。"

罗瑞卿大声叹了口气："可我们不能听不到毛主席的声音啊！"

杨得志："和部队的联系怎么办？"

耿飚："我已经让通信员和他们取得了联系！"

杨得志："从天黑到现在走了多少路程了？"

耿飚："最快的不过二十里路！"

杨得志、罗瑞卿大惊。

西柏坡中央军委作战室　内　夜

毛泽东不停地吸着烟，十分焦急地踱着步子。

周恩来驻足墙下，一动不动地看着作战地图。

毛泽东把烟蒂掷于地下，用脚踩了踩，说道："恩来，我断定杨罗耿兵团的收发报机发生了问题。"

周恩来："根据呢？"

毛泽东："我了解杨得志、罗瑞卿、耿飚同志，他们是有着很强的组织纪律性的。一旦收到中央军委的电报，他们绝对不会扣押的，更不会不给中央军委回复的！"

周恩来："我同意主席的判断！但是，杨成武兵团、程子华兵团为什么也没有回复电报呢？"

毛泽东沉默不语，又点着一支香烟大口地吸着。

周恩来："主席！还有比电报更重要的事吗？"

毛泽东："有！就怕他们认不清战略全局，未能准时赶到中央军委指定的作战位置。"

这时，传来农家的雄鸡报晓的叫声。

周恩来："天就要亮了，休息一会儿吧，等傅作义飞到张家口作何军事部署后再议。"

毛泽东:"好吧!你回去睡吧,有什么紧急情况,我会让叶子龙叫你的。"

周恩来转身走出作战室。

毛泽东深深地吸了一口烟,又走到大墙下面,看着作战地图思索着。

长空　外　日

长空万里,蓝天与阴云交织在天际一线。

一架运输机在晴空中飞翔,发出隆隆的马达声。

张家口　孙兰峰司令部门前　外　日

孙兰峰、郭景云等少数将佐站在门前,静候上峰傅作义的到来。

有顷,一辆黑色轿车碾压着雪路驶来,戛然停在门前。

孙兰峰、郭景云等走上前去,打开轿车的后门,集体行军礼欢迎上峰傅作义。

傅作义是典型的军人气派,他伸出右手做出标准的还礼姿势以后,遂昂首挺胸地走进大门。

孙兰峰、郭景云等将军紧跟其后走进大门。

孙兰峰的司令部作战室　内　日

这是一大间作战室,中间有一张长条会议桌,上面铺着蓝色的桌布,摆放着茶具和开会用的文具。

十多位肩扛中将、少将的指挥官正襟危坐,等候傅作义的莅临。

一声"傅总司令到——"

与会的将领整齐划一地站起。

傅作义在孙兰峰、郭景云的陪同下走进作战室。

傅作义走到总司令的座位前,伸出双手示意落座。

与会的将领又整齐划一地坐下。

孙兰峰、郭景云坐在傅作义的两边。

孙兰峰："方才，傅总司令和我、郭军长进行了简单的交谈。首先，由我和郭军长向傅总司令作了简单的报告，接着，傅总司令对张垣地区的战争态势作了明确的指示。下面，由傅总司令给诸位同仁作指示！"他说罢带头鼓掌。

与会的将领热烈鼓掌。

傅作义："今天，我是来向你们交底的！用咱们绥远老百姓的话说，一家人不说两家话，说就说掏心窝的话。你们说，张垣地区万一守不住了，我们向何方撤退呢？"

"向西！向西！撤回咱们老家绥远去……"大家七嘴八舌地说。

傅作义："你们可以撤回老家去，可我是国府任命的华北剿总司令，总不能抛下几十万大军，连北平、天津都不要了吧？"

与会的将领不语。

傅作义："我知道你们的心思了，这样我的心里就有底了！我经常对你们说，将士用命，是我们每一个军人的天职。再说，我们也不是到了无力可打的地步，我依然会坐镇北平，指挥你们和共匪作战到底！"

这时，一个通讯员从旁门走进："报告！北平给傅总司令打来了紧急电话！"

傅作义："请诸位等一下，我接完电话再说。"他说罢走进旁门。

与会的将领面面相觑，似有不祥的征兆。

有顷，傅作义走回作战室，坐在自己的座位上，说道："诸位！北平有紧急的军务要我赶回去处理。等我回到北平之后再作出决定。除孙兰峰司令、郭军长留下，散会！"

与会的将领怀着忐忑不安的心情离去。

傅作义："我再重复方才和你们说的话，时下的张家口已经失去固守的价值，立即做好撤退的准备。"

"是!"

北平 华北剿总司令部作战室 内 日

李世杰站在作战室门口，焦急地等待着。

一辆黑色轿车飞驰而来，戛然停在作战室门前。

侍卫快步走上前去，打开轿车的后门。

傅作义表情肃穆地走下轿车，一眼看见李世杰。

李世杰行军礼："总司令……"

傅作义严肃地说道："进屋再说!"他说罢快步进作战室的大门。

李世杰："是!"遂紧跟其后走进作战室大门。

华北剿总司令部作战室 内 日

傅作义走到作战地图前边，低沉地说道："讲吧!"

李世杰指着作战地图讲道："目前，平北密云遭到林彪所部的围攻，火力之猛，远超我军的想象。我守城部队一万余人，已经被共匪消灭大部……"

傅作义："到底有多少人马被共匪消灭?"

李世杰："他们报告说，八千余人。"

傅作义："他们还在坚守密云吗?"

李世杰："坚守! 不过，他们想撤守密云，可我没有接到您的命令……"

傅作义："传达我的命令，立即撤守!"

李世杰："是! 由此我们可以获知，林彪的东北军业已入关，很快就对北平构成巨大的威胁!"

傅作义："这是一定的!"

李世杰："由此还可以判定，毛泽东调东北军迅急入关，他们攻下密云之后，一定是截断我第三十五军的东归之路。这样，第三十五军就危在旦夕了!"

傅作义："南边杨得志的第二兵团有什么消息吗？"

李世杰："据今天的飞机高空侦察，发现杨得志的第二兵团快速向北挺进。"

傅作义用手在作战地图上沿着平绥线画了一个长方形的圆圈："他毛泽东的胃口不小啊，想在这些地方消灭我的四个军——尤其是我第三十五军。"

李世杰："我赞同总司令的判断！"

傅作义蹙着眉头在室内快速踱步，似在想破解之法。

李世杰看着傅作义踱步沉思且又一言不发的样子。

傅作义猝然驻足原地，命令地："请记下我的命令要点！"

李世杰："是！"

傅作义："电令郭景云，务必赶在共匪合围之前，第三十五军全体将士分乘四百辆美式卡车急返北平。沿途有再好的战机切勿恋战！"

李世杰："是！"

傅作义："为防毛泽东在中途截击我第三十五军，电令驻守怀来的一〇四军和驻昌平的十六军梯次西进，予以接应。"

李世杰："是！"

傅作义："为牵制杨成武的第三兵团尾追我第三十五军，电令孙兰峰坚守张家口。"

李世杰："是！"他看了看傅作义那严厉的表情，问道，"我们如何应对林彪大军入关呢？"

傅作义："容我酝酿成熟之后先报告南京，再调动他们的嫡系中央军保卫北平。"

李世杰："是！"

傅作义："记住，在张家口有东、西两个战场，时下重点在西边；西边战场的重点是我第三十五军安全撤回北平！"

李世杰："是！"

傅作义："切勿让毛泽东获知这一重大的军事决策！同时，要派出十二架侦察机从空中掌控共匪的军情。"

李世杰："是！"

西柏坡　中央军委作战室　内　晨

西柏坡农家的雄鸡高唱，电灯也渐渐地失去了亮光。

毛泽东依然驻足作战地图前望图沉思，地图出现幻影：

作战地图上的张家口化作冷清的城市；

商贾的铺面上板，市民的屋门紧闭，死一样地寂静；

郭景云乘坐汽车，他挥舞双手向欢送的孙兰峰等道别；

一辆辆军用卡车满载第三十五军将士驶过张家口街道。

这一幅幅画面远去，还原出作战地图。

毛泽东的视线紧紧盯在新保安、下花园的坐标上，遂又渐渐化成实景：

郭景云坐在汽车上，骄首昂视两边欢送的国军将士；

身后是一辆接一辆的军用卡车，满载东归的国军将士；

这一幅幅热闹的画面远去，幻化出作战地图。

毛泽东突然大声自语："傅作义，你做梦去吧！"遂把手中的烟蒂用力掷在地上。

突然，身后传来朱德的话声："老毛！你怎么想让傅作义做梦见周公去啊？"

毛泽东转身一看：

朱德提着一只木制的饭盒冲着他憨笑。

周恩来轻轻地关上电灯，说道："主席！该吃早餐了。"

毛泽东："老总，先把饭盒放在桌上，告诉我，杨罗耿兵团有消息了吗？"

朱德微微地摇了摇头。

毛泽东："这到底是为什么呢？他们可是平津战役第一阶段唱主角的啊！一旦让郭景云的第三十五军回到北平，下面的戏就不好唱了！"

周恩来沉重地："就是杨成武的第二兵团、程子华的先遣兵团有了消息，主席也会生气的！"

毛泽东一怔："发生什么问题了？"

周恩来取出两份电报："你看吧！"

毛泽东看罢第一份电报，用力摔在桌子上："岂有此理！我再三电令，一是要准时到达指定的作战地点，再是不准各行其是！可杨成武、程子华就是要各行其是，让郭景云的第三十五军从张家口撤出，如中途不受到我军顽强的抗击，他那四百辆军用卡车不到天黑就回到北平了！"

周恩来："诚如杨成武、李天焕检讨的那样，他们认为张家口的守军一旦获知东北先遣兵团急驰西来，杨罗耿兵团飞速北进之后，遂做出固守张家口的孙兰峰兵团等部队向西逃跑的可能性增大，故把防守重点由东面改了西边。"

毛泽东："所以他们违拗中央军委的命令，私自放弃了在东面割断张家口、宣化之间的命令！"

周恩来："是的！"

毛泽东震怒地："这不是理由，这是他们一厢情愿的想法！事后，是一定要严肃批评的。"

朱德："程子华的先遣兵团为了确保潮河、白河渡口，想先拿下密云再挥兵西进，没有想到——"

毛泽东："他们想搞个顺手牵羊，没有想到哇，却啃了一根硬骨头，致使先遣兵团贻误戎机！"

周恩来严肃地："时下没有别的路可走，只有给他们下死命令，不惜牺牲一切代价，紧紧抓住敌第三十五军！"

毛泽东："杨罗耿兵团呢？"

朱德："依然没有消息！"

毛泽东怅然且又失望地叹了口气："看来，只有托马克思的福了，他们能准时到达作战地点。"

朱德："老毛，民以食为天，咱们三人边吃边谈好不好？"

毛泽东断然地说道："不行！你们二位先吃，我立即给他们——尤其是第三兵团草拟电报，严肃批评他们独行其是，一定要深刻体会中央军委的战略意图！"

周恩来："还要指明大兵团作战——尤其是两大野战军协同作战，必须要坚定地执行中央军委的命令！"

朱德："对！尤其是要让杨罗耿兵团奋力到达作战地点的必要性！"

太行山的山路　外　日

阴晴不定的太行山一片皆白，寒风吹起积雪，卷起一片又一片雪花。

杨罗耿兵团的指战员荷枪实弹地奔跑在大雪覆盖的山道上。

杨得志、罗瑞卿、耿飚骑着战马行进在山道旁边，从他们的表情可知，无限忧愁在心头。

一声大吼："首长——"自身后传来。

耿飚机智地转过身来一看：

通讯员骑着一匹白马飞驰而来。

耿飚边说"杨司令！罗政委！赶快下马。"边跳下马来。

杨得志、罗瑞卿相继跳下马来。

通讯员骑马跑到近前，飞身跳下马来，他打开挎在腰间的皮包，取出三份电报："报告首长！毛主席连续发来三份电报。"

罗瑞卿长叹了一口气，边说"谢天谢地！电台终于修好了！"边接过三份电报。他看完一份遂交给杨得志。

杨得志看完一份又交给耿飚。

在这期间，通讯员纵身跳上战马，两腿用力一夹，掉转马头，沿着山路边跑去。

杨得志叹了口气："咳！坏了，坏了，要出大事了！昨天的电报，今天才收到，眼下还有两天的路程，这回可麻烦大了！"

罗瑞卿自责地："问题还是出在我们的身上，要是一开始就下定决心 5 日赶到，那是不成问题的。是我们对中央军委、毛主席的意图理解不够，对敌人——尤其是敌第三十五军如此迅速东逃的严重性估计不足！"

这时，耿飚从皮包中取出作战地图铺在雪地上，用四块石子压住地图的四个角，遂又用手量着距离，他近似发牢骚地说道："今天已经是 5 号了，别说大部队了，就算是先头部队，再搞强行军，也肯定赶不到了！"

杨得志起身在地上蹙眉凝思，突然发问："我四纵十二旅现在什么方位？"

耿飚有情趣地说道："电台刚刚支上，具体的位置等联系上以后才知道。"

罗瑞卿无奈地："耿飚同志，冀察军区的詹大南所部应距离平绥线近些吧？"

耿飚："这也需要用电台联系以后才能知道准确地点。"

杨得志："你立即去通信科盯着，和他们联系上以后，让他们先顶上去，等候主力部队的到达。"

罗瑞卿急忙补充："同时，把我兵团的位置向中央军委、毛主席报告。记住，电告各纵队领导：立即出发，要快，要强行军！"

耿飚边收起作战地图边说："另外，前边就是大洋河，我主力部队如何才能渡过去。"

杨得志："通知李正和来鹰，他们有涉渡冰河的经验和教训，请他们赶到大洋河南岸作指导！"

耿飚："是！"他纵身上马，沿着山路驶去。

大洋河南岸　外　傍晚

耿飚和李正、来鹰站在南岸河边上，正在指挥我军指战员涉渡冰河。

杨得志、罗瑞卿骑马赶到大洋河的岸边，他们翻身下马，放眼望去，只见：

大洋河南岸一片奇景，有的指战员正在脱掉身上的棉衣，有的把棉衣捆成一捆扛在肩上，有的已经赤身裸体地跳下冰河，一边破冰一边向北岸走去。

李正拿着他那把军号高奏冲锋号，回响在长空。

来鹰大声喊道："同志们！上岸后，一定要把身体擦干，迅速穿上棉衣，小跑行军！"

耿飚快步跑过来，乐观地："请司令、政委放心，一切保证完成任务！"

杨得志："詹大南、王昭同志联系上了吗？"

耿飚："联系上了！詹大南同志离铁路、公路较近，不需要一个小时就能赶到，然后再动员附近的百姓连夜破路，让郭景云那四百辆卡车寸步难行！"

杨得志："很好！"

罗瑞卿："李正同志为什么要吹冲锋号啊？"

耿飚："李正同志说，涉渡冰河，是一场特殊的战斗，要像战场上发起总攻的时候那样，先吹响冲锋号！"

罗瑞卿："很好！太难为来鹰同志了，她还没有结婚，就站在岸边大声为赤身涉渡冰河的同志呐喊、助威！"

耿飚："她说，同志们为了新中国不怕冻，不怕负伤，赤身裸体渡冰河，我还怕害羞吗？"

杨得志激动地："多么好的同志啊！"

罗瑞卿："战争结束之后，我要为她请功！"

杨得志："好！我们也脱下戎衣渡冰河！"

这时，通讯员骑马飞驰而来，翻身下马，大声地："报告！毛主席发给三兵团的电报，并严令三位首长阅看。"

罗瑞卿接过电报，打开手电说："来！我们三个人一块看吧。"

远方显出毛泽东的伟岸形象，他大声说道："我们多次给你们电令，务必巩固地隔断张、宣两处，使两处之敌不能会合在一起。你们必须明白，只要宣化敌四个师不能到张家口会合，则张家口之敌即不会西逃；如果你们放任宣化敌到张家口会合，则不但张家口集敌九个步兵师三个骑兵旅，而后难以歼灭，而且随时有集中一起向西冲逃的危险。因此，你们必须坚决执行我们历次电令，一纵确保沙岭子、八里庄一带阵地，必要时将二纵一部或全部加上去，待杨、罗、耿到达后再行调整部署（必须先得我们批准），不可违误！"

　　远方毛泽东渐渐隐去。

　　杨得志、罗瑞卿陷入沉思、不语。

　　耿飚："杨司令！接下来的棋该怎么走啊？"

　　杨得志坚定地："脱下冬装，涉渡冰河！"

　　定格　叠印字幕：第三十二集终

第三十三集

大洋河南岸　外　傍晚

杨得志、罗瑞卿陷入沉思，不语。

耿飚："杨司令！接下来的棋该怎么走啊？"

杨得志坚定地："脱下冬装，涉渡冰河！"

耿飚："是！"他转身看了看罗瑞卿那凝重的表情，问道，"罗政委！猜猜看，毛主席还会生我们的气吗？"

罗瑞卿："岂止是生气哟，他一定对我们是盛怒！"

西柏坡中央军委作战室　内　夜

毛泽东盛怒在胸地站在作战地图前，十分严厉地下达作战命令："……同意杨成武、李天焕部署，除以一个旅参加下花园作战外，其余七个旅全部包围张垣之敌。杨李过去违背军委多次清楚明确的命令，擅自放弃隔断张、宣联系的任务，放任三十五军东逃是极端错误的。今后杨李任务是包围张垣之敌，务必不使该敌向西或绕道跑掉……杨李应严令所部负此完全责任，不得违误！"

在毛泽东下达作战命令的远方化出：

杨成武、李天焕等指挥员率第三兵团官兵在风雪交加的夜里拼力强行军。

随着毛泽东下达命令的结束，远方杨成武、李天焕等率部强行军的画面渐渐消失。

毛泽东继续盛怒在胸地站在作战地图前，十分严厉地下达作战命令："程子华、黄志勇应令所部迅速到达并占领怀来、八达岭一线，隔断东西敌人联系，并相机歼灭该段敌人。"

在毛泽东下达作战命令的远方化出：

程子华等指挥员亲率穿着黄冬装、戴着狗皮帽子的东北野战军先遣兵团在雪地上强行军。

随着毛泽东下达作战命令的结束，远方程子华等的画面渐渐消失。

毛泽东仍旧盛怒在胸地站在作战地图前，十分严厉地下达作战命令："杨得志、罗瑞卿、耿飚应遵守军委多次电令，阻止敌人东逃，如果该敌由下花园、新保安向东逃掉，则由杨罗耿负责。"

大洋河北岸雪地　外　夜

杨罗耿兵团的指战员顶风冒雪近似小跑地强行军。

镜头渐渐摇到不远的一片雪地，只见：

杨得志、罗瑞卿蹲在雪地上，愤怒地凝思不语。

耿飚打着手电筒、拿着电文看着杨得志、罗瑞卿的表情，有情绪地："杨司令！罗政委！先不要生气，等我把毛主席的电文念完以后，咱们再一块生气想办法好不好？"

罗瑞卿："好！接着念。"

耿飚凭借手电灯光继续念道："军委早已命令杨罗耿，应以迅速行动于 5 日到达宣化、怀来间铁路线，割断宣、怀两敌联系，此项命令亦是清楚明确的。三十五军于 6 日 13 时由张垣附近东进，只要杨罗耿于 6 日上午全部或大部到达宣怀段铁路线，该敌即跑不掉！"他抬起头看了看杨得志、罗瑞卿，"毛主席的来电念完了！"

杨得志、罗瑞卿、耿飚相继站了起来，谁也不说一句话。

罗瑞卿近似自语地："对三兵团的命令是'不得违误'，对我们二兵团的指令是'该敌由下花园、新保安向东逃掉，则由杨罗耿负责'。"

他表情肃穆地摇了摇头，又近似自语地说道，"自打我到达中央苏区以来，从未收到主席措辞如此严厉的电报。"

杨得志似理亏地说道："我自打上井冈山以来，也未收到过主席措辞如此严厉的电报！"

这时，一阵急如雨点的马蹄声由远而近，只见：

通讯员骑马迅急跑来，他飞身下马，打开机要皮包取出一份电文："报告！敌三十五军已经越过下花园，奔新保安去了！"

杨得志听后大惊，接过电文阅罢转给罗瑞卿。

罗瑞卿阅罢转给耿飚，焦急地问道："耿飚同志，从下花园到新保安有多少里程？"

耿飚边看边说："从下花园到新保安只有十五公里。"

杨得志震惊地自语："啊……十五公里，就是步行，到天亮也从下花园赶到新保安了。"

耿飚："司令员！他们可是全部机械化的三十五军，乘汽车走十五公里，那还不是易如反掌！"

罗瑞卿故作镇定地："从下花园到新保安之间不是还有个鸡鸣驿吗？"

耿飚："有！"

罗瑞卿："从下花园到鸡鸣驿有多远？"

耿飚："约有十公里！"

杨得志："马上给四纵政委王昭同志发电报，命令十二旅不惜一切代价，坚决堵住敌三十五军，一定要坚持到大部队赶到！"

罗瑞卿："最好能抢先占领新保安，这样可以延缓敌三十五军东进的时间。"

耿飚："是！同时发报给三纵、八纵和四纵的其他两个旅加快行军速度。告诉他们，全体指战员都要拿出拼命的劲头来！"

杨得志："好！"

罗瑞卿非常严肃地说道："还要使大家都清楚，如果让三十五军从我们手里逃过新保安，和怀来的一〇四军会合，那我们二兵团是交不了差的！是要铸成历史大错的！”

东去的土公路 外 夜

不远处传来时断时续的枪炮声。

我军民抡起镐头、拿着铁铲在土公路上拼力破路，并传出镐头撞击冻土的响声。

我四纵唐子安参谋长站在公路边大声喊道："同志们！老乡们！为了我们就要建立的新中国，不要怕吃苦，更不要怕出汗，坚决把三十五军挡在新保安以西！"

这时，王昭骑着战马赶到近前，飞身下马，十分严厉地说道："唐参谋长！刚刚接到兵团首长的紧急电报，要我们不惜一切牺牲——哪怕战斗到最后剩下一个人，也不准让三十五军越过新保安！"

唐参谋长："是！我们二兵团的主力，距离我们还有多远的路程？"

王昭："兵团首长没有说！"

唐参谋长："王政委！你说我们该怎么办吧？"

王昭："据可靠的情报，郭景云率三十五军已经越过下花园，说赶到鸡鸣驿吃晚饭，然后再向新保安进发。为此，我命令你率十二旅主力两个团立即赶到鸡鸣驿，与冀察军区詹大南所部合兵一处，把三十五军死死地困在鸡鸣驿。"

唐参谋长："需要我们坚守多长时间！"

王昭："天亮之前！"

唐参谋长："那明天上午怎么办？"

王昭："我亲率一个团赶到新保安，要智取通向北平的这条道路的重要命脉。"

唐参谋长一怔："什么，你要智取新保安？"

王昭："对！你快率部赶往鸡鸣驿，迎接郭景云吧！"

唐参谋长："是！"转身快步走去。

东行的公路上　外　夜

远方传来交战的枪炮声。

近处是隆隆东去的汽车马达声。

夜色的公路上亮着弯弯曲曲的汽车灯光，可见浩浩荡荡的美式卡车，满载着荷枪实弹的国军将士。

一辆美式吉普车按着喇叭驶来。化入车内：

身着将军呢戎装的郭景云坐在后排座位上，侧首看了看穿着将军呢戎装的吉参谋长，得意地说道："吉参谋长！我是陕西人，从小喜欢我们陕北的《信天游》，自打来到绥远一带，我又喜欢上了这里的《爬山调》。怎么样，我给你喊两嗓子，品一品俺喊的有没有点绥远味。"

吉参谋长叹了口气："咳！郭军长，用我们老家的话说，打铁你也得看看火候啊，等我们三十五军撤回北平以后，你再给我们的傅总司令唱这《爬山调》好不好？"

郭景云学着用绥远话骂了一句"蛋球事！"遂又接着说道，"你不爱听啊我喜欢唱！"接着，他放声唱起了自编唱词的《爬山调》：

> 翻过了一山啊又一山，
> 日头啊躲进了云里边；
> 走过了一路啊又一路，
> 就是不见那亲蛋蛋的土八路……

突然，吉普车"吱"的一声停了下来。

郭景云随着吉普车猝然停车，他和吉参谋长随着惯性几乎扑在了前边车座上，生气地："他娘的！前边出现了什么情况，就冷不丁地来了个急刹车？"

吉参谋长："郭军长，我下去看看。"他说罢打开车门，跳下吉普车，随手又关上车门。

郭景云放眼向前边一看：

美式运兵的卡车一辆接一辆地停在了土公路上。

他侧耳一听：前方传来了密集的枪炮声。

郭景云高傲地不屑一顾，遂又用口哨吹起了《爬山调》。

有顷，吉参谋长快步走回，打开车门走上吉普车，有些心慌地说："郭军长！大事不好了……"

郭景云生气地："慌什么？前边发生了什么事情？"

吉参谋长："前边，土八路把公路挖了一道又宽又深的沟，上边铺了一些干草，我们运兵的卡车不知情况，咔嚓--声，车头就栽到沟里了。后边的卡车没有防备，一辆接着一辆地追尾了，不少将士因此而受了伤。"

郭景云生气地："传我的命令，没有追尾的卡车绕过这道沟继续前进！"

吉参谋长："不行啊！据他们说，公路上不远就有一条沟，很难前进啊！"

郭景云："开到公路下面走，等到鸡鸣驿吃过晚饭，就提前向新保安开进！"

吉参谋长："恐怕新保安也不好去了，你听听前边这密集的枪炮声……"

郭景云："我早就听见了！告诉我，是共匪的主力部队开的枪吗？"

吉参谋长尴尬地："这、这……"

郭景云震怒地："这什么？今天下午，傅总司令来电告之，杨得志的第二兵团刚过大洋河，他们能赶到吗？"

吉参谋长低沉地："赶不到。"

郭景云："同时，傅总司令还告知，林彪所部还未到达八达岭，他们能阻我车队前行吗？"

吉参谋长："不能！"

郭景云："杨成武的第三兵团呢？"

吉参谋长："他们继续围困张家口。"

郭景云："这就说明前边突然响起的枪炮声，是当地的游击队所为！"

吉参谋长："是！"

郭景云："说句老实话，此次增援张垣无一所获，我真想碰上共匪的主力打他一仗，消灭他万儿八千的，也好向傅总司令交差啊！"

吉参谋长："是！"

郭景云："我们的车到达鸡鸣驿以后，立即给新保安打电话，命令他们消灭破路的土八路！"

吉参谋长："是！郭军长，我们在鸡鸣驿吃过晚饭以后就驱车返回北平吧？"

郭景云猝然发怒："你是不是让土八路给吓破胆了？"

吉参谋长胆怕地："没、没有……"

新保安城门外　夜

远方的夜空传来时隐时现的枪炮声。

城门楼下站着双岗，棉军帽的耳垂紧紧系在下巴上，双手抱着大枪，原地快速踱步取暖。

在距离城门不远的地方，王昭带着夺城的指战员趴在雪地上匍匐前行。

有顷，一辆吉普车开着两束贼亮的灯光，不停地按着喇叭，向着城门飞驰而来。

王昭小声地："注意！只要听见枪响，大家就快步攻进城门，夺下新保安。"

"是！"

城门下执勤的双岗下意识地端起大枪，对准急速驶来的吉普车。

吉普车戛然停在城门前。

执勤的双岗大声问："干什么的？"

这时，我军四个侦察兵纵身跳下吉普车，其中一位提着一把手枪骂骂咧咧地说："你们瞎了眼了？在新保安这地段谁能坐美国的大吉普啊？"

四个执勤的岗哨拉开枪栓，把枪口对准了我四位侦察兵，大声骂道："少他娘的拿美国大吉普吓唬我们！刚才，我们的上峰接到了三十五军郭军长的电话命令，今晚是特殊时期，不准放任何人进新保安！"

一个侦察兵大声喊道："你们过来看看，我们正是郭军长最贴身的勤务，他让我们乘车前来通知你们的上峰，郭军长在鸡鸣驿吃过晚饭以后，立即赶到新保安下榻。"

那个执勤的岗哨一怔："下榻……"

我侦察兵大声说："下榻就是睡觉！"

那个执勤的岗哨："有意思，下榻就是睡觉……"

侦察兵："对！"他举起手枪一挥，"动手！"

说时迟，那时快，我四个侦察兵蓦地上去锁喉，同时又下了四个勤务兵手中的大枪，接着一人一枪，把四个执勤的岗哨放倒在地。

同时，王昭从雪地上纵身跃起，带着指战员冲进了城门。随即新保安城里响起了激战的枪声。

鸡鸣驿临时军部　内　夜

鸡鸣驿外的夜空传来忽急忽疏的枪声。

郭景云、吉参谋长带着一批随从马弁走进临时军部。他抬头一看：一桌丰盛的塞上酒宴摆在八仙桌上。

吉参谋长："郭军长！这是鸡鸣驿的父母官特准备的酒席，希望您能赏光、喜欢。"

郭景云："我当然喜欢了！从离开张家口，我们就没吃上一顿像样的饭了，都坐下吃吧！"他说罢带头坐在了主位上，端起面前的酒杯说道："来！为明天顺利撤回北平，干杯！"

"干杯！"

这时，吉参谋长拿起盘中的一只鸡，撕下了一只鸡腿送到郭景云面前："军长！当年慈禧太后老佛爷，向西安逃跑的时候路过此地，称道了这里的鸡好吃！"

郭军长接过鸡腿看了看，笑着说："老佛爷都说鸡鸣驿的鸡好吃，我当然也要尝一尝了！"他上去就是一口，边吃边说，"好吃！名不虚传。"

突然，夜空中的枪声越来越紧。

吉参谋长侧耳听了听："军长！你听？"

郭景云："听什么！都是一些土八路、游击队在搞所谓的虚张声势，吓唬我们。不听！吃鸡……"

这时，一个通讯兵慌张地走进："报告！土八路攻进新保安了。"

吉参谋长大惊："怎么攻进去的？"

通讯兵："他们说是被土八路骗开了城门，走进去的。"

吉参谋长："一群饭桶！"他看了看继续吃鸡的郭景云，"郭军长，我们趁着兵荒马乱之际，赶快乘车回北平吧？"

郭景云高傲地："怎么撤？四百辆卡车的车灯一亮，犹如白昼，这不正好给杨得志他们制造了最好的打援机会吗？"

吉参谋长："这、这……"

郭景云："这有什么好怕的？再说，杨得志兵团的主力距离我们还有近百里之遥，他们能赶到吗？"

吉参谋长："不能！"

郭景云："让新保安的守部撤到城外，等到明早一亮天，我们拿下新保安，然后再回北平。"

吉参谋长："是！"

郭景云："记住，杨得志兵团没到之前，我们就是安全的！"

通向新保安的大道　外　黎明

李正那清脆的竹板声送走了黑夜，来鹰那穿透力极强的数来宝的声音迎来了黎明：

> 三十五军好比山药蛋，
> 已经放在锅里边；
> 解放军四面来烧火，
> 越烧越煮越软绵。
> 同志们，别着急，
> 山药蛋不熟不能吃；
> 战前工作准备好，
> 时间一到就攻击！

在李正、来鹰的数来宝的声音中化出：

第二兵团的指战员连呼哧带喘地向前奔跑。

杨得志、罗瑞卿、耿飚骑着战马赶到跟前，用心地听李正、来鹰的数来宝。

罗瑞卿大声地："数得好！敌三十五军这锅山药蛋就要被我们煮熟了！"

杨得志："我看啊，就把这段数来宝登在我们的小报上，鼓舞我们指战员的杀敌斗志！"

耿飚："我赞成！"

这时，通讯员骑着一匹快马跑到近前，摇着手中的电报大声说："首长！王昭政委他们占领了新保安。"

耿飚上去夺过电报，大声说道："好一个王昭！"遂展开电报迅速看完。

杨得志："不要传阅了！你就说说他们是如何攻占新保安的吧！"

耿飚："王昭他们利用双方混战，敌我间隔特别小的机会，在夜里冒充敌人骗开了新保安的西门，只用了二十分钟，就把睡在梦里的守敌歼灭干净，进而控制了新保安。"

杨得志："耿飚同志，新保安的城墙坚固吗？"

耿飚："坚固！该镇的城墙高十二米，顶宽六米，可并行两辆大车，墙根更宽，分东南西三座城门，是按'城池三门'的规格修建的。每座城门都修有高大的门楼。郭景云不动用大炮，坚守一天绝无问题！"

杨得志："下马！"他说罢第一个跳下马来。

罗瑞卿跳下马来，冲着李正、来鹰幽默地说："二位艺术家！我们借用你们的宝地一用。"

"好嘞！"李正、来鹰说罢向前跑去。

杨得志："耿飚同志！把地图摆在地上。"

耿飚："是！"遂取出作战地图铺在雪地上，取出一支红笔在"新保安"三个字上重重地画了一圆圈。

杨得志："立即给三纵、四纵、八纵下达作战命令！"

耿飚："四纵应于中午到达新保安，立即占领新保安以西、以南地区。"

杨得志："要特别注明，把退出新保安的四纵十二旅撤到安全的地方休息。"

耿飚："是！与此同时，三纵向西，占领新保安以东、以北地区。"

杨得志："不仅要堵住东边来增援的敌军，还要把重新占领新保安的三十五军困死在城中！"

耿飚："是！八纵到达指定地点以后，从正面向北展开，接替十二旅的防务。"

杨得志："同时，明确电令王昭同志，务必坚持到午时，然后再主动撤出新保安，演一出请君入瓮的好戏，让郭景云率部进入新保安。"

罗瑞卿："然后，我第二兵团迅速合围新保安，待请示中央军委和毛主席以后，我们就对敌三十五军发起歼灭性的总攻击！"

耿飚：“好！”

罗瑞卿：“同时，还要向中央军委、毛主席发报，王昭同志率十二旅占领了新保安！”

耿飚：“是！”

西柏坡　中央军委作战室　内　日

毛泽东非常严肃地驻足作战地图下面，手里拿着一支红蓝铅笔，一边听叶子龙报告一边在作战地图上画些记号。

叶子龙拿着几份电报说道：“杨成武、李天焕电告，华北野战军第三兵团遵照中央军委、毛主席的电令，重新包围张家口，并隔断张家口、宣化的敌人。”

毛泽东在作战地图上画了一个符号，说道：“很好！第三兵团！”

叶子龙捧着电报说道：“杨罗耿发来的第一封电报，说王昭同志亲率四纵十二旅，利用智慧骗开了新保安西门，为第二兵团到达新保安赢得了时间！”

毛泽东：“很好！立即电告杨罗耿：中央军委通令嘉奖第二兵团四纵队十二旅全体指战员！”

叶子龙：“是！”

毛泽东：“接着念！”

叶子龙：“杨罗耿刚刚发来的电告，说华北野战军第二兵团遵照中央军委、毛主席的电令，全体指战员顶着刺骨的寒风，砸开冰层，涉渡冰河，不顾一切往前赶，终于完成了中央军委交给的战斗任务！”

这时，周恩来、朱德悄然走进。

毛泽东：“很好！还有吗？”

叶子龙：“有！最令我感动的是，第二兵团政委罗瑞卿同志严肃地告诫全体指战员：如果让敌三十五军从我们的手里逃过新保安，和怀来的一〇四军会合，那我们的第二兵团是交不了差的，一定会铸成历史的大错。”

朱德插话说："罗长子讲得好，懂政治！"

毛泽东转身一看，笑着说："我正想向二位报告一个好消息，到今天，也就是 12 月 10 日，第二兵团、第三兵团、东北先遣兵团，全部完成了中央军委交给他们的战斗任务！"

周恩来："也就是说，我杨罗耿兵团完成了对新保安敌三十五军的包围？"

毛泽东："对！"

朱德："看起来，关键的时候用兵一定要狠，要敢于下死命令！"

毛泽东笑着说："不过，完成了任务，我们还应嘉奖。"

周恩来："这就叫奖惩严明！"

叶子龙："诸位首长，上面那些先受批评，后受表扬的首长——尤其是杨罗耿三位请示，何时发起歼灭敌三十五军的战役？"

毛泽东断然地："立即电告杨罗耿，围而不打！"

叶子龙一惊，脱口而出："什么？让杨罗耿兵团指战员围而不打……"

毛泽东："对！告诉杨罗耿三人，这是平津战役第一阶段中的一招妙棋，必须坚决服从中央军委的决定！"

叶子龙为难地："首长们是知道的，他们为消灭三十五军这口气憋了两年多了……"

毛泽东生气地："不要再说了！"

周恩来抢先说道："放心，这难做的思想工作交给罗长子，他能理解中央军委深远的用意！"

叶子龙摇了摇头边说"但愿如此！"边走出了作战室。

毛泽东取出一份电报，说道："刚才，我收到林彪、罗荣桓、刘亚楼发来的电报，就在我们想方设法滞迟敌三十五军不要撤回北平的期间，我东北野战军第一、第二兵团部，十二个步兵纵队四十八个师；一个铁道兵纵队四个支队；特种兵两个地面炮兵指挥所辖二个团，一个骑兵师等，共八十余万人马全部入关了！"

朱德："如果再加上我华北野战军第二、第三兵团等部队约十三万人枪，再算上各地方部队，参加平津战役的总兵力约有一百万人马！"

周恩来："平津战役定矣！"

毛泽东从桌上取出一沓文稿："但如何才能把文武两台戏同时唱好呢？我起草了一份《关于平津战役作战方针》，等二位看后再讨论！"

周恩来："是！"遂接过《关于平津战役作战方针》文稿。

毛泽东："从现在起，要北平地下党组织通过傅冬菊，随时随地观察傅作义的表现。"

北平　华北剿总司令部　内　夜

傅作义极度惶恐不安，忽而拿起桌上的电报翻阅，忽而又走到作战地图上查看。

李世杰快步走进，诚惶诚恐地说道："总司令！郭景云军长又发来求救电报：他率部三次突围，都被围成铁桶似的共军给堵回新保安城里了！"

傅作义："我也搞不明白，他离开张家口都快五天了，为什么就回不到北平呢？"

李世杰："一言难尽了！还是想想明天我们如何营救三十五军从新保安突围吧！"

傅作义："咳！到现在我们所能做的就一条了，明天再多派军机掩护他们突围！"

李世杰："另外，现在完全证实，林彪率百万共军入关！"

傅作义大惊失色："啊！是真的……"

李世杰："千真万确！"

傅作义喟叹不已地："咳！毛泽东啊毛泽东，你是想用两路大军南北夹击，东西对进，迫我就范啊！"

李世杰："这是不言而喻的！"

傅作义："你立即传达我的命令：急调驻守天津、塘沽的第九十

二、第六十、第九十四军主力回援北平；令第十三军放弃怀柔、顺义，撤回通县；令一〇一军主力放弃涿县、良乡，撤回宛平、丰台、长辛店、门头沟一带。”

李世杰："是！"他沉吟片时，问道，"总司令，除了战斗以外，我们还有没有其他生路可走呢？"

傅作义又长叹了一声："我的李参谋长，手中没有了军队，也就等于失去了和他毛泽东谈判的资本。"

李世杰："他毛泽东用兵超乎常态，一个大战下来，没有休整、补充，就又挥兵入关，打了我们一个措手不及！"

傅作义："晚矣！"他挥了挥手，"快去下令调兵，保卫北平。"

李世杰："是！"转身走了出去。

傅作义近似失神落魄地在室内走来踱去。

傅冬菊端着一碗参汤走进："爸！趁热喝完参汤吧！"

傅作义："放在桌子上吧！"

傅冬菊："为什么？"

傅作义："爸喝不下去啊！"

傅冬菊："爸，你有什么心里话，告诉我，说不定我还能帮着爸分解忧愁呢！"

傅作义摇了摇头："等我想好了再和你说。"他转身又低沉地自语，"毛泽东啊毛泽东……"

毛泽东办公室　内　日

毛泽东驻足平津战役作战地图前沉思。画外音：

"张家口、新保安、怀来和整个北平、天津、塘沽、唐山诸敌，除去某几个敌军如三十五军、六十三军、九十四军中的若干个别师，在依靠工事守卫阵地方面尚有较强的战斗力外，其余的攻击精神都是很差的，都已成惊弓之鸟……"

周恩来、朱德相继走进，看了看毛泽东的背影，又走到放着三盘水果的桌子前边。

朱德笑着说："老毛，到这边来吧！"

毛泽东转过身来，一边走一边笑着说："你们二位怎么知道我到这边来呢？"

朱德："我和恩来看了你起草的《关于平津战役作战方针》，商量了一下，"他指着桌上那三盘水果，"我决定咱们三人对着这三盘水果再研究一下。"

毛泽东："好啊！老总先谈。如见解高明，赏水果一枚。"

朱德指着三盘水果间的空隙说道："在布阵阶段，对张家口、新保安采取围而不打；对北平、天津、通州作隔而不围，实属是出敌所料的一步大棋。"

周恩来指着三盘水果说道："这样布阵的好处是，可以给傅作义造成许多误判。首先，他为了挽救自己看家的却又被围在新保安的第三十五军等部队，绝不会同意在平津的中央系部队南下；其次，待我们依次消灭了新保安、塘沽、唐山、天津诸敌之后，傅作义就有可能同意和平解决北平。"

毛泽东胸有成竹地："千里之行，始于足下，我们还是谈谈最现实的问题吧！时下，张家口、新保安围而不打的战略格局完成了，当务之急则是已经到达蓟县的林彪、罗荣桓他们尽快对北平、天津、通州等地实现隔而不围。只要他们完成了这一布局，傅作义这些惊弓之鸟才能变成笼中之鸟。"

朱德："到那时，我们想先抓哪只就哪只。"

周恩来："立即电告林彪、罗荣桓他们，以最快的速度拿出一个可行的隔而不围的方针来。"

毛泽东长长吁了一口气，说道："在全国这盘大棋上，自然还有淮海战役。为了从旁加火，激化蒋介石和李宗仁的权力之争，自然也为了就要下台的蒋介石留点幻想，不迅速决定海运平津诸敌南下，电令刘伯承、陈毅、粟裕于歼灭黄维兵团之后，留下杜聿明指挥之邱清泉、李弥、孙元良诸兵团之余部，两星期之内不作最后歼灭之部署。"

朱德："好！这更出乎蒋介石的意料！"

周恩来："同时，也给傅作义这只笼中之鸟有更多一些思考的时间。"

毛泽东拿出一纸文稿，说道："平津战役已全面铺开，诚如我们原先预料的那样，这是一盘文武场皆有的大戏。为此，不但华北、东北这两大野战军应归林彪、罗荣桓、刘亚楼、谭政统一指挥，冀中七纵队及其他地方兵团亦应统一指挥。你们如无不同意见，即发！"

蓟县孟家楼　平津战役前线指挥部　内　夜

林彪严肃地："毛主席制订的《关于平津战役作战方针》，是指导性的纲领文件，我要求你们首先吃透这一作战方针的精神，然后再不折不扣地运用到具体战役之中。"

"是！"与会的指挥员答说。

林彪："对于我东北野战军下达了隔而不围的战略部署，我们更是要不走样地执行。为了尽快完成隔而不围的战略布局，我东北野战军决定成立左路、中路、右路三支大军，迅速插入北平、天津、塘沽、芦台、唐山诸点之间，并隔断敌在诸点间的联系。"

在林彪的讲话中摇出：罗荣桓、刘亚楼、谭政以及各兵团、各纵队司令员及政委。

林彪："下面，由刘亚楼参谋长下达具体的作战任务！"

刘亚楼指着平津战役作战地图严肃地下达命令："我左路大军，以第八、第九、第七、第十二、第二纵队及特种兵主力，执行隔断天津、塘沽、唐山之敌的联系，由野战军首长直接指挥！"

林彪："具体地说，由刘亚楼参谋长负责。"

刘亚楼指着平津战役作战地图继续下达命令："我中路大军，以第三、第六、第十、第一纵队和华北第七纵队，执行隔断北平、天津之联系，并从东、南两面威胁北平，由第一兵团统一指挥！"

"是!"萧劲光、萧华站起答说。

刘亚楼指着平津战役作战地图命令:"右路大军,以第四、第五、第十一纵队,从北、西两面进逼北平,由第二兵团统一指挥!"

"是!"程子华站起答说。

刘亚楼:"下面,请林总讲话!"

与会者热烈鼓掌。

林彪站起,示意停止鼓掌,说道:"目前,对于全局有决定作用的是徐州战场和华北战场。如果我们能做到全部歼灭华北之敌,并占领平、津,这将是一个极大的胜利!"

罗荣桓:"到那时,长江以北的局势即可底定,全国胜利的基础从此就可巩固地建立起来!"

与会全体指挥员热烈鼓掌。

北平　傅作义官邸客室　内　日

傅作义穿着一件滩羊皮的坎肩,愁云迷雾布满了他的额头,不时发出轻声的叹气。

有顷,傅冬菊像阵风似的走了进来,高声地:"爸!这大半年来,你第一次主动地想找我谈谈心啊!"

傅作义指着沙发:"你先给我坐下。"

傅冬菊:"是!"遂坐在了双人皮沙发上。

傅作义坐在对面的沙发上,十分为难地说:"你是记者出身,能保证不把我们父女间的私人谈话泄露出去吧?"

傅冬菊:"绝无问题!"

傅作义:"自从我第一〇四军被共军歼灭以后,被困在新保安的三十五军至今突围无门,只有坐困等死。再说,只靠着空军空投给养也难以为继啊!说说看,爸该走哪条路才能救弟兄们于危难之中呢!"

傅冬菊:"我先不回答爸爸的问题!请问,你知道徐蚌会战发生了重大变化了吗?"

傅作义："当然知道！蒋总统为救被围困的黄维兵团，由空军向双堆集的共军投掷代号为'甲弹'的糜烂性毒瓦斯炸弹，以及代号为'乙弹'的窒息性毒瓦斯炸弹。据说，触怒了毛泽东，他当即下令恢复对黄维兵团的进攻。"

傅冬菊："不是据说，是事实！我的同事告诉我，黄维兵团就在近日将在地球上消失，黄维将军不是死于激战的战火中，就是当解放军的俘虏！"

傅作义怅然地叹了口气："这是必然的！"

傅冬菊："如果爸爸再派飞机轰炸新保安战场，结果会比黄维的下场好吗？"

傅作义怆然地长叹："这正是爸爸的为难之处啊！"

傅冬菊："有什么可为难的？你是华北时下的太上皇，生杀大权操于一手，说白了吧，你如此为难，就是被所谓的常胜将军这块金字招牌害苦了！"

傅作义："咳！一语中的……"

傅冬菊："时下摆在你面前的有两条道：一是为了保全你的面子，牺牲跟着你东征西剿的绥远子弟；再是自己的面子不要了，你就能把这些绥远的子弟兵还给他们的父母。"

傅作义："让我再想想看。"

傅冬菊："还想什么？方才，天津《大公报》的同仁打来了电话，说林彪的百万大军不仅入了关，而且还把天津、北平分片包围了，只要毛泽东一声令下……"

傅作义："不要说了，不要说了。"

西柏坡　毛泽东的办公室　内　清晨

毛泽东十分兴奋地伏案疾书。

叶子龙拿着电报走进："主席！北平地下党组织发来急电，是傅作义的女儿通过崔月犁同志发给您的。"

毛泽东抬起头，笑着问道："是关于傅作义想投降又拉不下自己的面子吧？"

叶子龙："你怎么知道的？"

毛泽东玩笑地："我会算计！"

叶子龙："我才不信呢！说说看，还有什么内容？"

毛泽东："傅作义召集北平知名之士开会，听取他们的意见，大家一致同意，请傅作义走和平解放北平之路。"

叶子龙惊奇地："主席真是神了！"

毛泽东："有什么好神的？恩来同志在半夜里，就给我送来另外一条内线发来的密电。"

叶子龙笑了："原来是这么回事啊！"

毛泽东："现在，你帮我办一件事，买二十个烤得又香又脆的缸炉烧饼，中午之前送到小食堂。"

西柏坡小食堂　内　午

一条长长的原木桌，上面摆着一盆热气腾腾的汤和四盘缸炉烧饼。

毛泽东："今天，我和老总、恩来做东，请你们几位即将就任封疆大吏的同志喝羊肉白菜汤，吃缸炉烧饼。恩来是知道的，去年在陕北召开十二月会议，我们只能请远道而来的陈毅同志吃用黑豆做的钱钱饭。"

在毛泽东的讲话中摇出：周恩来、朱德、彭真、叶剑英、聂荣臻、薄一波、黄敬等人。

毛泽东："虽说平津刚刚打响，但胜利是可期的，而且当在不远的明天。因此，我们必须派出得力的干部，准备去接管北平、天津等大中城市。下面，由恩来同志宣布经中央讨论决定的任命名单！"

周恩来："彭真同志任北平市委书记，叶剑英同志任北平市委副书记兼北平市军管委员会主任兼市长！"

彭真："我们一定不辜负中央对我和剑英同志的委托！"

周恩来："黄克诚同志任天津市委书记兼军管会主任，黄敬同志任天津市长。"

黄敬："请中央放心，我保证做好一切准备工作。"

毛泽东："由于形势发展很快，一俟平津战役结束，华北野战军就逐渐地完成了它的历史使命。为此，中央军委决定成立平津卫戍区。由总司令宣读任命！"

朱德："中央军委任命聂荣臻为平津卫戍区司令，薄一波为政治委员。具体的人员组成，由聂荣臻司令提出，交由中央军委批准。"

毛泽东："应当说清楚，荣臻同志，华北野战军你还管，等你率部与林彪、罗荣桓见面之后，你还要参加平津战役的领导工作。但是，从现在起，你必须逐渐把工作中心移到组建平津卫戍区方面来。"

聂荣臻："我保证完成中央交给我们的任务！"

定格　叠印字幕：第三十三集终

第 三 十 四 集

北平　华北剿匪总司令部　内　日

傅作义蹙着眉头在打电话："喂！我已经知道了，徐蚌会战的前线吃紧，黄维兵团几将被刘邓大军消灭……我知道了，蒋总统被美国人、李宗仁逼得焦头烂额，已经无力回天了！"他说罢放下电话。

傅作义独自一人在室内缓慢地走来踱去，不时发出轻微的叹气声。

李世杰紧张地走进："总司令！郭军长打来几次需要增援的电话，我不知该如何答复他。"

傅作义："驻守在张家口的孙兰峰司令，他的手里不是还有五六万人枪吗？"

李世杰："他的日子也很不好过，十一兵团被共军杨成武所部困在城里，吃饭问题都很难解决啊！"

傅作义："你我是多年无话不谈的兄弟，说吧，我们该怎么办呢？"

李世杰："说句心里话，唯有把三十五军作为和谈的条件，才有可能得救。"

傅作义："这样的谈判，那不等于投降吗？"

李世杰："容我说句不当的话，在今天，我认为和谈绝不等于投降，每每想到跟着我们东杀西战的绥远兄弟，不要几天就会死在新保安、张家口，我真的不知有何脸面再见他们的父老乡亲！"

傅作义慢慢地低下了头，他几乎是哽咽着说："军人不讲做军人的道德，你我还能为人吗？"

李世杰："我们应该讲革命的道德！当年，汤武放桀，武王伐纣，自古被后人称道之，谁也没有骂他们伤天害理，违拗了祖宗传下来的道德。"

傅作义："这样一来，咱们过去的历史不就完了吗？"

李世杰："绝对不会的！相反，后人还会说我们顺应历史的大潮，做出对国人——尤其是对我们绥远的父老乡亲正确的选择。"

傅作义沉吟片时："听口气，你和北平城里那些大师、名人一样，主张和谈的。"

李世杰："对！如果谈不拢，作为军人，我依然会听您的指挥，与共军作战。"

傅作义："好！好……"

西柏坡　中央书记处会议室　内　日

毛泽东："为了发扬最大的革命人道主义，我为南线战场写了一篇《敦促杜聿明等投降书》，如果他能顺乎天意、民心，就可使二十余万生灵免于涂炭。"

周恩来："我了解杜聿明，他把蒋介石看得比什么都重要。换言之，他宁可为蒋殒命，也不会想手下的将士生死。"

朱德："那就坚决、干净、彻底地消灭它！"

刘少奇："那我们的心也就甘了！"

任弼时："还有一件事情要引起我们的注意，何应钦内阁倒台以后，蒋某人有意请孙科组阁，让张治中出任副阁揆兼国防部长。"

朱德："蒋某人真是到了穷途末路的地步了！"

毛泽东霸气地："但是，有一点我们必须清醒，那就是以美国为后台的政客、官僚、第三种人、还有一些受美国影响而变糊涂的知识分子，他们都会高喊和谈口号，迫使我们停止解放全中国的步伐，让蒋介石死灰复燃，消灭我们！"

周恩来一挥右手："这是绝对不允许的！"

毛泽东："为此，我们必须召开一次中央政治局会议，讨论明年各军作战的整个战略方针问题，以及准备召开七届二中全会，等等。为此，请弼时同志负责筹备工作。"

任弼时："是！"

毛泽东取出一份文稿，说道："据傅作义女儿报告，她的父亲想派人和我们先接触一下，能否进行和谈。为此，我起草了一份与傅作义代表谈判的原则，你们传阅后如无不同意见，立发！"

蓟县孟家楼　东北野战军司令部　内　日

林彪坐在平津作战地图前边，一动不动地审视作战地图。

刘亚楼兴冲冲地走进："林总！是不是接到毛主席的作战命令了？"

林彪转过身来，笑着说："我是接到毛主席的命令了，但不是要你组织围歼傅作义犹如惊弓之鸟的部下。"

刘亚楼一怔："那是什么命令呢？"

林彪转身拿一纸电文，说道："鉴于北平各界呼吁和平解放平津，傅作义被迫派出代表，和我们作试探性的接触。为此，毛主席给我发来了与傅作义代表谈判的原则，并点明要你出面和他们谈。"

刘亚楼惊喜地："没想到，毛主席要我这个唱赵子龙的武人，去当一回诸葛亮。"他随手接过毛主席发来的电文，用心地看了起来。

有顷，刘亚楼看罢电文，问道："傅作义派来的代表是何许人物？"

林彪："一个是傅作义的文官李炳泉，一个是北平《平明日报》的社长崔载之。"

刘亚楼："他们能代表傅作义吗？"

林彪："能！毛主席来电说，这两位代表当中有一位是我们的地下党员，让你放心大胆地谈。"

蓟县八里庄会议室　内　日

这是一间极普通的房屋，中间摆着一张长条桌子，一边坐着刘亚楼，一边坐着崔载之和李炳泉。

崔载之："我是北平《平明日报》的社长崔载之，是代表傅总司令前来谈判的。傅总司令说，过去曾有谈判的善意，这次是军事行动直接推动的，愿商谈解决问题之方策。"

刘亚楼："首先，我们愿意通过谈判解决平、津、张、塘战事，请崔先生讲出傅作义将军的谈判条件吧！"

崔载之："傅将军的意见是，第一，傅方研究出能搞到一部分蒋军飞机的方案，要求贵军让出南苑机场的控制；第二，要求贵军将被围在新保安的第三十五军两个师放回北平，不使中央系的军队进驻北平市内。如有必要时，在这两个师内可掺杂贵军开进北平市内；第三，在适当时机，由傅发出通电以影响中央系战力，和打破过去美国拉傅在必要时由联合国为美国建立政治基础的阴谋。"

刘亚楼："傅作义将军对中央系的军队控制情况如何？"

李炳泉："据我所知，傅作义先生对中央系军队不能完全控制。"

叠印字幕　中共地下党员　李炳泉

刘亚楼："崔先生，傅作义将军还有什么条件吗？"

崔载之："没有了！"

刘亚楼郑重地："我首先声明，无权对傅作义将军提出的三条回答什么，但我可以如实地转达我党、我军对傅作义将军的谈判条件。"

崔载之："愿聆听。"

刘亚楼："我再重申一次，我们愿意通过谈判解决平、津、张、塘的战事，但和谈必须以傅部放下武器为前提条件。企图以任何形式保存武装的做法我们绝不能接受。和平解决后，可以保障傅本人及其部属的生命安全和私人财产不受侵犯。傅发通电，成立华北联合政府，企图走第三条道路，是不切实际的幻想，我们也断不能接受。鉴于平津地区主要是中央系军队，而傅又难以下令其缴械，我们可以允许傅系留下两个军，把中央军系中的军长、师长统统逮捕起来，然后宣布起义，或由傅部让路给解放军进城以解决中央系。"

崔载之顿时也严肃起来："对贵军提出的条件，我无权回答，但回去以后，我一定如实地向傅总司令报告。"

刘亚楼："可以！"他站起身来，握住崔载之的手说，"会谈到此结束，再见！"

崔载之："再见！"

北平剿总司令部　内　夜

傅作义十分生气地说："他们让我缴械、投降，这不太难为我了吗？"

李世杰："接下来，我们该怎么办呢？"

傅作义近似盛怒地："立即电告困守新保安的郭景云，让他重整第三十五军的士气，准备和共军打仗！"

李世杰满面愁云地："傅总司令！郭景云他们困在新保安已近两个星期，已经到了弹尽粮绝的地步了，叫他们如何和共军打仗呢！"

傅作义断然地："像当年我守涿州那样，坚守待援！"

李世杰："傅总！时过境迁了，时下包围新保安的可不是当年张少帅的军队啊！"

傅作义："可时下困守新保安的三十五军，是我们晋绥军的王牌啊！"他看了看为难的李世杰，"你是不是被共军吓破了胆啊？"

李世杰："绝无此事！"他挺起胸膛，义正辞严地问道，"傅总司令！你就说吧，我如何电令郭景云率三十五军与共军打仗呢？"

傅作义："这，这……"

西柏坡　中央军委作战室　内　日

毛泽东用力拍了一下桌子："要打，我们就奉陪到底！"

朱德："对！不打掉傅作义的王牌第三十五军，他是不会放弃幻想的！"

周恩来："要打，就彻底地打！先打掉新保安的第三十五军，接着再吃掉傅作义驻扎在张家口的第十一兵团！"

毛泽东："到那时，连他退回发祥地绥远的后路都给他截断了！"他取出一纸文稿，"这是我连夜起草的《关于平绥线上的作战计划》，你们二位看后再发出。"

周恩来接过文稿看罢交给朱德，坚定地说："好！这样一来，就打出我们解放军的风采来了！"

朱德看后笑着说："这样一打啊，我看不用两天，傅作义所有的看家老本就全都赔光了！"

毛泽东指着作战地图说道："时下的关键是，东北野战军第四纵队到达张家口并部署完毕以后，我杨罗耿兵团就可以对新保安的敌第三十五军发起攻击了！"

朱德："我看杨成武、李天焕的第三兵团，等不到新保安战役结束，他们就会发起对敌十一兵团的攻击。"

周恩来："我赞成老总的意见！根据荣臻同志说，华北野战军第二兵团、第三兵团的指战员，早就憋足了劲，就想打这两仗了！"

毛泽东："战者，气也！只要有了这股杀敌之气，就会战无不胜！"

新保安　第三十五军军部　内　夜

身着戎装、肩扛中将军阶的郭景云无限悲壮地说道："弟兄们！我们是打遍天下无敌手的三十五军，不幸被共匪困在了这座小小的新保安镇！方才，傅总司令给我打来电话，问我及三十五军的弟兄们愿意向共匪投降吗？"

"我们决不向共匪投降！"与会的高级将领答说。

郭景云："我就是这样向傅总司令回答的！同时，我还向傅总司令表决心：我们绝不玷污三十五军的光荣传统，愿与三十五军共存亡。你们同意吗？"

"同意！"与会者回答的十分勉强。

郭景云："大声告诉我，你们同意吗？"

"同意！"

郭景云："方才，傅总司令还告诉我，近期共匪将向新保安发动攻击，让我提前做出与共匪一决雌雄的准备。决战计划业已作出，并经傅总司令批准。下面，由冯参谋长向诸位下达作战命令！"

肩扛少将军阶的冯参谋长站起，指着新保安战略图讲道："下面，我宣布由郭军长一手制订的战略部署！以新保安南北大街为界，分为东西两个防区。东防区由二六七师附保安团及一个山炮连防守，其中第八〇一团防守城东南，第八〇〇团防守城东北，保安团防守东关，第七九九团为预备队。由二六七师师长温汉民统一指挥！"

在冯参谋长的讲话中摇出：与会的指挥官一个个垂头丧气，打不起精神。

郭景云看着与会者的表情，生气地喊道："停！"

冯参谋长和与会的指挥官愕然看着郭景云。

郭景云大声质问："你们一个个为什么都没有一点精气神？是没有睡好觉吗？"

"是！"与会的指挥官小声答说。

郭景云气极了，他拔出手枪往桌上一摔，遂又提高一个声调问道："你们都没吃饱吗？"

与会的指挥官谁也不作回答，微微地低下头。

郭景云："敌我双方的实力摆在这儿，傅总司令再三告诫我们，战场上枪炮声就是最大的权威，当熊包吗？那你就做共匪的枪下鬼！当英雄吗？我们就要置于死地而后生，和共匪决一死战！"

华北野战军第二兵团指挥部　内　日

杨得志激动地："同志们！我代表兵团领导向诸位报告一个好消息，我华北野战军第二兵团攻打新保安、围歼第三十五军的作战计划，中央军委、毛主席批准了！"

全体与会的高级指挥员兴奋异常，小声地言论。

杨得志伸手示意停止喧哗，大声说："下面，由耿飚参谋长下达作战命令！"

耿飚指着作战地图严肃地下达命令："以第二纵队主力由新保安西南地区辛庄地区向东攻击，突破口为西门瓮城的西北角，该纵第八旅位于新保安以南吴家堡地区，牵制并阻击守军向南突围！由第三纵队司令员郑维山、政委王宗槐统一指挥！"

"是！"郑维山、王宗槐站起答说。

耿飚指着作战地图继续下达命令："以第四纵队主力由新保安以东及东北上下八里、枣口地区向西攻击，首先扫清东关及车站守军，而后以东门为突破口，该纵第十二旅位于新保安东南东八里、大屯地区，为攻城预备队并防止守军向东突破！由第四纵队司令员曾思玉、政委王昭统一指挥！"

"是！"曾思玉、王昭站起答说。

耿飚指着作战地图命令："以第八纵队主力由新保安西北鸡鸣驿、水泉地区攻击新保安西北角，该纵第二十四旅主力位于城东南宋家营、鸡鸣驿地区，为兵团预备队。由第八纵队司令员邱蔚、政委王道邦统一指挥！"

"是！"邱蔚、王道邦站起答说。

耿飚指着作战地图命令："歼灭新保安敌第三十五军分为两个阶段：第一阶段为新保安外围战，由 12 月 21 日发起，要求第四纵队一举攻占外围重要据点东关，及东门附近的龙王庙。要求第三纵队在第八纵队的配合下，攻下城西的水温泉、和尚庙等据点！"

"是！"

耿飚指着作战地图命令："第二阶段是 12 月 22 日 7 时，我第二兵团对新保安发起总攻！"

"是！"

杨得志："同志们！我第二兵团围歼新保安第三十五军，是以四比一的绝对优势兵力和一定的火力优势，既无打援的顾虑，又有充分的时间，胜利是一定的！"

罗瑞卿："同志们！为了取得速战速决的战斗效果，我要求你们一定要激发指战员高昂的战斗精神。我认为第四纵队提出的战斗口号很好！曾思玉，你当众念一念吧！"

曾思玉："是四句打油诗！"

杨得志："那也很好嘛！"

曾思玉："艰苦奋斗两年半，报仇立功在今天，打掉傅军命根子，活捉郭景云……"他不好意思地笑了，"下面这一句不押韵。"

罗瑞卿："那我给你们补一句，定叫郭景云上西天！"

"好！"全体与会者笑着说。

杨得志："同志们！新保安围歼敌三十五军、活捉郭景云的战役就要打响了，我们必胜！"

"我们必胜！"

在《中国人民解放军进行曲》强大的乐声中以及激战的枪炮声中叠化出一组画面：

第二兵团百余门大炮从四面八方向新保安第三十五军发起最猛烈的攻击。瞬间，密织的炮火染红了长空。

曾思玉在指挥第四纵队向新保安发起攻击；

郑维山在指挥第三纵队向新保安发起攻击；

邱蔚在指挥第八纵队向新保安发起攻击；

第二兵团全体指战员从四面八方向新保安发起攻击，军号声、喊杀声回响在新保安的上空……

新保安　第三十五军指挥部　内　夜
指挥部传来震耳欲聋的枪炮声、喊杀声。

郭景云犹如热锅上的蚂蚁在室内飞快地走来走去。

郭景云走到桌前，突然拿起电话，歇斯底里地大声说："给我接北平傅总司令！"

有顷，远方显现出傅作义接电话的画面，故作镇定状地说："我是傅总司令！你是哪一位啊？"

郭景云哀求地："傅总司令！你听听这枪炮声，一个不足三千户的新保安，能经受住共匪这样的轰吗？"

傅作义："我知道的！"

郭景云："您不知道！三十五军有近两万人啊，全都挤在新保安这个小镇子里边，共匪的一发炮弹落下来，就是一片跟随您多年的弟兄啊！"

傅作义："这我都清楚，景云，你是我最能守城打仗的了，再坚持一下，天一亮，我就派大批的飞机援助你。"他啪的一声挂上了电话。

远方傅作义接电话的画面消失。

郭景云拿着传出忙音的话机，自言自语地说："傅总司令也不管我了……"他发疯似的把话机摔在桌子上，大吼一声，"傅总司令也不管我了！"他就像个醉汉似的摇着身子漫无目的地走着。

这时，冯参谋长慌慌张张地走进："郭军长！我军将士死伤惨重，就要守不住了！"

郭景云："顶住，一定给我顶住……"

冯参谋长："真的顶不住了！"

郭景云："一定要顶住！傅总司令说了，天亮，他就派出大批的飞机轰炸共匪……"

冯参谋长："郭军长，恐怕是顶不到天亮了！"

郭景云："我说能就能！方才，观音菩萨告诉我，你郭景云生在西安，你的儿子叫小安，你现在又驻扎在新保安，三安一体，定能逢凶化吉，遇难呈祥！"他一摆右手，"冯参谋长，听观音菩萨的，去前线指挥弟兄们作战吧！"

冯参谋长无限悲哀地叹了一口气："再见了，我的迷信的郭军长！"他转身走出指挥部。

郭景云有点失魂落魄了，他自语地："完了，全都完了，傅总司令啊！你、你……"

"轰！"一发炮弹在室外爆炸。

郭景云吓得扑在了桌子上。

新保安城外战场　外　日

枪炮声惊天动地，喊杀声响成一片。

曾思玉拿着步话机大声报告："杨司令员！新保安城墙被炸开一个大缺口，上午九时许，我四纵第十一旅率先突入城内；接着，我四纵第十旅炸开东门入城。我四纵全体指战员在巩固和扩大突破口后，准备全部突入城内，与敌人展开巷战！"

远方显出杨得志接电话的画面："曾思玉同志！一定要乘胜前进，绝不给敌人以喘息的机会！"

曾思玉："是！"

杨得志："一定要记住我们的战斗口号：消灭三十五，活捉郭景云！"

曾思玉："请首长放心，我四纵保证完成任务！"

杨得志接电话的画面推满屏幕，他挂上电话。

罗瑞卿快步走过来，十分兴奋地说："我刚刚收到第三纵队郑维山司令员的电话，他们从东门、南门以东突破未能成功，遂改从第四纵队突破口攻入城内！"

杨得志："好！短兵相接，是我军的长处。两个精神饱满的纵队打一个饿肚子的第三十五军，定胜无疑！"

耿飚大步踉跄地赶过来，焦急万分地说："方才，我收到第八纵队司令员邱蔚的电话，说他们从城西北角和城北突击，遭守军暗堡火力封锁，连续突破未果，与守军战成胶着状态！"

杨得志："没有关系，城内的守军很快就会大败，城外的敌军一定会乱作一团，向各方逃窜。告诉邱蔚，不要让敌人跑了！"

耿飚："是！"

罗瑞卿："我看啊，新保安攻歼战很快就结束，一定要抓住郭景云等人！"

耿飚："是！"

第三十五军军部　内　日

室外的枪炮声渐弱，"缴枪不杀！""优待俘虏！"的喊声震天。

郭景云整理好自己的军风纪，伸出右手摸了摸别在腰间的手枪，然后像是一尊泥塑的雕像，一动不动地站在房中间。

冯参谋长带着十多个败军之将跑进屋来，一个个吓得魂不附体，望着异常威严的郭景云。

冯参谋长："军座！我们完全地败了，他们不是被共匪打死，就是成了共匪的俘虏，你说我们该怎么办呢？"

"军座！你说我们该怎么办呢？"残兵败将一齐问道。

郭景云："冯参谋长！我们三十五军的军规是什么？"

冯参谋长："宁可战死沙场，绝不向敌人投降！"

郭景云指着其他一些败将，问道："你们不会忘记我们三十五军的这些军规吧？"

"不会！宁可战死沙场，绝不向敌人投降！"残兵败将一起答说。

郭景云："好！跟我来。"他带头走到指挥部的门口，指着院中已经打开盖的汽油桶，拔出手枪，"那好！我带头用手枪引爆汽油桶，我们共同为傅总司令、为我们光荣的三十五军殉命！"他说罢带头走向院中的汽油桶。他转身一看：

冯参谋长和那十几个失掉魂魄的败将一个个全身抖得缩成一团。

这时，指挥部外传来"消灭三十五，活捉郭景云"的口号声，而且越来越近。

郭景云冷然发笑，举起手枪对准自己的头部，说罢"你们都是假的啊！"遂啪的一声，郭景云倒在了地上。

接着，解放军指战员高声喊着"缴枪不杀！"冲进指挥部的院中。

新保安街道　外　日

解放军战士持枪押着被俘的第三十五军的军官、士兵走在大街上。

大街两边全都堆满了缴获的第三十五军的武器。

杨得志、罗瑞卿、耿飚及警卫人员走来，和我指战员不停地打着招呼。

这时，迎面走来十多个战士，他们用木板抬着郭景云的尸体一边游街一边大声喊道："同志们！老乡们！你们都快来看啊，他就是自杀的敌三十五军军长郭景云！"

不一会，新保安看热闹的男女老少——尤其是那些穿着开裆裤的娃娃们跟在周围起哄。

杨得志小声地问："罗政委！你看怎么处理？"

罗瑞卿严厉地说道："要狠狠地批评他们！"他说罢迎面大步走去。

杨得志、耿飚和警卫员紧紧跟着走去。

罗瑞卿走到近前，严肃地命令："立刻把郭景云的遗体放在地上！"

"为什么？"战士们不服地问道。

杨得志更加严厉地命令："服从罗政委的命令，立即把郭景云的遗体放在地上。"

耿飚看着不服的战士再次下达命令："杨司令都给你们下达命令了，为什么还不放在地上？"

抬着郭景云遗体的战士放下遗体转身就走。

罗瑞卿："站住！"

几个不服的战士站在了原地。

罗瑞卿："你们要记住，军人是有尊严的，这无论是敌军还是我军，他们活着的时候和我们是敌人，他死了，就应当尊重他做军人的尊严，绝不允许拿着敌人的遗体取笑！"

不知是谁说了一句："新鲜！"

杨得志："一点也不新鲜！你们听说过没有？我们的兄弟部队在孟良崮阵地上，曾经把七十四师的师长张灵甫的遗体放在小推车上游街示众，当即受到了陈毅司令员的严厉批评。接着，陈毅司令给张灵甫换上新军装，亲自为他召开了追悼会，把他葬在了孟良崮附近的大地上。"

罗瑞卿："你们听懂了吗？"

"听懂了！"

罗瑞卿："立即给郭景云换上新冬装，把他葬在火车站附近的土地上！"

"是！"

罗瑞卿："我还要为他亲自写墓碑：郭景云之墓。"

新保安火车站　外　日

新保安火车站旁边修了一座新坟，坟前插着一块枕木，上面写着：郭景云之墓。

北平　华北剿总司令部　内　日

傅作义近似哽咽地自语："我的三十五军没有了！一夜之间被共匪消灭了……"

李世杰站在一边："总司令！说之无益了！"

傅作义大声斥责："怎么能叫说之无益呢？这是我的家生驹子啊！"

李世杰："时下还是想想驻守张家口的第十一兵团怎么办吧？孙兰峰司令迭次来电，询问该如何突围。"

傅作义猝然间又恢复了理智，严厉命令："立即电令孙兰峰，即刻率部突围！同时，电告归绥的董其武，让他率部东援，把孙兰峰接回绥远去！"

李世杰："是！"转身退下。

傅作义又近似哀鸣地自语："好厉害的毛泽东啊，一天就打掉了我的三十五军……"旋即又哽咽着说，"郭景云啊郭景云，你死得好悲壮啊……"

西柏坡　中央军委作战室　内　日

毛泽东拿着一份电报文稿，念道："全歼新保安之敌甚慰！望你们仿照刘、邓、陈、粟在徐蚌作战中即俘即查、即补即战方针，立即将最大部分俘虏补入部队！"

朱德："然后作短暂休整，准备向归绥出动！"

叶子龙拿着一份电报走进："报告！北平地下党发来一份绝密电报！"

周恩来就近接过电报阅罢，说道："主席，老总，就在三十五军被歼的当天下午，傅作义密令孙兰峰：张垣被围已无守备意义，可相机突围转进绥远。"

毛泽东："这早在我们的预料之中！"

朱德："老毛！我是有言在先的，杨罗耿兵团歼灭新保安三十五军后，杨成武、李天焕的第三兵团会立即发起围歼张家口之敌。"

周恩来："主席，现在的态势是，你不想提前歼灭孙兰峰的第十一兵团也得提前了。"

毛泽东："我同意！不过，我认为提前批准歼灭孙兰峰的第十一兵团的作战计划，需要作一些调整。"

朱德一怔："怎么调整？"

毛泽东："四个字，穷寇勿追。"

朱德又是一怔，近似自语地："穷寇勿追……"

毛泽东："对！我们都知道，绥远、河套一带的居民，多是河北、山西走西口的穷人。至今，他们的生活都很苦。我们又知道，战场上死一个士兵，一家就少了一个劳动力，很可能这穷日子要持续好多年。为此，这几天我一直在想，孙兰峰的部属跑得快的就不一定往死里追了。"

周恩来："可他们都是持枪的吃粮人啊！"

毛泽东："没关系！等傅作义缴械投降以后，他们还能在绥远、河套掀多大的浪呢！到那个时候，我们还有可能请他们的老上司傅作义去劝他们投降呢！"

周恩来："好！主席又创造了一个绥远模式！"

毛泽东："自然，我的设想是尽快让杨罗耿兵团、杨成武第三兵团参加平津战役，给傅作义加大兵临城下的压力！"

张家口　敌第十一兵团司令部　内　日

孙兰峰："遵照傅总司令的指示，我第十一兵团决定从今晚22时突围！为了分散共军的注意力，决定分两路突围：步兵从大镜门撤出，骑兵从七里茶坊分数路向商都方向突进，两部最后向绥远移动。根据傅总司令的决定，整体突围行动由第一○五军军长袁庆荣统一指挥！"

身着戎装、肩扛中将军阶的袁庆荣站起："是！"

孙兰峰："下面，由袁庆荣军长下达突围命令！"

袁庆荣："察北绥东总指挥鄂友三率骑兵第十二旅及安恩达、陈秉义等部迅速攻占长城线之狼窝沟和神威台，以接应张家口突围部队！"

鄂友三部站起："是！"

袁庆荣取出一纸公文："其他步兵部队都按照这上面规定的序列突围！"

"是！"

孙兰峰："我再重申一次，此次突围定于22日22时开始，不得各行其是！"

"是！"

在《中国人民解放军进行曲》的音乐声以及激战的枪炮声中送出画外音，并叠印出相关的战斗画面：

男声画外音："由于我华北第三兵团提前因应张家口守敌的突围计划，致使孙兰峰第十一兵团突围计划接连受挫。双方战至 12 月 23 日拂晓，华北第三兵团指挥部直接观察到张家口守军全力向北突围，杨成武司令员当即下达了围歼张家口守军第十一兵团的命令。从此，双方展开了殊死的搏斗！战至下午 4 时许，第二纵队、东北野战军第四纵队及第一纵队第二旅突入张家口市区，旋即出大镜门跟踪追击，并在大镜门外歼孙兰峰后卫部队一万余人马！"

女声画外音："双方战斗进入白热化的形态，在第三兵团等部队的前堵后截和侧击下，孙兰峰大部被压缩在西甸子、朝天洼、乌拉哈达、黄地窖子间宽不足一公里，长不到十公里的狭窄地区内。战至 24 日拂晓，华北第三兵团和东北第四纵队全力展开围歼战。战至下午 4 时，除孙兰峰率部分骑兵逃脱外，其余一个兵团部、一个军部、五个师、两千骑兵旅，共五万四千余人全部被歼、被俘。军长袁庆荣、副军长杨雄坦及大部分师长、旅长被我俘虏！"

张家口以北的战场上响起了庆祝胜利的欢呼声。

张家口市区　外　夜

张家口街面上张灯结彩，锣鼓喧天，人们穿着节日的盛装走上街头，庆祝张家口重新回到人民的手中。

《中国人民解放军进行曲》的军乐声震夜空，似乎静寂多时的张家口蓦地醒来，发出了胜利的笑声。

中国人民解放军列队进入大镜门，他们迈着整齐的步伐，接受人民的检阅。

杨成武、李天焕在各纵队司令员、政委的陪同下检阅英雄的部队，并露出胜利的微笑。

李天焕："杨司令员，我们应当给毛主席发报，张家口解放了！"

杨成武十分得意地："你这个提醒是马后炮，太阳还没落山的时候，我就给中央军委、毛主席发了电报。现在啊，说不定他们正在为张家口的解放喝庆功酒呢！"

这时，张家口全市都沸腾了。

西柏坡小食堂　内　夜

这是一桌最为简单的庆功酒宴，上面摆着四大碗当地有些名气的菜肴，中间摆放着一瓶衡水老白干。毛泽东、朱德、周恩来端坐餐桌旁边。

毛泽东端起面前的酒杯，高兴地说："来！为我华北第三兵团在东北野战军的帮助下拿下张家口，干杯！"

"干杯！"

朱德亲自端起酒瓶分倒在三只酒杯中，首先端起自己面前的酒杯，笑着说："前天——11月22日，杨罗耿兵团不到一天，就歼灭了傅作义的心肝宝贝第三十五军，攻下了新保安，我们应当为他们庆功！"

周恩来端起酒杯："老总、主席说得对！我们应当为杨罗耿兵团、杨成武第三兵团庆功、发嘉奖电。来，干杯！"

"干杯！"

毛泽东拿出一纸文稿，有些得意地说道："历史竟然是这样地巧合，12月23日，东京国际法庭处决了东条英机等七名甲级战犯，我于今天，就以我的名义草拟了一份谈战争罪犯名单问题的新闻稿，公开把蒋介石等四十三人列为头等战犯，你们二人看后如无大的异议，立即交新华社播发！"

周恩来接过文稿与朱德小声念道："蒋介石、李宗仁、陈诚、白崇禧、何应钦、顾祝同、陈果夫、陈立夫、宋子文、孔祥熙……"

朱德："停！"

周恩来："有什么问题吗？"

朱德："老毛，傅作义可否不列入头等战犯名单中啊？"

毛泽东："一定要列！"

朱德："为什么？"

毛泽东："傅氏反共甚久，我方不能不把他和刘峙、阎锡山、胡宗南等一同列入战犯。我们这样一宣布，傅在蒋介石及蒋氏嫡系部队中的地位就加强了。"

周恩来："傅还可以借此大做文章嘛！主席，你把卫立煌先生也列为头等战犯，是不是有意帮他一把啊？"

毛泽东："那是自然了！蒋介石把卫立煌先生从广州押回，扣在南京，真正原因说他通共，再说得具体点，他和我们的老总是交心的朋友啊！"

朱德："老毛想得周全！这样一来，卫先生的日子就会好过一些了！"

周恩来："我了解蒋介石，他办事是有一定之规的！"

毛泽东："说到蒋介石，我又想起了一件事，今天是什么日子啊？"

周恩来："圣诞之夜。换句话说，除去我们给他送上张垣失守、徐蚌会战就要结束的圣诞大礼外，蒋介石在午夜子时，还会等待上帝给他传报什么佳音呢？"

朱德笑了："真实情况只有蒋某人自己知道了……"

南京 蒋介石官邸客室 内 夜

官邸客室灯光昏暗，没有一点节日的气氛。

蒋介石独自靠在沙发上，微闭着双眼，紧锁着眉头，似在听室外零星的鞭炮声。

蒋经国引两个警卫抬着一株圣诞树走进，放在客厅的中央，他示意两个警卫退下。

蒋经国："父亲！我来陪您过圣诞之夜，还带来一棵圣诞树，希望父亲喜欢。"

蒋介石睁眼一看，有些激动地："谢谢经儿，父亲喜欢。"

蒋经国："傅作义把他的三十五军赔上了，张家口又回到共军手里了！"

蒋介石腾地一下站起："两年多以前，我是以占领张家口为标志，向国人宣布我们胜利了！可是，才两年多啊，毛泽东又会向国人宣布：他胜利了……"

蒋经国："更为可气的是，美国驻华大使司徒雷登，又在紧锣密鼓地操作以李代父、促成所谓和平谈判的闹剧。"

蒋介石冷笑一下："经儿，要永远记住，这就是美国人啊！"他沉吟片时，又说，"父亲准备下野，可他李宗仁依然是一个扶不起来的阿斗！从现在开始，你和辞修去台湾，建立一个较为安全的退守之地，并把国库中的黄金、美钞运往台湾，供你我父子他日之用。"

蒋经国："他们如何进行和平谈判呢？"

蒋介石："准确地说，他毛泽东同时开始南北两场所谓的和平谈判：南边，是美国利用李宗仁谈；北边是直接和傅作义谈。我断定，傅作义最后是一定要投降毛泽东的。"

蒋经国："父亲，徐蚌会战败局已定，可杜聿明他不愿回南京，他要在战场上为你尽忠献身。"

蒋介石几乎是哽咽地说了一句："光亭，光亭……"

蒋经国悄然地退出了客室。

这时，墙上的挂钟敲响了十二下。

蒋介石下意识地把双眼转向电话。

恰在这时，电话铃声了。

蒋介石拿起电话："喂！你是夫人吗？"

远方显出宋美龄打电话的画面："达令，是我。"

蒋介石激动地："我好久没有听见一件高兴的事了，今天，当我听到夫人的话声，我、我……"

宋美龄："达令，要坚强些。"

蒋介石："不知为什么，我听见夫人的声音，立刻想起了两句唐诗：烽火连三月，家书抵万金……"

宋美龄："我听到你的声音后，也想起了'独在异乡为异客，每逢佳节倍思亲'这两句古诗来。"

蒋介石："谢谢夫人！今天是圣诞之夜，上帝给我们传报来什么佳音了？"

宋美龄："美国的上帝——杜鲁门总统不见我……"

蒋介石大惊。

定格　叠印字幕：第三十四集终

第三十五集

在《中国人民解放军进行曲》以及枪炮声中送出男声画外音，并叠印出相应的历史画面：

"新保安战役、解放张家口战役结束之后，华北野战军第二兵团、第三兵团开赴北平颐和园以北的大有庄，参加平津战役。很快，他们就送走了伟大的1948年，遂又迎来更加伟大的1949年！也就是在这伟大的历史转折点的重要时刻，毛泽东主席写下了著名的新年献词《将革命进行到底》！"

毛泽东的头像推满整个屏幕，他豪情满怀地说：

"几千年以来的封建压迫，一百年以来的帝国主义压迫，将在我们的奋斗中彻底地推翻掉！

"1949年将要召集没有反动分子参加的以完成人民革命任务为目标的政治协商会议，宣告中华人民共和国的成立，并组成共和国的中央政府！"

毛泽东的头像迅速消失，遂又送出男声画外音，并叠印出相应的历史画面：

"中国前进的历史车轮滚滚向前，无情地碾压那些逆潮流而动的反动力量！就在天津守敌拒绝投降的前提下，我东北野战军发起了天津战役，仅仅经过二十九个小时激战，至1月15日15时，全歼天津守敌十三万余人！傅作义将军摆的一字长蛇阵在断尾、斩头的形势下，终于顺应历史的大潮，在和平解放北平的协议上签了字。2月3日，中国人民解放军举行了隆重的入城式。平津前线司令员林彪、政治委员罗荣桓、平津卫戍司令员聂荣臻、北平市军管会主任叶剑英等参加了检阅！是日晚，在北京饭店举行了盛大的欢宴功臣的大会……"

北平郊区土路　外　日

一辆吉普车行驶在土路上，随着地势的起伏，很是不平稳地向前驶去。

化入车内：杨得志、罗瑞卿感慨万千地交谈着。

罗瑞卿："三年前，我结束军调处的工作，奉命撤出北平，赴延安接受毛主席、朱总司令的指示，回张家口参加保卫晋察冀解放区的任务。当时，我心里就憋着一句话，张家口是我们的，北平是我们的！"

杨得志："我再加上一句，全国也是我们的！"

罗瑞卿："想想当年，傅作义发表文章，狂妄地要我们的毛主席缴械投降，由他们的蒋主席给毛主席安排个适当的职务！"

杨得志："历史无情地嘲弄了不可一世的傅作义，刚刚过去两年半，北平解放了！你我还应邀出席我们党在北京饭店举行的欢迎大会！"

罗瑞卿感慨地叹了口气："我想，这样大的天翻地覆的变化，不仅我们共产党人要问一个为什么，而且傅作义也应该问一个为什么。"

杨得志："已经下野的蒋介石更应当问一个为什么！"

罗瑞卿："是啊！我真诚地希望我们的子孙不要忘了这些为什么！"

杨得志："我可没有你那么多感慨可发！我呀，就想在欢迎大会上能见到哪些老领导。"

罗瑞卿："我们的聂司令一定会站在北京饭店门口，欢迎他的老部下！"

杨得志："那是一定的！罗政委，你最想见到谁啊？"

罗瑞卿："毛主席和朱总司令！你哪？"

杨得志："我有点孩子想法，最想见傅作义，看看他现在是什么样子。"

罗瑞卿："你呀，就在心里想想吧！"

北京饭店大门口　外　晚

北京饭店大门口灯火辉煌，参加会议的嘉宾身着节日的礼服，喜笑颜开地走进北京饭店。

聂荣臻依然身着华北野战军的戎装站在门口，有些激动地在张望着。

有顷，罗瑞卿、杨得志全身戎装地走来，二人几乎是在同一时间行军礼，激动地喊道："聂总司令！你的老部下奉命赶到！"

聂荣臻激动地一手抓住杨得志的手，一手抓住罗瑞卿的手："人民会感谢你们的，北平的解放你们立了第一功，斩断了傅作义的蛇尾，断掉了他退回绥远之路！"

杨得志："一切都归于中央军委和毛主席的领导！"

罗瑞卿："一切都归于华北人民的支持和付出！"

聂荣臻："好！好！"他转身示意，"我们进饭店再谈。"旋即带头走进北京饭店。

杨得志："聂总！今天晚上我们能见到哪些首长？"

聂荣臻："你们想见的首长都能见到。但是，我再告诉你们二位一个消息，你们最不想见的还要第一个见。"

"谁？"杨得志、罗瑞卿有些意外地问道。

聂荣臻："傅作义将军！"

"嗯……"杨得志、罗瑞卿愕然停住了脚步。

聂荣臻："这有什么可大惊小怪的？"

杨得志："他有什么资格参加今晚的庆功大会？"

聂荣臻："因为他是和平解放北平最大的功臣！"他说罢看了看沉默不语的杨得志和罗瑞卿，又说道，"你们二位想想看，如果他拒绝在和平协议上签字，我们的大炮一响，这古老的帝都北平……"

罗瑞卿："聂司令，不用说了，我们什么时候和他见面？"

聂荣臻："现在！"

杨得志愕然："现在？"

聂荣臻："对！我再告诉你们二位，时下的傅作义将军的心情很不好，他呀，最不想见的就是你们二位。"

罗瑞卿沉稳地："好吧！"

北京饭店小型会客室　内　夜

傅作义有点心神不安地在室内缓缓踱步。

顷许，聂荣臻引杨得志、罗瑞卿走进小会客室。

聂荣臻客气地："傅将军！杨得志司令员、罗瑞卿政委，前来拜访你了。"

傅作义急忙转过身来，有点惶恐地说道："欢迎！欢迎……"

聂荣臻："傅将军，你们先见个面，一会儿就一块去出席欢迎晚会。"

傅作义："是！一会儿见。"

聂荣臻走出小会客室。

傅作义主动走过来，向杨得志伸出右手。

杨得志些许矜持，伸出右手，握住傅作义的手，不失身份地说道："你好！傅将军。"

傅作义："你好！杨司令员。"

杨得志："我很高兴认识你！你这次的光荣行动，大家是不会忘记的。"

傅作义脸上掠过一丝愧笑，说道："你的名字我是早就知道的。只是没想到你……"他停下来望着杨得志，"你今年不到四十吧？"

杨得志："你的眼力很好，刚满三十九岁，转眼就四十岁了。"

傅作义："我今年五十有四，比你大了整整十五岁！"

杨得志:"你的气色不错,看起来身体蛮好嘛。"

傅作义:"谢谢,谢谢。"他走到罗瑞卿的面前,紧紧握住罗瑞卿的手,说道,"罗政委,当年你在北平军调处的时候,我的属下就很称道你的作风。可惜啊……"

罗瑞卿:"责任不在我们,是你们的蒋委员长忘乎所以,才导致长达三年的解放战争。"

傅作义:"罗政委说得在理,说得在理……"

罗瑞卿:"历史已经翻过旧的一页了,让我们为新的中国,为全国人民的幸福共同努力吧!"

傅作义:"是!是……"

傅作义官邸客室　内　日

傅作义驻足客室的玻璃窗前,有些木然地看着院中的残雪挂枝以及已经凋零的大院。

傅作义的记忆中似想起了久远的往事,远去很久的声音又在耳边响起:

"傅长官作义致毛泽东先生,希接受教训,放下武器,参加政府,促进宪政,电文如下:延安毛泽东先生,溯自去年日本投降,你们大举进攻绥包,放出内战的第一枪……最近由于你们背弃诺言,围攻大同,政府以和平的努力,均告绝望之后,本战区国军不得已而采取行动,救援大同。但这是悲痛的,并不是快意的,其目的仅仅在于解救大同之围,解救大同二万军民。然你们相信武力万能,调集了十七个旅,五十一个团之众,企图在集宁歼灭国军……然后你们终于溃败了……"

在这期间,傅冬菊走进客室,有些不解地看着傅作义。

有顷,傅冬菊有些不解地摇了摇头,走到傅作义身边,轻轻地拍了傅作义后背一下,操着晚辈的口气有点撒娇地说:"爸!您又在想些什么啊?"

傅作义醒来，茫然地："爸我想起了……"

傅冬菊："说啊，想起了什么？"

傅作义："我想起了两年半前的一件往事。"

傅冬菊："什么事啊，让您这样为难？"

傅作义："你还记得我给毛先生的那封信吧？"

傅冬菊："我当然记得了！你如此高调地让毛主席投降，由你推荐，让蒋主席给他安排个官当。"

傅作义怅然地叹了口气："时间刚刚过了两年半不到啊，我傅作义就向毛先生投了降。"

傅冬菊："这有什么吗？全国人民——我相信千秋万代，都会称颂爸爸干了一件功德无量的大好事！"

傅作义为难地说道："可爸爸的头上，至今还戴着毛先生封的战争罪犯的帽子。"

傅冬菊："咳！你就为这事发愁啊，时下北平和平解放了，就等于毛主席给您摘掉了战争罪犯的帽子。"

傅作义："你说话算数吗？"

傅冬菊："至少算一半！"

傅作义："那一半呢？"

傅冬菊："那就让毛主席给你摘！"

傅作义："说句老实话，生死对你爸爸来说是无所谓的，我就是想亲自见一见毛先生，把话讲到明处，就是上刑场，爸爸也可瞑目了！"

傅冬菊："看你说的，毛主席不是蒋总统，他绝不会干出蒋总统扣押卫立煌将军的事来。"

傅作义他一挥右手，说道："女儿，我想见毛先生一面，可以吗？"

傅冬菊："当然可以！我听那些从香港来到北平的民主人士说，毛主席可平易近人了，想什么时候见他都行。"

傅作义叹了口气："你要知道，爸爸不是那些反蒋的民主人士。"

傅冬菊："咳！爸你就直说吧，需要我做些什么？"

傅作义："咱们绥远老家有一句俗话，烧香要找对庙门，谁能帮我引荐呢？"

傅冬菊："我知道一个老人，他曾是父亲的老上级，又是毛主席的忘年交……"

傅作义迫不及待地："谁？"

傅冬菊："孙中山的老战友李锡九！"

傅作义恍然醒悟："对！对……他是同盟会的发起人，辛亥革命成功后的军事法庭审判长。后来，他又是我们西北军的……"

傅冬菊："是什么官啊？"

傅作义："就等于现在解放军的政委！有意思的是，他从来不到西北军上任，也不领我们西北军的薪水。再说，我们绥远老家五原种中草药的那些口内来的人，也是他从河北老家移民过来的。"

傅冬菊："那就找他给您当引荐人吧！"

傅作义摇了摇头说："差着辈分呢！"

傅冬菊："这样吧！我认识一个当年给李锡九抄写中医方子的人，请他帮您把李锡九老人请到府上来，行吗？"

傅作义一怔："他叫什么名字？"

傅冬菊："崔月犁！"她莞尔一笑说道，"据我所知，前不久，华北人民政府举行欢迎会，欢迎到达华北解放区的各民主党派人士，李锡九名列第一。我想请崔月犁帮个忙，让李锡九老人就近问一问毛主席。"

傅作义："好！不过嘛，要越快越好。"

西柏坡　中央接待室门前　外　日

毛泽东、周恩来穿着简朴的冬装站在门前，顺着大道眺望远方。

有顷，一辆吉普车平缓地驶来，停在门前。

毛泽东急忙走上前去，打开后车门，关切地说："李老！小心。"旋即他扶着年近八十的李锡九走出吉普车。

李锡九："润之啊，你现在可是日理万机，不要把我的到来当回事。"

毛泽东："那怎么行呢！国共第一次合作的时候，你我跟着中山先生反对你的老乡弟张溥泉；国共第二次合作前夕爆发了西安事变，你又风尘仆仆地赶到西安，从旁解决有关难题。事后，你又冒着风险来到延安，我们朝夕相处了一个多月……"

李锡九："最后，我把女儿、外甥、外甥女全都交给了你。事后，我又把儿子、侄子李银桥统统给你送来，是你，还有恩来把他们培养成人的。"

周恩来："不！不！是党把他们养大的。"

李锡九："对！对！是党把他们养大的。"

周恩来："今天，你的老部下小超有事，不能前来欢迎你，让我务必代她向你老致意，改日一定再来当面致谢。"

李锡九："言过了！言过了！"

毛泽东："外边太冷，进屋再谈。"他说罢搀扶着李锡九走进大门。

简单的会客室　内　日

这是一个极其简单的会客室，只有几把椅子和两个原木的茶几，上边摆放着陶器茶具。

毛泽东、周恩来请李锡九坐在上座。

毛泽东很不好意思地说："当年，我亲自听中山先生说，锡九是我们党真正的革命家！在东京成立同盟会的时候没有钱，他拿出自己留学的学费给大家用；后来，搞镇南关起义的时候缺少经费，他又把自己购买广药、云药的钱全部拿出来充作军费。"

李锡九："所以，我们家乡安平县的老百姓送给我一个形象的外号，叫败家子！"

周恩来笑着说："我听小超说，北方建党初期没有经费，你就每个月拿出五百银元当活动费。那时的党员多是穷学生，挣不到钱，你就给每个学生党员发八块银元当薪水，连李大钊先生都说，我们都应向锡九同志学习！"

毛泽东："李老，你当年在国民党中央、西北军出任高官，他们给你多少津贴啊？"

李锡九："很多，但我一分钱都没领过。"

毛泽东："新中国很快就成立了，我们的党发给你工资可要领啊！"

李锡九："润之，我还是一分钱也不要。"

周恩来一怔："为什么？"

李锡九："因为我参加国民党、共产党，是为了解救那些受苦受难的老百姓，而不是为了升官发财。"

毛泽东："说得何等地好啊！我们每一个共产党人都应向李老学习，是为了解救那些受苦受难的老百姓，而不是为了升官发财。"他沉吟片时又说，"李老，咱们书归正传，说说你此行的来由吧？"

李锡九："简单！当年，傅作义名义上曾是我的小部属，他很想面见润之，又怕润之不赏脸，让我代表他前来问问，你欢迎他和邓宝珊将军来西柏坡吗？"

毛泽东："欢迎！欢迎！"

周恩来："我们一定当作功臣欢迎他。"

李锡九："他头上那顶战争罪犯的帽子呢？"

毛泽东："恩来不是说了嘛，他现在是功臣，自然他头上的那顶战争罪犯的帽子也就被风刮跑了！"

李锡九大笑："好一个被风刮跑了！"

毛泽东、周恩来也忍俊不禁地大笑。

北平　傅作义官邸客室　内　日

傅冬菊帮着傅作义整理业已穿好的便装。

傅作义对照穿衣镜观看自己的形象忍不住地怆然一笑。

傅冬菊："笑什么？我看穿着这身行头好，比那身肩扛上将军阶的呢子军服好多了！"

傅作义轻轻地叹了口气："父亲再也穿不上那身军服了！"

傅冬菊："爸！您怎么还满脸的愁云啊？"

傅作义："因为父亲的耳边啊，老是回响着那篇写给毛润之先生的公开信。"

傅冬菊："等您见到毛主席以后，我保证您的耳边，再也没有那封信的声音了！"

西柏坡　中央军委作战室　内　晨

毛泽东驻足作战地图前边，专心地看着地图上的符号。

周恩来走进："主席！傅作义，还有老朋友邓宝珊将军要前来拜见主席。"

毛泽东转过身来："不可！我们是主人，他们是客人，哪有客人见我们的道理？走，我们一块去看他们。"

周恩来："好！"

西柏坡招待所　内　日

傅作义、邓宝珊在室内坐立不安，小声地交谈着。

傅作义："我是没有和这位润之先生打过交道，说老实话，这心里没有底啊！"

邓宝珊："你应当听说过他写的《沁园春·雪》吧？"

傅作义："听说过。"

邓宝珊："他的文韬个性全都彰显在这首词里了，他的武略攻防你我都亲身领略了！"

傅作义："是！是……"

这时，毛泽东、周恩来走进门来。

周恩来笑着说："傅将军！邓将军！我们的毛主席来看你们二位了。"

傅作义、邓宝珊恍然抬头，看见毛泽东笑着向他们走来。

毛泽东紧紧握住傅作义的手，真诚地说："傅将军！我们是不打不相识，越打越亲密的朋友。因此，我可以坦言，北平还是和平解放的好。如果说你过去有什么错误，有这样一件大好事，就功大于过了！"

周恩来独自一人鼓掌。

傅作义很不自然地："毛主席过奖了！过奖了……"

毛泽东："不！我说的是实话。你我都知道，英法联军烧了圆明园，杀了那样多的老百姓，这都是抹不去的罪过。如果我们打起来，紫禁城毁了，把一切古迹烧了，我们的子孙后代一定会骂我们的！正因如此，我和我的同志们是最真诚地欢迎你和邓将军的到来。"

"谢谢！谢谢！"傅作义、邓宝珊说道。

周恩来："吃过早饭以后，毛主席先和上海和平代表团的几位老朋友见面，然后再和你们二位交谈。"

"可以！可以！"傅作义、邓宝珊答说。

毛泽东："恩来，能不能请我们剧社的演员同志，给他们二位表演一段啊？"

周恩来："早已安排好了！上午，请唱山西梆子的演员来鹰清唱晋剧《霸王别姬》。"

傅作义听后一怔。

毛泽东："很好！等我们进到北平，一定请梅兰芳给同志们唱《霸王别姬》。"

招待所食堂　内　日

李正站在小民乐队前边，十分陶醉地指挥《霸王别姬》的过门。

来鹰站在食堂中央，双手放在胸前，动情地清唱《霸王别姬》选段。

来鹰清唱的特写，远方显出有关历史片断的再现。

傅作义、邓宝珊听唱的各种特写。

西柏坡招待所会客室　内　日

毛泽东、周恩来站在门口，热情地迎进傅作义和邓宝珊，分主宾落座，边品茗边交谈。

毛泽东："傅将军！过去我们在战场见面，清清楚楚；今天我们是姑舅亲戚，难舍难分。蒋介石一辈子耍码头，最后还是你们把他甩掉了！"

傅作义："今天，我是以戴罪之身来见你的，我有罪。"

毛泽东："我再说一遍，你有功！谢谢你，你做了一件大好事，人民是永远不会忘记你的！"

傅作义："不敢当！不敢当……"

毛泽东："邓将军，我们是老朋友了！你在北平和平解放的过程中，也立了大功！"

周恩来："从某种意义说，邓先生作为长期合作的老朋友，这次到西柏坡来，就算回娘家了！"

邓宝珊："如果像毛主席说的那样，就算是我回娘家的见面礼吧！"

毛泽东："好重的礼哟！"他把话一转，"傅将军！我正式通知你，我们俘虏你的人员，都给你放回去。你可以接见他们，然后把他们送回绥远去。"

傅作义惊愕地："你把这些俘虏给我？我怎么处理呢？你们还要把他们放回绥远去，这又是为什么呢？"

毛泽东："国民党不是一贯说我们杀人放火、共产共妻吗？他们回到绥远，可以现身说法，共产党对他们一不搜腰包，二不污蔑人格，这样就可以帮着绥远人民提高觉悟。"

傅作义："驻绥远的董其武将军曾来北平，他很关心绥远未来的前途。"

毛泽东："有了你在北平的和平解放，绥远问题就好办了，告诉董其武将军，可以放一放，等待他们起义。"

傅作义："我一定转告他们，并促他们早日起义。"

毛泽东："这就等于你为人民又立了一大功。傅将军，新的中国成立以后，你愿意做些什么工作呢？"

傅作义："我想，我不能在军队工作了，最好让我回到黄河河套一带，去做点儿水利建设方面的工作。"

毛泽东："黄河河套水利工作的面太小了！恩来，我看将来傅将军可以做水利部长嘛！"

周恩来："我赞成主席的意见！"

毛泽东："军队工作你还可以管嘛，我看你是很有才干的。我们的朱总司令、彭德怀、刘伯承与贺龙等将军，都在旧军队待过，关键是思想问题和立场问题。"

傅作义："谢谢你对我的信任。"

毛泽东："从现在开始，我们就是一家人了。你和我的老朋友邓宝珊将军有什么问题，与恩来谈。他比我有一个长处，不仅会说，而且还会做。"

西柏坡柏树间　外　晨

毛泽东一边吸烟一边在柏树林中独思。

周恩来快步走到跟前，把一纸公文递上："主席！关于华北野战军第一兵团、第二兵团并入第一野战军的行文写好了，请你审阅。"

毛泽东接过公文阅罢，说道："华北野战军的历史使命完成了，等七届二中全会召开过后，太原一俟解放，徐向前兵团就交由周士第负责，杨罗耿兵团恐有变化。"

周恩来："主要是罗瑞卿吧？"

毛泽东："等他参加完七届二中全会以后，我要亲自和他谈未来工作问题。另外，为了打好太原战役，杨罗耿兵团应当调到石家庄一带休整。"

北平　杨罗耿兵团驻地　外　日

杨得志、罗瑞卿走在春寒料峭的河边，严肃地交谈着。

杨得志："你很快就要去西柏坡出席党七届二中全会了，我和耿飚同志也将率兵团开赴石家庄休整。你这个政委还有什么话叮嘱我的吗？"

罗瑞卿深沉地说："诚如你曾经对我说的，没有胜利想胜利，取得了大的胜利又可能变成包袱，由此扩而大之，这是很危险的啊！为此，我们必须加强政治工作！"

杨得志："我听说华北野战军的一些领导也有些想法。"

罗瑞卿一怔："什么想法？"

杨得志："据说，萧克副司令、赵尔陆参谋长找了林彪司令员，想随四野南下。"

罗瑞卿："有可能吧！"

杨得志："我和耿飚同志还担心你呢！"

罗瑞卿："有什么好担心的？说句掏心窝的话，太原解放以后，华北就没有大仗可打了，我还想再打几个大仗。不过，我还是要听主席的。"

深沉的男声画外音，叠印出相应的画面：

"1949 年 3 月 5 日至 13 日，毛泽东在西柏坡主持召开了七届二中全会。他提出促进革命迅速取得全国胜利和组织这个胜利的各项方针，指出党的工作重心必须由乡村移到城市，而城市工作必须以生产建设为中心。他还特别郑重地告诫全党……"

毛泽东站在讲台上大声说："夺取全国胜利，这只是万里长征走完了第一步。进城之后，资产阶级的'糖衣炮弹'将成为对于无产阶级的主要危险。务必使同志们继续保持谦虚、谨慎、不骄、不躁的作风，务必使同志们继续保持艰苦奋斗的作风！"

会场响起热烈的掌声。

西柏坡　毛泽东的办公室　内　日

毛泽东、罗荣桓一边吃花生一边亲切交谈。

毛泽东："今天请你来就一件事，新中国成立以后，你想做什么工作呢？"

罗荣桓："没有想过。"

毛泽东："为什么呢？"

罗荣桓："你经常教育我们说，不要向党伸手。"

毛泽东："好！中央考虑，新中国成立以后，社会治安是个大问题，希望你能出任公安部长。"

罗荣桓："谢谢中央的信任。但是，我认为自己不合适，一是没有这方面的工作经验，再是我的身体也顶不住。"

毛泽东微微地点了点头。

罗荣桓："我可以向主席荐贤吗？"

毛泽东："当然欢迎。"

罗荣桓："罗瑞卿同志在中央苏区当过一军团的保卫局长，长征后又当过红军第一方面军的保卫局长，由他出任公安部长更合适。"

毛泽东："好！我心里有数了。"

河边　外　日

毛泽东、罗瑞卿在柳树吐叶、青草出土的岸边，望着解冻的河水深情地交谈着。

毛泽东："还记得近三年前你我在延安的那次谈话吗？"

罗瑞卿："记得！你严肃地对我说，只要坚持党的正确的军事路线，只要想着我们是在为老百姓打天下的，我们就可以从弱变强，从失败到打胜仗。"

毛泽东："我记得老总还对你说，永远不要忘记军歌唱的那句唱词：我们的队伍向太阳！"

罗瑞卿："他还说，主席讲话的中心意思是：脚踏着祖国的大地，背负着民族的希望。"

毛泽东："对！我们的军队，我们的党，永远不要忘了这个本。"

罗瑞卿："从我们被傅作义赶出张家口，到我们重新占领张家口；从他给您写信劝降，让蒋某人给主席封个官，到他亲自来西柏坡拜见主席，并提前给他封了一个水利部长，就是最好的明证。"

毛泽东："好了，不去说这些了！罗长子，你为什么主动向林彪提出想去四野呢？"

罗瑞卿："一句话，大仗还没有打够，我想在未来渡江、经略华南还有大仗好打。所以，我向林彪司令员讲了我的想法，他表示欢迎。"

毛泽东："我不欢迎！彭总听后也不同意。"

罗瑞卿："那我坚决听您的安排。"

毛泽东："这就对了！七届二中全会结束之后，你和杨得志同志率杨罗耿兵团开赴太原前线，等解放了太原，你们兵团就并入第一野战军序列，在彭总的指挥下向西北进军。"

罗瑞卿："是！"

毛泽东："你心里还要有个底数，马上打天下的历史阶段就要结束了，敌人——乃至我们的少数的同志也认为，我们一定会败在马下治天下上！"

罗瑞卿："绝对不会！我们的干部只要坚持您在七届二中全会上的讲话，就一定会克服万难，取得胜利！"

毛泽东笑了："罗长子，这就对了！"

西柏坡村口　外　傍晚

夕阳西下，如血的残阳把西柏坡映得无比地壮美。

毛泽东、朱德、周恩来、彭德怀等迎着夕阳洒下的霞光走来，他们边走边谈。

毛泽东："老彭啊！目前在华北，我们还背着两个包袱，一个是绥远，一个是太原。前一个我们可以再背上一段，后一个嘛，必须尽快甩掉，解除进军西北的后顾之忧。"

朱德："华北的三个兵团都开上去了嘛，解放太原应不成什么问题。"

周恩来："问题是，向前同志的身体，越来越不好，我担心他顶不住啊！"

毛泽东停下脚步，几尽是命令的口气："老彭！你直接去太原前线看看，不行的话，就接替向前同志的后期指挥。"

彭德怀听后一怔，沉思片刻，郑重地说道："我有一个条件，那就是向前同志仍是战役总指挥，我协助他好了。"

毛泽东："很好！老彭不争功，向前同志不居功，我看这个条件可以答应。不过，特殊情况下还是由你来决断！"

朱德："因为你老彭还是军委副主席嘛！"

毛泽东："中央军委已经作出决定：太原战役结束之后，十八、十九两个兵团，都调归一野，由你指挥，投入到解放大西北的作战。"

彭德怀："很好！"

朱德："你正好借攻打太原的机会，好好地熟悉一下华北的部队。"

彭德怀："是！"

周恩来："你到达太原前线之后，首先要代表中央军委、毛主席去看看向前同志。"

彭德怀："是！"

通往大峪口的公路　外　夜

一辆吉普车行驶在公路上，两盏车灯把夜路照得通明。

化入车内：

罗瑞卿陪着彭德怀坐在后排座位上，认真地交谈着。

罗瑞卿："彭总！华北三个兵团到达太原前线以后，组成了以徐总为司令员兼政委、我任副政委、周士第任副司令员的前委会。"

彭德怀："阎锡山的守城部队情况如何？"

罗瑞卿："守城的敌军尚有十多万人，他们靠着坚固的城墙、碉堡等，还是有着一定的战斗力的。"

彭德怀："阎锡山不是已经逃到南京去了吗？"

罗瑞卿："对！据内线传出的消息，军心散了，没有饭吃的居民更是希望我们快些解放他们。"

彭德怀："我们除了三个兵团合计三十二万的战斗力外，还有没有足够攻城用的炮兵？"

罗瑞卿："有！中央军委、毛主席考虑到我们的重武器不足，从四野调来一个炮师，合计一千一百五十门。"

彭德怀："很好！"

罗瑞卿："同志们听说你赶来前线指挥，大家的劲头甭提有多么足了！"

彭德怀严肃地："不对！前线总指挥是向前同志，我是奉命来帮忙的。"

罗瑞卿："是！"

徐向前驻地大门　外　夜

徐向前在警卫员的搀扶下站在门口，等待彭德怀的到来。

彭德怀在罗瑞卿的陪同下走来，紧紧握住徐向前的手说："向前同志！你身体有病，何必拘于礼节，跑到门口来欢迎我呢！"

徐向前："说心里话，多年不见了，很是想你啊！"他指着大门，"进屋再谈。"

徐向前驻地　内　夜

徐向前半倒在躺椅上，高兴地说："彭总啊！你的到来我就完全地放心了，一切由你指挥。"

彭德怀忙说："不！不！太原战役这锅饭，在你的指挥下早已做熟了，我最多能起到揭一下锅盖的作用。"

徐向前："彭总，不要这样说，你……"

彭德怀："不要说了！主席同意我的建议，你依然是解放太原的总指挥，所有文件、命令，都由你签发。"

徐向前："这怎么行呢？"

彭德怀："行！我来太原有三个任务，第一，代表党中央、毛主席来看望你。"

徐向前："谢谢党中央和毛主席。"

彭德怀："第二，学习。在总攻太原的过程中，学习攻坚战的经验。"

徐向前："在阎锡山多年的经营中，太原城的确是十分坚固。好在指战员在长久围困中，也提出了一些攻城的设想，你可以在战争的实践中学到一些经验。"

彭德怀："第三，借兵。你是知道的，陕甘宁一带很穷，养不起那么多的兵。为经略西北，毛主席让我来向你借兵。"

徐向前："我已接到中央军委、毛主席的电令，太原战役结束之后，华北的十八兵团、十九兵团归一野，由你带往西北战场。对此，我十分高兴。"

彭德怀感慨地："这就是真正的共产党员！"

徐向前："老彭啊，只要接到命令，立即发起太原战役！"

在激战的枪炮声、《中国人民解放军进行曲》的乐声中，送出激情的男声画外音，并叠印出相应的战争画面：

"4月21日，毛主席、朱总司令发布了《向全国进军的命令》，命令全军指战员'奋勇前进，坚决、彻底、干净、全部地歼灭中国境内一切敢于抵抗的国民党反动派，解放全国人民，保卫中国领土主权的独立和完整。'翌日——4月22日，在彭德怀、徐向前等同志的指挥下发起了太原战役！至 4 月 24 日破晓，阎锡山苦心经营了三十八年的太原城回到了人民的怀抱！不久，毛主席下达了调罗瑞卿出任公安部长的调令……"

杨得志指挥部　内　夜

杨得志、罗瑞卿、耿飚三人对坐无言，谁也不看谁一眼。

罗瑞卿感情复杂地说："二位，我是来辞行的，你们怎么一句话都不说啊！"

杨得志："罗政委，我真的不知该说什么才好，只知道心里不是个滋味。"

耿飚："就是嘛！全军二十多个兵团，可毛主席只称谓我们叫杨罗耿兵团。时下你走了，这以后……怎么叫呢！"

罗瑞卿："李志民同志接任政委，你也提了兵团副司令兼参谋长了。"

耿飚悲怆地："可杨罗耿兵团就不存在了！"

罗瑞卿："耿飚同志，这是一件好事嘛！无论我们走到哪里，只要记住永远跟党走，永远想着全国的老百姓，我们就会无往而不胜！"

杨得志："对！就要分别了，我们三个老战友最后再唱一次'向前！向前！我们的队伍向太阳'。"

杨得志、罗瑞卿、耿飚三个人手握手、肩并肩，无比激动地唱起"我们的队伍向太阳……"

杨得志、罗瑞卿、耿飚三人的歌声逐渐扩大为男声大合唱，混声大合唱，《我们的队伍向太阳》的歌声响彻神州大地，声震太空……

定格　送出三个红色的大字：全剧终

奏一首气壮山河的人民解放军进行曲

王朝柱

我是河北人。

从小经历了抗日战争最残酷的"五一大扫荡"、冲破黎明前的黑暗等历史阶段。自然，伟大的三年解放战争，在晋察冀打得起起伏伏、有声有色，对我的影响也是很大的。

我开始上学了，不少老师都是从晋察冀部队下来的知识分子，他们更是津津乐道地讲起他们的革命历史，有很多人物、情节、故事很感人，一直储存在我的心中。

我工作了，没想到分在总政宣传队（即现在的文工团）创作室当创作员，当年晋察冀军区抗敌剧社、冀中军区火线剧社的丁里、傅铎等老上级、老剧作家和我在一个创作室共事，经常回忆起他们的战斗岁月。因此，我知道晋察冀的革命斗争也越来越多了！

后来，我进入戏剧创作了，而这些老领导、老剧作家业已到了暮年。其中我的大媒人傅铎、崔嵬就对我说过："你是晋察冀的孩子，不要忘了写生你、养你的晋察冀！"

但是，我始终没有写。为什么呢？我始终没有找到一个独特的政治视角和艺术视角。有意思的是这些原始生活素材一直藏之心底，就是我在写《解放》《开国领袖毛泽东》《换了人间》等大型史诗品格电视连续剧的时候，我也未曾用过这些历史素材。

历史发展到了今天，我认识的很多党的高级干部——尤其是军中官拜副主席等熟人盖因贪污落马，对我的震撼实在是太大了！也就是在这种特定的历史条件下，储存在我心底的历史人物、事件全都活跃起来，历经痛苦的深思，我决定动笔写一部大型电视连续剧《我们的队伍向太阳》！

一、戏剧的灵魂

几十年的创作经验告诉我，当确定创作一部新的剧作之前，必须有统率全剧的戏剧灵魂。唯有如此，写的作品才会既有历史深邃的文化价值，也会对今天有着很强的现实意义。

举例说：晋察冀从退出张家口到收复张家口，仅仅用了两年又两个多月的时间。战争开始，傅作义通电全国，要求毛泽东同志率部投降，由蒋主席给予合适的工作。两年又两个多月以后，傅作义通电起义，和平解放北平，毛泽东同志当面任命他为水利部长。这说明了什么？如果从傅作义扩而大之到蒋介石，他在解放战争开始狂言：三到六个月消灭解放军，统一全中国。结果，历经三年多的时间，他的八百万美式装备的国军被消灭了，他也怀着怆然的心情败退到台湾，这又说明了什么呢？假如我们再想想雄霸天下的秦始皇，到打遍天下无对手的大清王朝，都是因为官场黑暗变质、军队变成了贪官污吏搞祸国殃民的工具。作为剧作家，我只能通过《我们的队伍向太阳》向观众昭示：兵民是胜利之本！军队必须有"脚踏着祖国的大地，背负着民族的希望"的坚定信仰，才能真正做到"我们的队伍向太阳"！

这就是我追求的戏剧灵魂！

二、戏剧的创新

文学、戏剧、艺术发展的原动力是创新。元代杂剧是对宋朝"勾栏"的提升和创新；近代的电影、电视又是对传统戏剧的改革和创新。但是，作为戏剧的品格的提升和创新是有着规律可循的，绝不是打乱固有品格而杂糅创新。诚如书法，你不可以把草书嫁接到行书，更不允许在传统的行书上杂糅成丑书。近四十年的戏剧创作，我始终追求史诗品格。但是，十多年以前，突然某些不懂艺术创作规律的领导，自然还有一些自吹是大理论家的人公开挑战："要突破王朝柱模式！"我看了他们发表在权威报刊上的文章感到十分好笑，我写的是历史正剧，你却要用不伦不类的戏剧模式来打破，可以想见的是，一定会把历史正剧变成"游戏人生"的东西！更为可怕的是，为了达到某些"见钱眼开"的领导以及追求名利的所谓理论家的要求，竟然在纪念抗日战争胜利七十周年的时候搞出了一批"雷剧"，真是情何以堪啊！

我是一个共产党人，又自称是一个有民族良心的剧作家，我不想和任何人辩论，我只想用作品说话。一句话，我不想未来无情的历史嘲弄我的创作。但是，这不等于说我故步自封。我在这部依然是史诗品格的电视连续剧《我们的队伍向太阳》进行了自认为的创新。当然，我还有自知之明，剧作家的良好愿望并不一定是正确的，他需要靠观众的检验才能定论。因此，待全剧播出以后得到了观众这个"上帝"的认可，我再写专文论及我写《我们的队伍向太阳》的成败得失。

三、需要说明的两件事

其一，《我们的队伍向太阳》是由李西平、罗箭等几十位晋察冀第二代推动的，他们希望我写一部反映杨罗耿兵团的电视剧。我沉思了两年之久，认为局限性太大，也无法反映我想写的戏魂，终未动笔。我的电视连续剧《换了人间》播出之后，罗箭同志主动找我，提出不能完全写杨罗耿兵团。几经磋商，遂改写为《我们的队伍向太阳》。公平地说，罗箭同志对该剧的问世是起了很大作用的。

其二，在我构思、写作《我们的队伍向太阳》的过程中，逄先知、金冲及、胡振民、王兆海、李准、仲呈祥、郑伯农、李硕儒，以及夏潮、左中一、陈先义等，都提供了帮助。在此，我真诚地说一句："谢谢你们了！"

图书在版编目（CIP）数据

我们的队伍向太阳／王朝柱著. -- 北京：作家出版社，
2020.9

ISBN 978 - 7 - 5212 - 1044 - 6

Ⅰ.①我… Ⅱ.①王… Ⅲ.①电视文学剧本 – 中国 –
当代 Ⅳ.①I235.2

中国版本图书馆 CIP 数据核字（2020）第 116310 号

我们的队伍向太阳

作　　者：王朝柱
责任编辑：李亚梓
封面设计：百丰艺术
出版发行：作家出版社有限公司
社　　址：北京农展馆南里 10 号　　邮　　编：100125
电话传真：86 – 10 – 65067186（发行中心及邮购部）
　　　　　86 – 10 – 65004079（总编室）
E – mail: zuojia@zuojia. net. cn
http: // www.ZUOJIACHUBANSHE.com
印　　刷：北京玺诚印务有限公司
成品尺寸：152 × 230
字　　数：608 千
印　　张：45.75
版　　次：2020 年 10 月第 1 版
印　　次：2020 年 10 月第 1 次印刷
ISBN 978 – 7 – 5212 – 1044 – 6
定　　价：85.00 元（全 2 册）